Das

Pointman

Ein Buch von Jesper Persson

Prolog

Das **Buch The Pointman** handelt von einer Person, die seit vielen Jahren von einer Organisation ausgebildet und geschult wurde, um leicht in andere Organisationen einzudringen. Er beschließt, sich vom negativen Leben zu distanzieren, aber die Organisation will ihn nicht loswerden, weil er eine solide Ausbildung in Psychologie, Physiologie, Waffentraining, Sprengkörpern und Hacking mit Computereingriff erhalten hat. Wenn die Organisation diese Person freiwillig verlassen würde, wäre dies ein großer Verlust, und bei all ihrer Ausbildung wäre ein Albtraum für die Organisation in Sicht, wenn sein Wissen in die falschen Hände geraten wäre.

Viele Menschen würden sehr leiden, und das Wissen um die Ermordung von Menschen ist einer der Verdienste seiner Erfolgsbilanz. Die Organisation ist ein mächtiger Gegner mit vielen Tentakeln in weiten Teilen der Welt und mit Einblick in das Leben eines Menschen. Erik wusste von diesem Wissen, aber nach vielen Jahren hatte er den Wunsch, auf eine würdevolle Weise aufzuhören. Die Frage ist, kann er aufhören, seine Ehre zu bewahren? Sowohl die Organisation als auch die Beteiligten behaupten, dass die Reise gerade erst begonnen hat. Der Detektiv ist eine wirklich schreckliche Geschichte, die in einer Umgebung spielt, die Dich auf eine ganz andere Ebene heben wird, die spät vergessen wird.

Autor Jesper Persson
Enjoy!

Motto: Vertrauen ist Gott – Kontrolle ist besser

Ein Buch von The Author Jesper Persson

Copyright 2021

Reader BeDe

Übersetzer A.D Zingo

Zuvor veröffentlichte Bücher

von Autor Jesper Persson

Veröffentlicht 2008

Der Krieg gegen die Gesellschaft

Memoiren

Veröffentlicht 2012 - 2013

Betriebszustandsfehler Teil 1

Betriebszustandsfehler Teil 2

Memoiren

Veröffentlicht 2016 - 2017

Im Schatten der Gesellschaft

Memoiren

Veröffentlicht 2019

Lismaren Revenge

Detektivgeschichten

Die meisten der zuvor veröffentlichten Bücher werden derzeit ins
Englische übersetzt.
www.forfattarejesperpersson.se

ISBN: 978-91-986545-7-8

Kapitel 1

Sein Name ist Erik, und die Organisation tut die meiste Arbeit, um ihn zu überzeugen, zu bleiben, zum Teil, weil sie glauben, dass eine solche Person Geld in großem Maßstab sammeln kann, aber auch, weil sie eine lange und lange Zeit auf Erik investiert haben.

Eines Tages bemerkt die Organisation, dass es nicht mehr so auf ihn getrieben ist wie seit einigen Jahren, und dass er wahrscheinlich seine Sehnsüchte verloren hat. Erik hat immer gedacht, dass seine Großmutter eine wichtige Rolle spielte, und dass ihre Meinungen viel in der Entscheidung bedeuteten, die er jetzt in der Familie "The Organisation" traf. Es war in der Organisation, dass er ausgebildet wurde, und es war derselbe, der sich eindeutig weigerte, seine Identität aufzugeben.

Jetzt beginnen Entscheidungen und Forderungen, klare Eindrücke zu machen, wo niemand loslassen will, und einige Leute, die Sie als Leser in dieser Detektivgeschichte verfolgen werden.

Erik hatte großen Respekt vor seiner Großmutter, die jetzt verstorben war. Er wollte immer die Prinzipien würdigen, für die seine Großmutter stand, und fühlte, dass die

Entscheidungen, die er traf, um die Organisation zu verlassen, nicht genau die waren, für die sie eintrat. Erik dachte immer wieder nach und erkannte schließlich, dass die richtige Entscheidung wahrscheinlich war, die Familie zu verlassen.

Als er im Haus seiner Großmutter und im Haus seines Großvaters war, hatte er ein Paar Zierschuhe, die seine Großmutter an der Wand in der Haustür aufgehängt hatte und an die Erik eine ziemlich klare Erinnerung hat. Er hatte auch eine starke Erinnerung daran, immer zu fallen, wenn er sie trug.

Ebenso deutlich erinnert er sich, wie seine Großmutter jedes Mal lief, wenn er fiel, und das half ihm wieder. Dass er die ganze Zeit rannte und umfiel, lag wahrscheinlich vor allem daran, dass er ein runder kleiner Kerl mit ein paar Pfunden zu viel war. Mit seinem blauen Matrosenanzug und einer Lücke zwischen seinen Zähnen so spärlich wie Thore Skogman, und einem Seitenbein, mit dem man nicht spielen kann.

Zu Beginn seiner Kindheit wurde der erste Samen der Empathie für Erik gesetzt, und während seiner Kindheit, und in seinem Erwachsenenleben hat er sich zu dem entwickelt, was er heute ist. Damit ein Samen wächst, muss er gemästet werden, und die Ernährung von Eriks Lebenskern ist, wie im wirklichen Leben, eine Mischung aus vielen Zutaten, genau wie der Mann, der eine nahrhafte Ernährung isst.

Erik und fünf weitere Schüler durften die klassische OBS-Klasse besuchen, die eine Klasse für Kinder war, die nicht mithielten oder die reguläre Schulbildung störten, und daher musste in einigen Unterrichtsstunden ihre eigene Klasse sein.

Erik hat einmal den OBS-Lehrer kennengelernt, den er während seines Erwachsenenlebens hatte, und dann bestätigt, dass die Essenz der Schule mehr oder weniger klassifiziert die Kinder nach ihrer familiären Beziehung. Erik sitzt und denkt darüber nach, wie die Gesellschaft zu der Zeit war, als er ein Schulkind war, und es ist nicht ohne dass er sich fragt, ob die Bedingungen anders waren, und er hatte die Möglichkeit, in einer privateren und hilfreicheren Art und Weise die Schule zu verwalten.

Ja, aber das ist nicht zu denken. Erik dachte.

Nein, es ist kaum die Schuld der Schule, dass Erik ins Zeichen des Verbrechens geriet, aber mit einer besseren Plattform hätte er sich zu anderen und größeren Beschäftigungsmöglichkeiten entwickeln können. Eine solche Voraussetzung wäre gewesen, wenn er in der High School oder in irgendeiner Form der Berufsausbildung weitergemacht hätte.

Jetzt steht er vor neuen und großen Herausforderungen.

Jetzt hatte er wirklich, große Probleme, er wollte der Organisation erzählen, was geschehen war. Nein! Er beschloss, darauf zu warten, da er sich gerade an die Idee gewöhnt hatte und auch vor kurzem schlecht geschlafen hatte. Ihnen eine solche Botschaft zu geben, würde ihn nur schlafloser machen, was völlig unnötig war. Im Moment lebte er von der Hoffnung, dass alles irgendwie klappen würde. Sicher, er bedauert nun im Nachhinein, dass er der Organisation nicht direkt erzählt hat, was passiert ist, sondern wollte, dass sich die Organisation wohlfühlt, mit allem, was sie bedeutete, und all den Problemen, die jetzt aufgetreten sind. Da er es ihnen nicht erzählte, bedeutete dies, dass er plötzlich eine Art Doppelleben führen musste. Ja! Man macht eine Menge schraubige Dinge, wenn man in Situationen wie dieser kommt, dachte er. Er hatte einen menschlichen Überlebensinstinkt, da er gerne mit einer Form

der Verleugnung der   Wahrheit konfrontiert
wurde. Die Probleme schienen sich einfach zu
häufen. Ein Unfall kommt selten allein, und so
war es auch in diesem Fall.

Gerade in diesem Moment rief Anton, der in der
Organisation ziemlich hochrangig war, an und
wollte, dass Erik mit den Leuten plauderte, die
ihre Schulden nicht bezahlt hatten, wie sie es
zuvor versprochen hatten, und nun stellte sich
heraus, dass die Schulden nicht beglichen
waren. Anton wollte, dass Erik sich erholt damit
die Schulden bezahlt werden können. Erik
erkannte, dass das Gefühl, die Organisation zu
verlassen, fast unmöglich war, mit ihrer
Hoffnung, dass er den Job machen würde. Erik
wusste, dass es eine lange Nacht werden würde,
und es würde einige Gewalt und Elemente
geben, für die Erik nicht steht, und er konnte
nicht zurück. Später am Tag rief Anton erneut an
und bat Erik, den Anruf auf der anderen Linie zu
erhalten. Die zweite Zeile war Skype. Das heißt,
die Polizisten konnten den Anruf nicht abfangen.
Die Organisation tat dies, um alle Beteiligten zu
schützen.

Nach dem Anruf kam Erik an dem Ort an, an
dem er sich erholen sollte. Als Erik auf den
kleinen Bauernhof kam, gab es einen noch
größeren Bauernhof weiter unten. Es ähnelte

einem kleineren Herrenhaus und schien gut für viele Pfennige zu sein, aber der Schein kann betrogen werden, und es tat alles.

Die Leute, die das Herrenhaus besaßen, hatten nicht genug Geld, so dass ihre Schulden beglichen werden konnten. Erik dachte ein wenig über den Ort nach, der wahrscheinlich kein Geld hatte, und entschied sich, sich freiwillig dem auszusetzen, auch wenn ein großes Risiko bestand, dass eine Verletzung zu einer Fassade werden könnte. Erik ging zum Kofferraum seines Autos, um Waffen und Fledermäuse zu holen, erkannte aber in derselben Sekunde, dass die Leute, die den Ort besaßen, nicht genau jene Leute waren, die dem Gesetz fernblieben, oder ein Schuldeneintreiber. Aber die Frage war, warum diese Menschen Gewalt anstelle einer Lösung oder Zahlung gewählt haben? Mit großen Schritten ging Erik in den Ort und klingelte an der Tür, und ein ziemlich kleiner Mann öffnete die Tür und wurde von Erik getroffen. Der Mann fragte mit zittriger Stimme, was sie für dich tun könnten.

Erik fragte sofort, wo sein Bruder sei. Nur einen Moment, Beantwortete den Mann und rief seinem Bruder Carl zu, der wahrscheinlich erkannte, worum es bei dem Besuch ging, und wurde plötzlich unbequem, und ziemlich bald er an, sein Kinn zusammenzuziehen, oder die Anzahl der, Kinn die er nachweislich hatte. Erik fragte den Namen des anderen Bruders, und man sagte ihm, dass sein Name Evert sei, er sah völlig gelähmt über die Genesung aus, die noch nicht begonnen hatte.

Liebe alte Männer! Erik sagte.

Sie haben beide eine Schuld von jeweils 150.000 SEK, und sie muss innerhalb von 24 Stunden beglichen werden. Erik holte einen Zettel aus seiner Tasche mit einer Telefonnummer und einer Kontonummer. Wenn Sie die Schulden in dieser Zeit bezahlen, wird es nicht schlimmer als dies. Sein Bruder Evert schien sich in einer völlig anderen Welt zu befinden, so dass sein Bruder Carl die Nachricht erhielt.

Erik beendete die Genesung, erkannte aber, als er ging, dass es die erste Erholung war, die er ohne Waffen machte, also war es ein neues Gefühl, das er fühlte. Als Erik einen langen Weg kam, kam Anton und traf. Anton fragte sich natürlich, wie es gelaufen war, also erzählte Erik mir. Anton dachte, er sei zu freundlich gewesen und dachte nicht für sein Leben, dass dies funktionieren würde. Er klang sehr besorgt über Eriks Taten, und dass er eine menschliche Seite gezeigt hatte. Anton war es nicht gewohnt, dass

Erik so freundlich war, wie er jetzt ausstellte.
Antons Telefon klingelt. Es ist die Organisation.

Kapitel 2

Es stellte sich heraus, dass der andere Bruder,
Evert, wollte, dass sie später zahlen, weil sie
keine Deckung für die Arbeit hatten, die die
Brüder bestellt hatten. Es waren drei
verschiedene Unternehmen, die große Verluste
hinnehmen mussten. Im Laufe der Jahre hatten
es die etablierteren Unternehmen geschafft,
einen Puffer von Bargeld zu erhalten, aber die
Person, die keine Unternehmen hatte, hatte viel
größere Probleme. Jeder musste nun versuchen
zu erklären, was den Betroffenen widerspricht
war. An diesem Tag gingen die Gedanken
umher. Wie würden die Brüder das jedem
erklären, der ihr Geld nicht bekommen hat?
Dass sie ihre Rechnungen nicht bezahle. Die
Organisation war zurückhaltend, musste nun
aber die Brüder über dieses Problem
informieren. In der Tat wurden sie besorgt und
begannen zu diskutieren, ob sie beide die
Kunden anrufen würden, was nicht so gut wäre,
da es bereits Anwälte in diesen Fällen gab, und
zu sehen, wie die Verzweiflung der beiden
Brüder Erik im Inneren völlig auseinanderriss.

Würde die Verwertung jetzt vergeudet werden,
nur weil zwei Brüder nicht zahlen konnten? Oft
vergisst man den psychologischen Druck, der
wird, wenn man finanzielle Probleme dieses

Kalibers hat, und natürlich hat es alle Beteiligten
betroffen. Die Abnutzung, die dann entstand,
wurde wie eine große offene Wunde zwischen
Erik und Anton. Die Wunde heilt, der Schorf fällt
ab, aber die Narbe bleibt bestehen. Natürlich
verblassen die Narben im Laufe der Zeit, aber
die Zeit war etwas, das weder Erik noch Anton
hatten. Was sie jedoch hatten, waren Behörden
und Großhändler, die von den Brüdern Evert und
Carl bezahlt werden wollten. Es gab eine große
Kluft zwischen Erik und Anton, und es begann zu
Zwietracht zwischen ihnen zu führen, wenn es
um viel Geld ging. Der Gesamtschaden von mehr
als 300.000 SEK, eine Menge, die groß ist, als das
Unternehmen zerbrechlich war. Die Brüder
begannen verzweifelt, die verfügbaren Beträge,
die das Unternehmen hatte, umzuverteilen.
Ohne die Großhändler hätten die Brüder kein
Material zum Arbeiten gehabt, und dann
mussten beide die Unternehmenssteuer
aufschieben, um den Leuten im Unternehmen
ihre Entschädigung geben zu können.

Sie müssten nicht leiden, weil die Brüder nicht
zahlten. Erik wollte nicht, dass jemand leiden
würde, und verzweifelt, wie sie beide waren,
glaubte die Organisation, dass alles
funktionieren würde, nur war es ein Vergleich in
einem Schiedsgericht. Ja, es ist erstaunlich, dass
man so verdammt naiv sein kann, so eine

dumme Sache zudenken, Anton war eigentlich weniger naiv, als Erik war, und sagte ziemlich früh, dass dies nicht funktionieren wird, in irgendeiner guten Weise. Er selbst war fest davon überzeugt, dass es gut gehen würde, was völlig unmöglich war. Es fühlte sich an, als ob die ganze Organisation aus der Phase heraus war.

Nun war es an der Zeit, die Brüder im Schiedsgericht zutreffen, um die Dinge in Ordnung zu bringen. Einem Bruder fehlte die Zahlungsfähigkeit, und es gab andere, die vorher standen und bezahlt werden wollten. Der Prozess endete damit, dass Erik gute Arbeit geleistet hatte, aber da den Brüdern zahlungsmittelweise fehlte, bedeutete dies, dass die Organisation nicht bezahlt wurde.

Anton war so wütend, und er flüsterte Erik zu, dass er selbst die Genesung machen würde. Erik versuchte, ihn ruhig zu sprechen, aber ohne Erfolg. Anton hatte sich entschieden und ging in purer Zuneigung aus dem Gerichtssaal. Er lief halb weg, also sah Erik ihn nur den Saal verlassen. Die ganzen sahen den Leuten, die in der Halle waren, ein wenig seltsam aus, aber Erik spürte, wohin Anton ging, und ging zu seinem Auto. Erik erkannte, nachdem er ein paar Meilen gefahren war, dass Anton wahrscheinlich eine andere Richtung fuhr.

Erik hielt am Straßenrand an und ließ den Motor laufen. Er fragte sich, wohin er gefahren war, so wütend er auch war, aber Erik glaubte nicht, dass Anton auf den Hof gefahren war. Er fragte sich, ob er mit den Brüdern über eine Lösung gesprochen habe. Die Gedanken gingen wirklich, in Eriks Kopf herum. Wo könnte er sein? Er dachte.

Erik fragte sich, ob er in die alte Scheune gegangen war, die der Organisation gehört, aber gleichzeitig fragte er sich, warum er dorthin gehen würde, und da es nur für diejenigen in der Organisation war, also hätte er die Brüder nicht dorthin gebracht Aus, irgendeinem Grund geht Erik in die alte Scheune und sorgt für seine Überraschung, dass es zwei Autos auf dem Hof der Organisation gibt. Seltsam, dachte Erik, der nicht den ganzen Weg vor wärts fuhr, sondern sein Auto anhielt, um ruhig zu sitzen. Bald es an, ein wenig auf die Windschutzscheibe zu spritzen, und dann es an, so viel zu nie selen, dass Erik nicht aus dem Auto steigen wollte.

Als Erik etwa 10 Minuten gesessen hatte, hörte er jemanden murmeln, es klang wie mehrere Stimmen, die sich am selben Ort befanden, aber er konnte es nicht wirklich gut erkennen, sondern musste den Kasten ein wenig herunterrollen, obwohl es regnete. Als Erik das

Fenster herunterkurbelte, konnte er jemanden hören, der Geräusche machte, und dann gab es zwei Stimmen, die erklangen. Was zum Teufel wird gehört? Gedanken Erik.

Gibt es jemanden, der jemanden schreit oder anschreit? Erik war frustriert über den Sound und beschloss, aus dem Auto zu steigen und näher zu gehen. Als er näher ging, hörte er zwei männliche Stimmen, und eine dritte schrie wütend die anderen an, klangsehr, wütend.

Nun war Erik so neugierig, dass er sich entschloss, in die Scheune zu gehen und sah eine völlig verrückte Person sitzen mit einem nackten Oberkörper, der mit Blut von den Menschen bedeckt war, die im gegenwärtigen Moment gefoltert wurden. Wenn Erik aussieht, sitzen zwei Personen auf einem Stuhl, die mit Klebeband angeschnallt sind und schwer gefoltert wurden. Das mussten die Brüder der Hölle ertragen.

Sie waren so schlecht, dass ein Gnadenschuss in Ordnung gewesen wäre. Die Person, die die beiden Brüder gefoltert hatte, hatte sie beide auf jeden Stuhl geklebt und sie dann gefoltert, und er hatte ein kleineres Messer genommen und dünn um seinen Finger geschnitten, so dass es einfach durch die Haut ging. Dann wurde ein Richter auf das obere Fingergelenk gelegt, und

die Haut wurde weggezogen, was ein sehr
großer Schmerz war, daher das Geräusch, das er
im Auto gehört hatte. Dann hatte er einen
Seitenschneider genommen und die
Ohrenscharbe, die viel Blut gab, abgeschnitten,
um die Schneidefackel als Fertignummer
herauszunehmen, und drei Zehen am Fuß
abgeschnitten, daher der Geruch von
gebratenem Schweinefleisch in der Scheune, die
zur Hölle der Brüder auf Erden wurde.
Glücklicherweise hatte Anton keine Zeit gehabt,
seine Arbeit zu vollenden. Sein Bruder Evert
hatte Fuß stellen und aus einem seltsamen
Grund war Erik darüber glücklich und wollte
nicht auf seinen Freund Anton schauen, der
diese Tat ausgeführt hatte. Es war nur ein
Beweis für Erik, dass es Anton den Kopf traf.

Erik sah nur Anton, der so blutig am Oberkörper
war, und einen Bruder Evert, der einige
Lebensbewegungen machte, sein Bruder Carl
war an den Gefahrenwegen gestorben. Anton
schien aus psychologischen Gründen völlig
verschwunden, und Erik nahm ein Durchgreifen
um ein großes Eisenrohr und traf ihn am Kopf,
als er zu weit ging. Selbst wenn du die Leute
erschrecken willst, kannst du nicht so weit
gehen wie Anton. Erik traf das Eisenrohr so hart,
dass die Gehirnsubstanz aus dem Schädel zu
fließen begann. Während Erik versuchte, dies

wie eine Art Showdown aussehen zu lassen,
schaute Evert mit seinen Augen, der alte Bruder
sah lang und hart aus, und seine Augen sagten
mehr als tausend Worte.

Ich bin mir sicher, dass der alte Mann leben
wollte, aber er wurde ein Zeuge, der
verschwinden musste, aber wie zum Teufel
konnte Erik ihn töten, wenn er diesen Blick hat.
Während Erik aufräumte, schaute Evert ihn
immer wieder an und hoffte, dass er überleben
würde. Erik wusste und verstand, dass er den
alten Mann töten musste, aber dieser Blick
saugte und erzeugte mehr Angst als eine Lösung
des Problems.

Erik ging zu dem Stuhl hinüber, wo Evert mit
Klebeband an den Beinen, am Arm und einem
Stück Klebeband über seinem Mund geklebt
wurde, so dass er weder schreien noch schreien
konnte. Erik entfernte das Stück Klebeband über
Everts Mund, sagte aber, bevor er es tat, dass er
nicht schreien würde. Evert nickte im Ein
verschweigen, um ruhig zu sein, und Erik
entfernte das Band. Evert begann mit einer eher
heiseren Stimme zu sprechen, die Erik kaum
hörte. Erik musste sein Ohr in Richtung Evert
lehnen, um zu hören, was er sagen wollte.

Nimm mich mit nach Hause! Evert sagte.

Startseite? Gedanken Erik. Er sollte getötet werden, und jetzt will er, dass ich ihn nach Hause fahre? Was ist das jetzt? Gedanken Erik. Wieder einmal wurden die Werte seiner Großmutter daran erinnert, dass alle Menschen gleich sind und dass Gewalt gegen andere Menschen nicht angewendet werden sollte. Nein, das sollte man nicht tun, dachte Erik, der fast den Finger seiner Großmutter zeigen sah, als hätte Erik Unrecht getan, und er sah auch seinen Großvater, der nicht glücklich aussah.

ja! Ich muss das Haus des alten Mannes fahren, dachte Erik, der seine Großmutter und seinen Großvater im Sinn hatte, und obwohl er erkannte, dass es große Probleme geben könnte, nicht zuletzt alles, was DNA auf Kleidung hinterlassen konnte, und dann hatte er einen ehemaligen Freund, den er töten musste. Das allein könnte ihm große Probleme mit der Organisation bereiten, wenn sie erkennen oder erkennen würden, dass ein Mitglied ein anderes Mitglied derselben Organisation getötet hatte.

In diesem Moment erkannte Erik, dass er keine Freunde hatte, wenn sie es herausfanden. Es sollte eine Hölle eines Lebens werden, und nicht über alle Blicke in der Organisation zu sprechen.

Erik dachte für einen Moment, dass die Reise gerade erst begonnen hatte, und jetzt konnte er nicht bleiben, auch wenn er es gerne tun würde. Nun, dachte Erik und ging mit klaren Schritten in Richtung Scheune wieder, um Evert abzuholen, der komplettaussah, fertig. Erik musste ihn aufrichten, und er konnte sein Bein kaum stützen, also ging er mit großer Hilfe von Erik, der ihn wirklich hochhielt. Er setzte Evert auf die Beifahrerseite, während Erik wieder in die Scheune ging, um alle Beweise sicher zu säubern, er würde auch die Benzindose im Auto abholen und die Suppe so viel wie möglich ausgießen, weil es gut brennen würde. Erik würde das Benzin anzünden, aber erkennen, dass es kein Feuerzeug gibt. Erik fragte sich, wie zum Teufel er ein Licht bekommen würde, jetzt?

Er schaute auf den Gasschweißer und sah, dass es eine Schüssel Feuerzeug, begann er den Gasschweißer und dann zündete das Benzin, das er ausgoss. Es begann sofort stark zu brennen, so dass Erik die Scheune schnell verlassen musste.

Er wusste, dass es eine Gasflasche gab und es gab eine gute Chance, dass sie explodieren konnte. Evert saß im Auto und sah, dass Erik kam, aber er erzählte Es Evert nicht und fuhr schnell. Erik sagte ihm, er müsse von hinten aussteigen, also würde niemand darüber nachdenken, wer er sei, wer aus dem Auto stieg.

Erik half Evert, und beide gingen zur Tür. Evert versuchte, die Tür zu öffnen, aber sie war verschlossen, und er schien völlig schwindelig im Kopf. Erik erkannte, dass er das Fenster zerschlagen musste, wenn der alte Mann ins Haus kommen würde. Gesagt und getan, Erik zertrümmerte das Fenster, und Evert kam schließlich herein.

Ich gehe jetzt! Erik sagte, und Evert verstand, dass Erik nicht bleiben konnte.

Erik sprang ins Auto und fuhr zu einem abgelegenen Ort, um das Auto anzuzünden, in dem Evert saß, er fragte sich, ob Benzin in der Dose übrig blieb, weil Erik schon ziemlich viel für die Scheune verwendet hatte, als er sie in Brand setzte. Ja, ich will sehen, dachte Erik, hatte aber immer noch einige Bedenken. In der Stunde des Augenblicks könnte er die Suppe in der Dose verpasst haben.

Einmal an der schicksalhaften Stelle angekommen, ging er zum Kofferraum, um zu sehen, ob es Benzin gab. Ja, es gab Benzin, aber nicht so viel, aber genug für das Auto mit Beweisen für immer verschwinden. Erik bekommen das Feuer, und es an, ganz gut zu

brennen, er wollte den Platz nicht verlassen,
bevor das Auto wirklich in Flammen stand,
angesichts all der DNA, die nach Evert war. Das
Auto an, richtig zu brennen, und Erik begann sich
ruhig zu fühlen, als die Flammen um das Auto
herum waren.

Er begann, von dem schicksalhaften Ort zu
gehen, und mit versteifenden Schritten gehen
auf einem Weg, der weiter vor existierte. Er sah
sich um, so dass niemand ihn auf dieser Straße
gehen sah. Es schien ruhig, so begann Erik
seinen Spaziergang, der völlig ohne Planung von
seiner Seite war, als Evert wurde ein Merkmal
seines Lebens, das nicht durchdacht wurde.

Als Erik einen langen Weg zurückgelegt hatte,
merkt er, dass es ein paar Meilen sind, und seine
Fitness war nicht von der besten Art, also
entschied er sich, zu fahren, um nicht zu gehen.
Nach ein paar Kilometern hatte noch niemand
behaupten zu bleiben, und Erik begann zu
verzweifeln. Gerade als er darüber nachdachte,
hielt später ein Auto an. Erik lief in einem flotten
Tempo zu dem Auto, das anhielt, und aus purer
Freundlichkeit sagte er: "Danke für Sie gestoppt"

Was er sah, war eine Frau, die weniger schön
war, und er verstand, warum sie aufhörte, ihm
einen Aufzug zu geben, und der Blick, den sie
den Glöckner von Notre Dame sowohl

wunderbar als auch schön gemacht hatte, aber
jeder bekommt es so, wie sie es tun, dachte Erik.

Er dachte darüber nach, nach Hause zu
kommen, als die Frau aus höflichkeitslos ein
Gespräch begann und Erik sie nicht ignorieren
konnte, weil sie tatsächlich aufgehört hatte, ihm
einen Aufzug zugeben, Erik dankte ihr dafür,
dass sie so freundlich war und wünschte ihr eine
schöne Reise. Sie sagte: Auf Wiedersehen zu
Erik, und er tat dasselbe für sie. Er wollte nur,
dass sie wieder weggeht, damit er die Meile, auf
der er lebte, gehen und in seine Lage gehen
konnte. Einmal im Haus angekommen, sah er
sein Telefon mit dem Ladegerät liegen und
beobachtete, wie er näher an das Ladegerät
herankam, wobei neun Anrufe von
Organisationsleitern verpasst wurden.

Erik wusste, dass es ein verdammtes Leben
werden würde, und in der Tat... Henke, der
Leiter der Organisation, war von der Situation
nicht beeindruckt, dass jemand Anton mit einem
stumpfen Gegenstand getötet habe und dass die
Organisation die Hinrichtung untersuchte, die
ihm jemand angetan hatte.

Der Führer sagte mir auch, dass es ein paar mehr
Mitglieder geben würde, sagte aber nicht, wer

es war, als sie sich tagsüber auf dem Clubgarten
trafen, dann beendete er das Gespräch.

Erik konnte die Stimme des Führers hören, dass
er nicht glücklich war, und dass jemand es sogar
wagte eine, Vollmitglied zu töten, und wenn der
Führer nicht wusste, wer die Tat. Erik
wusste in seiner kleinen Welt, wer es tat, aber
tat alles, um es zu verbergen, er wollte nicht,
dass die Organisation wusste, wer der Schuldige
war.

Kapitel 3

Henke wartete auf das Clubhaus, bis die neuen Mitglieder kamen, und nicht einmal Erik wusste oder wusste von ihnen, daher gehörte er zu den ersten, die ins Clubhaus kamen. Es gab drei neue Mitglieder, die Anton in dieser schwierigen Zeit ablösen würden, wie Henke erzählte. Henke hatte die volle Kontrolle über diese Leute, und Erik erwartete, dass er sie vorstellte. Das war eine Person, die schon lange in der Organisation war und von der Henke dachte, dass sie einen guten Job machen könnte. Jim OneBone hatte zuvor in der Drogenindustrie gearbeitet und hat nun einen Schritt in die Erholung und das Geschäft gemacht.

Dann gab es auch eine Frau, die Bordellmutter ist und nichts anderes heißen will, aber sie wird auch Goblin Kind genannt und warum sie so genannt wird, kann sie sich sagen, wenn sie will.

Wir haben noch eine andere Person, die gerne alleine arbeitet, fährt Henke fort, er mag es, knifflige Probleme zu lösen, und ist in der Organisation, um Dinge zu regeln, wenn nötig, er heißt Bob Cole.

Es war jetzt alles, sagte Henke und nickte nur, um zum Auto zurückzukehren. Erik sah, dass der

Führer begann, in Richtung des Ausstiegs des
Clubs zu gehen und ging nach, um mit ihm Auge
für Auge zu sprechen. Der Führer sah in der Ecke
seines Auges, dass jemand auf ihn zukam und
drehte sich um, um zu sehen, wer es war. Der
Anführer sah aus, als würde er darauf warten,
eine Frage gestellt zu bekommen, und er bekam
sie von Erik. Er wunderte sich über die neuen
Leute, die in die Organisation eingetreten
waren, und warum er sie hereinbrachte.

Ich hielt es für angemessen, als wir weniger
Mitglied wurden, weil Anton zu Tode geprügelt
worden war, und es gab drei neue, die während
dieser Zeit mitgehalten hatten, also war es jetzt
wirklich aus dem Platz, schloss der Führer,
indem er sagte.

Was wissen Sie darüber, Henke?
Ja, ich kann Ihnen ein wenig sagen, aber nicht
alles. Für den Anfang, Jim OneBone ist eine
Person mit umfangreicher Erfahrung in Drogen,
Handel, und Geschäft im großen Drogenhandel.
Er ist jetzt zur Genesung bewegt, also erwarte
ich, dass ich das Richtige getan habe, aber es
stellt sich später heraus. Sein Name war Jim
Bone vor, aber als er sein linkes Auge verletzte,
während einer Drogenlieferung, wurde er nach
der Verletzung Jim OneBone.

Dann gibt es Big Mama, auch Goblin Kind genannt. "Jetzt weiß ich nicht einmal, warum sie, das heißt, aber wie gesagt, es ist für mich nicht wesentlich, solange sie ihren Job macht", sagte Henke. Ihre Qualitäten waren, dass sie den Überblick über die Escort-Mädchen, die sie in der Organisation hatten, behalten konnte, und außerdem sah sie gut aus, mit großen, die die meisten Leute niederschlagen konnten, wenn sie sich zu schnell drehte, dann hatte sie einen schönen mit, sagte Henke.

Hast du netten gesagt? Ich hörte, dass von einem Freund, der vorlebte, Tobbe, ich denke, sein Name war, sagte Erik, und er sagte immer etwas über diese Frau, denken, er war ein bisschen besessen von dieser Person, gut ficken es jetzt.

Dann habe ich Bob Cole, der ein Problemlöser und die rechte Hand des Führers ist. Seine Aufgabe ist einfach, er sorgt dafür, dass das Leben des Führers voll funktioniert, was auch immer von ihm verlangt wird. Henke sagt. Es waren alle Persönlichkeiten, die jetzt Teil der Organisation sind, also geht jetzt weiter, Erik. Henke sagte, zu Fuß auf sein Auto zu gehen, um wegzufahren. Erik, der den Wunsch hatte, ein ruhiges Leben zu haben, wo Unruhen nicht

existierten, aber jetzt kam es nicht so im
Moment, aber der Wunsch war wirklich, da.

Totalverlust! Es war jetzt eine Tatsache, und so
war Eriks Ex-Freund Anton, der herumstürmte,
als der Führer wollte, dass sie etwas dagegen
tun. Aber was könnten sie tun? Es war nur, um
den Verlust zu erkennen. Könnten sie mehr tun?
Die Organisation dachte, sie sollten, Kontakt mit
dem Bruder, der überlebte, in, um seinen Bruder
Evert drücken. Mit anderen Worten, er wollte,
dass sie sich von dem Problemleihen, Darlehen,
sind definitiv keine Lösung, wenn Sie solche
Probleme haben, wie sie als eine Bank schnell
gefunden hatte und daher Bob Cole, sah es nicht
als eine gute Lösung. Die Gedanken begannen
auf allen Ebenen destruktiv zu werden, und die
Verzweiflung, die Erik nun empfand, war schwer
zu ertragen. Nun fühlte es sich an, als wäre die
Hölle ausgebrochen und alles in die Hölle
gegangen. Es ist sogar so, dass Erik sich nach all
den Jahren daran erinnert, wie schlecht er sich
gefühlt hat, jetzt, da er hier sitzt und denkt, dass
er seinen Freund zu Tode geprügelt hat.

Erik begann immer mehr schwarz zu arbeiten,
was der Organisation nicht direkt zugutekam.
Erik war so passiv geworden, so dass er sich
nicht mehr um seine Organisation kümmerte. Es

war, als hätte er insgesamt aufgegeben und nur so arrangiert, dass er gut leben konnte, aber ohne Steuern zu zahlen. Erik war wegen dieser völlig kranken Prüfungen, die seine Genesung völlig handlungslos machten, gegenüber der Gesellschaft hasserfüllt geworden. Es wird oft gesagt, dass Rache das älteste Motiv der Welt ist, und heute kann er wirklich mit Überzeugung sagen, dass er extrem, rachsüchtig gegenüber allem und jedem war, der außerhalb seiner Organisation war. Er an, alles zu misstrauen.

Er tat einfach, was er hineinfiel. Niemand konnte seine Entscheidung beeinflussen, er war es leid, nett zu allen zu sein. Nun war er derjenige, der sein eigenes Boot fuhr.

Erik konnte sich nicht zusammengebrochen sehen, und er glaubte nicht, dass er ein gutes Verhältnis zum Leben hatte. Aber nicht alle Märchen haben immer ein schönes Ende, dachte Erik.

Es war keine gute Option, wenn seine Organisation die gescheiterte Genesung hatte, und die Organisation zu sagen, mit ihr zu warten, wäre so, als würde man die Kirche von Schweden bitten, aufhören, Amen zu sagen. Der Hass zwischen Erik und der Organisation begann offensichtlich zu wachsen, und bald befand sich Erik in einem neuen Konflikt mit Anwälten, die

Eriks Beteiligung an der Organisation aufteilen würden.

Es würde nicht enden, denn Erik hatte offenbar Kinder in der Stadt, und es stellte sich jetzt heraus, dass die Anwälte daran erinnert wurden. Die Braut, mit der Erik gewesen war, wollte, dass er der einstweiligen Verfügung zustimmte, (vorübergehende Verwahrung), aber Erik war nicht so daran interessiert, und erkannte, dass ein Prozess nicht etwas war, was er wollte, so dass die Braut durch seine Entscheidung, Frieden über die Situation zu bekommen, die herrschte.

Sogar die Kinder hatten bemerkt, dass etwas zwischen Erik und der Mutter nicht stimmte, was sich herausstellte, dass ein Kind oft traurig war. Ein Kind fragte sich immer, wo sie waren, und selbst wenn sie einen Konflikt hatten, taten sie alles, um die Kinder davon abzuhalten, zu hören, wenn sie kämpften. Aber es ist nicht immer einfach, wenn man wütend wird, sagte Erik, der von seinem Partner enttäuscht war. Die Kinder werden immer in irgendeiner Weise erwischt, wenn die Eltern sich entscheiden, sich zu trennen. Erik fühlte, dass er nicht mehr der nette und fürsorgliche Mensch war, der er einmal gewesen war. Er schämte sich jedes Mal, wenn seine Kinder fragten, warum die Mutter umziehen würde. Er fragte sich oft, wo Papa leben würde, und ein paar Worte, die sein Sohn zu ihm sagte, schnitt wie ein Messer direkt ins Mark. Erik fühlte ein furchtbar unangenehmes Gefühl des Verrats an seinen eigenen Kindern, und die Tränen waren unmöglich zu halten. Wie soll ich mir verzeihen? Erik dachte, während er sich mental verteidigen musste, indem er an diese beiden Brüder dachte, die ihre Schulden nicht bezahlt hatten und die eigentlich die Wurzel all des Bösen waren, aber seinem eigenen Kind zu erklären, dass Papa mit großen Geldsummen betrogen worden war, war keine Option. Sie waren einfach zu klein, um so etwas zu verstehen.

Viele von Eriks Gedanken waren, wie man aus diesem Elend herauskommt. Je mehr Zeit verging, und dass er gleichzeitig sah, wie die Mutter seine Sachen packte, machte die idiotischsten Gedanken, um plötzlich brillante Pläne zu werden. Die Leute sind so komisch. Du beginnst zu denken und zu handeln wie der schlimmste Höhlenmensch.

Erik wollte nur zu den Brüdern nach Hause gehen und mit einer Fledermaus erklären, was er denkt, und sicherstellen, dass sie die Schulden bezahlen, war aber zu zu zivilisiert, um so etwas zu tun. Dann war einer der Brüder gestorben, und dann dachte er, dass eine solche Aktion das Problem lösen könnte. Erik sah nicht die möglichen Strafen, die eine solche Aktion beenden könnte, so zum Glück tat er nichts. Glauben Sie, dass seine Kinder ihn dazu gebracht haben, anders zu denken, weil er sie nicht verlieren wollte, weil er irgendein Verbrechen begangen hätte, aber zu sagen, dass diese Gedanken nicht existierten, war eine Lüge gewesen, und bei all den Verbrechen, die er begangen hatte, hätte er leicht meine Kinder und ihren Glauben verlieren können.

Die Mutter zog zunächst für ein paar Wochen bei ihrer Mutter ein, bis sie eine Erdgeschosswohnung hatte. Erik wollte, dass seine Mutter bei ihm blieb, bis es Zeit war, einzuziehen. Er wollte nicht einmal darüber nachdenken, dass seine Kinder nicht zu Hause zu Hause sein würden. Erik war alles. Es fühlte sich an, als würde er zusammenbrechen, und er denkt, er könnte tun, was auch immer, um seine Kinder gesund zu halten. weil er sie so sehr liebt. Plötzlich war, es als ob Erik für alle Emotionen verantwortlich wäre. Dann denkt er vor allem an die Mutter. Die Kinder zeigten immer ihre Gefühle, und sie waren oft traurig über das, was passieren sollte. Erik konnte nichts anderes tun, als zu akzeptieren, dass er jetzt ohne die Kinder stand und dass er bald selbst in seinem Haus sitzen würde. Alle Bilder, die ihren Platz füllten, und alle Erinnerungen mit ihnen waren weg, einige Gemälde waren noch da, aber es fühlte sich sehr leer an. Plötzlich fehlten Dinge, um die er sich noch nie gekümmert hatte, Dinge, die erst jetzt Gold wert waren. Sie waren jetzt eine Erinnerung. Alle Kämpfe ließen ihn gespalten fühlen. Die Mutter, die Erik so sehr liebte, hasste er jetzt genauso sehr, wenn nicht mehr.

Jetzt war es an der Zeit, die Kinder abzuwinken. Die Tränen flossen Erik Wangen völlig, er machte sich auch nicht die Mühe, sie wegzuwischen. Erik schüttelte alle, der Trauer, die er fühlte, denn genau das war es, Traurigkeit. Er hatte seine Familie irgendwie verloren, und seine Kinder schrien auf dem Rücksitz des Autos, als sie weggingen. Wenn Sie noch nie einen solchen Abschied erlebt haben, ist es schwer zu verstehen, wie emotional es ist. Erik war leicht ein zerquetschter Mann. Er stand einfach da und sah, wie seine Kinder von ihm verschwanden, es war, als würde er den Stecker in eine Badewanne voller Wasser ziehen. Alles, wofür Erik stand, lief ihm in Sekunden aus, und er fühlte sich völlig tot von Emotionen, und in diesem Moment war es egal, ob das so war, die ganze Welt war umgekommen. Es genügte, dass seine Welt umgekommen war.

Traurig zu sein, während Erik sich völlig lächerlich fühlte, war etwas, das ihn sehr beunruhigte, und mental fühlte es sich an, als ob sein Körper im Begriff war, sich in zwei Teile zu teilen. Es war, als hätte man den bösen Engel auf der einen Schulter und den guten Engel auf der anderen. Was geschah mit Erik? Es war extrem, schwer, es so zu fühlen, er hatte eine Erziehung, wo er gelehrt worden war, ein guter und freundlicher Mensch zu sein, aber es war alles andere als das, was Erik jetzt fühlte. Während all die guten Dinge von ihm verschwanden, fühlte es sich an, als ob im zweiten Teil von Erik etwas Böses und Schreckliches aufgefüllt wurde.

Erik, trotz aller schweren Entscheidungen zwischen ihm und seiner Kindermutter musste sein Leben zu verfolgen. Ich frage mich, ob ich weiter auf den Boden der Gesellschaft kommen kann Erik dachte, als ich alles in meinem Leben verloren hatte, ohne auch nur das geringste Durcheinander zu sein. Mein Leben war von vielen Faktoren völlig erschüttert worden. Vielleicht hätte ich anders handeln sollen. Ja, es ist schwierig zu wissen, da ich keine Chancen mehr oder eine bessere Zukunft sah.

Erik war jetzt etwa 24 Jahre alt und war schon ganz in der Gemeinde. Sein junges Alter machte die zerstörerischen Gedanken, begann, eine Macht um seine gesamte Persönlichkeit zu bekommen. Was vorher nur schreckliche Gedanken waren, an, eine ganz neue Person zu erschaffen. Eine Person, die in eine Hülle aus Blei geworfen wurde. Ein Gehäuse, das garantiert alle Emotionen durchlässt. Erik begann einen Hass in ihm zu verspüren, der zunächst nicht aus diesem blei verkleiden menschlichen Körper herauskommen wollte. Die Wut bekam ein ganz, neues Gesicht für ihn, das bald eine Gesellschaft bewusst werden würde. Dieselbe Gesellschaft, die dazu beigetragen hat, diese imitierte, lächerliche Person zu schaffen.

Kapitel 4

Erik, der in seinem ganzen Leben kaum ein rotes Licht gefahren war, stand nun vor einem ganz neuen Leben. Ein sehr destruktives Leben. Es wird immer gesagt, dass es wartet, oder die Unwissenheit, die schwer ist. Die Gedanken gingen an seine Kinder, die er nicht unterstützen konnte. Es war alles weg. Erik fragte sich, wie er so dumm sein konnte, damit er ein Verbrecher wird.

Warum sollte mir und den Kindern das passieren? Glaubte Erik, Was ist das Schicksal? Es muss sinnvoll gewesen sein, obwohl diese Ziele äußerst unmöglich zu interpretieren waren. Einige Leute denken, dass man das Schicksal bis zu einem gewissen Grad kontrollieren kann, aber Erik ist skeptisch, wenn er sieht, wie sein eigenes Leben in den letzten 16 Jahren ausgesehen hat. Was hätte er tun können, um sein Schicksal anders zu kontrollieren? Es wäre gewesen, dass Erik den kriminellen Teil seines Lebens übersprungen hätte. Es klingt wie einfach alles andere als was es war.

Wenn du ohne lange, lange Zeit stehst, bekommst du eine Zukunft, ob sie gut oder schlecht ist. Nur er konnte überleben. Viele fragen sich sicherlich, wohin Eriks Gewissen gegangen war, das Gewissen, das ihn zu verlassen begann, und in Bezug auf Ethik und Moral, was sogar ein fertiger Absatz war. Eriks altes ME begann allmählich zu verschwimmen langsam, aber sicher. Die Mutter bemerkte, dass Erik sehr bekannt war. Sie mochte nicht, was sie jetzt sah. Aber was war es, gegen das die Mutter so war? Ihr zufolge dachte sie, dass Eriks Handlungen durch die Manipulation der Mehrwertsteuerformulare er verbrechen schuldig war, aber es war jetzt Geschichte, und Erik hatte nicht das gleiche Engagement für die Familie, also warum bringen Sie es jetzt? Als das Mehrwertsteuergeld bei ihnen ankam, jammerte die Mutter nicht. Ich habe nicht geglaubt, was Sie nicht sagen! Erik antwortete ihr. Dann sagt die Mutter, dass Erik zu 100 Prozent schwarz gearbeitet hat, und das war eigentlich wahr, was sie behauptete, er konnte es nicht als ein großes Verbrechen sehen und er verteidigte sich mit der Hälfte Schwedens, die es jeden Tag tat, obwohl er jetzt erkennt, dass diese Schwarzarbeit einen Schritt näher an die Kriminalität war. Durch die Rechtfertigung der steuerfreien Arbeit beginnt man, Gesetzesverstöße zu akzeptieren, und obwohl es sich um eine leichtere Form der Kriminalität handelt, ist es jedoch eine Einführung in den Verlauf des Verbrechens. Es klingt dumm, aber das menschliche Gehirn beginnt zu akzeptieren, was falsch ist, und Erik an zu lügen, sowohl für sich selbst als auch für seine Umgebung.

Schließlich sind die Lügen eine Verleugnung, die dir hilft, damit du dich nicht schlecht fühlst, was du tust. Wie die Einnahme eines Aspirins, das schmerzlindernd ist, aber die Wahrheit ist leider eine andere. Wenn Sie lügen oder Schmerzmittel nehmen, tricksen Sie einfach Ihr eigenes Gehirn zu denken, dass der Schmerz weg ist, aber alles im Leben ist auf die eine oder andere Weise verbunden.

Genauso wie die Schmerzmittel ausgehen, ist es genauso sicher, dass man bald eine weitere Lüge schaffen muss, um mit dem Leben fertig zu werden und auch die Lüge zu vertuschen, die man vor her, gesagt hat. Es war nicht nur die Mutter, die Eriks neues destruktives Verhalten bemerkt hatte. Nein, alle unsere früheren gegenseitigen Bekannten, wie auch unsere Freunde bemerkt hatten, Freunde, die Kinder im gleichen Alter wie Erik und die Mutter hatten. Sie sagten zunächst nicht viel, weil sie sich nicht einmischen wollten, geschweige denn sich einmischen wollten.

Sie waren überrascht! Die Mutter sagte. Dass sie überrascht waren Erik konnte verstehen, wenn sie Erik als eine freundliche und sehr fürsorgliche

Person kannten, eine Person, die Man mitten in der Nacht anrufen konnte, wenn Sie Hilfe brauchten. Es gab auch jene Freunde, die dachten, er hätte eine mildere Form der Psychose, als Eriks neues Verhalten wie der Unterschied zwischen Tag und Nacht war. Er zweifelt nicht daran, dass er wahrscheinlich schockiert war, wie alles in die Hölle gegangen war. Erik würde sagen, es war ein eingebauter, menschlicher Überlebensinstinkt. Ein Instinkt, der mit jedem Tag, der verging, zerstörerisch stärker wurde und den er selbst nicht sehen konnte, ist für ihn im Nachhinein ein schrecklicher Gedanke, den ich einfach vergessen möchte, dachte Erik.

Die Mutter wusste, dass Erik seine Kinder nicht in Gefahr bringen würde. Es ist etwas, das die Mutter Erik nie vorwarf, aber an Wochentagen destruktiv zu denken und dann am Wochenende Vater zu sein, war eine Herausforderung. Die Kinder fragten oft, woran ihr Vater arbeitete, der Papa ist wahrscheinlich ein krimineller Bastard, not eine gute Idee sofort, der Kinder noch rechtklein waren, was bedeutete, dass sie mit ihren Fragen keinen gegen die Wand stellten.

Aber die eigenen Kinder in jeder Hinsicht zu belügen, dachte Erik. Das Gefühl, dass er angefangen hatte, ein schlechter Vater zu werden, begann zu kriechen. Ein Gefühl, das er alles tat, um zu leugnen, da es einfach zu schwer wurde, darüber nachzudenken, und Erik fühlte sich schlecht über nur den Gedanken. Er war ein guter Vater, dachte er tausendmal. Dann verdunkelte er seine schlechte Seite mental.

Es waren die Kinder, die Erik dazu gebracht haben, seine Nase über dem Wasser zu halten. Die Kinder wurden mit schlechtem Hörvermögen geboren, und sie nannten Ohr-Babys, was viele Tage im Krankenhaus bedeutete, wo Hörtests durchgeführt werden sollten, und die später zu ihrer Operation führten. Sie implantierten ihre Ohren kleine Schläuche, die Flüssigkeit abtropfen ließen, die sich hinter den Trommelfellen füllte. Da sie es beide von Geburt an hatten, wirkte sich dies sehr stark auf ihre Sprache aus, da sie im Grunde taub waren. Die Mutter und Erik entdeckten es erst, als sie eine Karikatur im Fernsehen sehen würden, als sie fast immer den Fernseher auf höchstem Niveau hatten.

Die Ärzte sagten, dass die Kinder aus diesen Problemen wachsen, was wahr war. Es bestand kein Zweifel, dass Eriks Kinder ihren Vater brauchten. Sie würden, wie ich sagte, bei verschiedenen Kontrollen hin und wieder, aber

ihre wilde, das Leben mit einem verfügbaren
Vater zu kombinieren, war nicht die einfachste
Aufgabe.

Wie viele andere Kriminelle tat Erik auch alles,
um die schlechte Seite zu verbergen. Und hatte
nicht selbst zu dem Schluss geschlossen, dass er
ein Verbrecher war, sondern sah sich mehr als
ein lebendiger Künstler, obwohl seine
Umgebung, das heißt, Verwandte und Freunde
hatten, wie ich sagte, eine andere Vorstellung
von genau dem. GLAUBE, HOFFNUNG UND BÖSE
MIT LIEBE! Ja, sie können selbst hören, wie krank
es schon klang, aber der Mensch ist ein
Gewohnheitsmensch, dachte Erik, und die
Tatsache ist, dass sie sich nach 21 Tagen daran
gewöhnen, ob es etwas ist, das Sie mögen oder
nicht, das ist, wie der Mensch gefunden wird,
Erik wusste, dass Sie sich neu programmieren
konnten, um zu akzeptieren, was Sie taten,
obwohl es rein zur Hölle war. Erik änderte seine
Meinung unbewusst und schwebte langsam,
aber sicher in seinen neuen Anzug.

Da Erik viel gearbeitet hat, als er aktiv war,
begann er unruhig zu werden. Es war ein
weiteres Warnzeichen. Erik war damals ein
Arbeitstier. Jim OneBone hatte vorher
programmiert, und seine Erfahrung konnte

verwendet werden. Das einzige Problem war,
dass er keinen Job hatte. Erik hatte viel Hass,
Rache und eine Menge anderer Scheiße im
Inneren, die nun auf aggressivere Weise
versuchte, die bleibekleidete Persönlichkeit zu
durchdringen, zu der er sich entwickelt hatte. Es
war, als ob alle Scheiße zur gleichen Zeit wollte,
während er ein vorsichtiger Mensch war, also
vielleicht hatte ihn nicht der freundliche Engel
vollständig verlassen, aber das Böse war umso
stärker, was er zu bemerken begann, indem Erik
sich Die Quellcodes ansah.

Jim OneBone fand diese Quellcodes seltsam. Ist
es genauso chaotisch und unverständlich, ein
schriftliches Dokument in lateinischer Sprache
zu sehen? Jim OneBone sagte.

Es war wie das Lesen einer verschlüsselten
Masse von Text in, Marsmensch, aber trotz
dieser unverständlichen Zeichen und Punkte, Jim
OneBone war entschlossen, diese Sprache zu
lernen.

Erik würde zunächst lernen, die Bedeutung
dieser Charaktere zu verstehen. Er begann
Bücher über eine Programmiersprache namens
C+ zu lesen. Eine extrem anspruchsvolle
Programmiersprache, die später C++ genannt

wird. Das machte Erik fast völlig verrückt, als er eine Scheiße nicht verstand, aber nicht aufgab, da er ein extrem hartnäckiger Mensch ist. Er begann, sich mit Menschen zu verbinden, die seine große Leidenschaft, Daten, teilten. Als er erklärte, was er tat, waren sie mehr oder weniger bereit, Erik zu YELLOW SECTION zu treiben, mit anderen Worten.

Er würde kaum arbeite als Programmierer suchen, aber Erik hatte ganz andere Pläne über die Lektion über Programmiersprachen und wollte seinem Wunsch nach Rache entlüften.

Aber das ist, was Erik dachte, und nicht zuletzt gehandelt. Was Erik getan hat, war falsch. An Tagen, an denen er sich mit seinen destruktiven Gedanken und Ideen nicht mehr so schlecht fühlte, konnte Erik anfangen, darüber nachzudenken, wie er eine Rückzahlung für die Gesellschaft erhalten würde, die er in der zurückgelassen hatte. Jetzt war es an der Zeit, das Double wieder aufzugeben.

Erik hat sich schon immer sehr für Technik interessiert und Musik hat auch in seinem Leben eine große Rolle gespielt, da er nun seit 29 Jahren Klavier spielt, aber auch Computer waren etwas, das er schon immer leidenschaftlich war, aber leider hat er die Chance nicht genutzt, als er als junger Musiker ein gutes Angebot bekam.

Nein! Dann war es wichtig, nur mit Computern
zu arbeiten. Im Laufe der Zeit begann er zu
erkennen, was ein Computer für effektive Dinge
tun könnte. Erik lebte vollständig von der
Analyse verschiedener Computersysteme,
gründlich.

Kapitel 5

Die Front aller Systeme war nicht mehr so interessant, da Erik sich nun sehr den Herzen der Systeme selbst verpflichtet fühlte. Erik wollte einfach, nur den Quellcode der verschiedenen Programme sehen, die jetztsehr, interessant waren. Die meisten Computersysteme haben keinen sogenannten Open-Source-Code, aber der Quellcode war die Rückseite der Front, wo alles passierte. Die Rückseite war so interessant, dass Erik begann, über verschiedene Programmiersprachen zu lesen.

Dieses Gefühl der Rache war so enorm, dass er mehr oder weniger gezwungen war, all diese Rachegedanken auszuführen, aber bevor Rache kommen würde, lernte er, wie man mit dieser effektiven Waffe umgeht.

Angesichts dessen, was er selbst seit fast 15 Jahren tut, weiß Erik, dass Ökokriminalität nicht auf impulsiven Entscheidungen beruht.

Worüber sprichst du? Sagt Henke, der zu Eriks Platz gekommen war, und erkannte, dass er aus Rache geschneit hatte und es nachweislich nicht gehen lassen konnte. Wir haben jetzt noch andere Probleme als eure Rachetheorien zu lösen, sagte Henke zu Erik. Jemand oder einige haben Anton zu Tode geprügelt, und zusätzlich zu diesem Problem hat SAPO (schwedische Security Police) einige Verstärkungen mit einem Agenten McGill erhalten.

Wenn wir SAPO ins Boot bekommen, bedeutet das, dass die Organisation große Probleme hat, und es sind nicht Ihre Probleme mit Ihren Theorien, die Sie sich verschließen! Er sagte mit gereizter Stimme zu Erik, der gerade starrte, und es machte Henke mehr und mehr irritiert, je mehr er Erik ansah. Erik war ein wenig nachdenklich und fragte sich, warum Henke ihm so peinlich war. Erik fragte sich natürlich, ob Henke Gedanken an ihn hatte, dass Anton sein Leben verlor, oder hatte Henke einfach einen schlechten Tag?

Während Eriks Lehrzeit machte er viele unnötige Knallgeräusche, Fehler, die Erik oft bereuen musste, aber die Praxis macht perfekt.

Jedoch, Es ist mit einer Menge von teuren und peinlichen Übungen verbunden und aufgeben diese "Rückzahlung" war keine Option. Der Schwung, den er trug, war stark und hartnäckig. Eine Hartnäckigkeit, die in den 15 Jahren noch nie im Geringsten geschwächt hat, so dass Sie vielleicht besser verstehen werden, wie stark sein Hass war.

Als er nach einiger Zeit anfing, die Funktionsweise dieser verschiedenen Programmiersprachen zu bekommen, war es wie ein reines Gift.

Erik analysierte und analysierte, bis seine Augen bluteten. Für eine Weile war er so drin, also sah er Quellcodes, als er die Augen schloss. All diese Informationen sammelte er und begann dann, kleine Anwendungen oder in einfacher Sprache kleine Anwendungen zu erstellen. Diese kleinen Programme hatten keine hauptamtlichen Eigenschaften, aber es war unbestreitbar ein Kick, als Erik diese Codes als Programm rollen ließ, obwohl es zu der Zeit keinen Zweck hatte. Er an, größere Programme zu machen, um nur zu sehen, ob er es funktionieren lassen konnte, meistens ging es sauber, aber es war nur, um fortzufahren, bis es funktionierte.

Nun, viele in der Organisation fragen sich vielleicht, was war, der Sinn des Sitzens und des Versuchs, eine Menge von verschiedenen kleinen Programmen zu machen, dann gab es keinen Sinn darin? Der Grund dafür war zu lernen, wie verschiedene Programme strukturiert waren, und welche Schwächen sie hatten.

Es gibt keine Programme, die 100% sicher sind, und Erik wusste das. Alle Systeme und Programme haben eine Schwäche, und Sie haben nur, um es zu finden. Ein enorm zeitaufwändiger Job. Alle diese Kombinationen existieren belaufen sich auf Millionen und sind für das menschliche Gehirn völlig unmöglich zu handhaben. Es wäre, wenn die Person Glück hat und es schafft, das richtige Passwort einzugeben, aber welche Chance gibt es? Gedanken Erik. Es erfordert sehr anspruchsvolle Programme, die verschiedene Kombinationen schleifen. Ein solches Programm kann mehrere Tage, sogar Wochen dauern, und wenn es größere Server sind, die Sie knacken sollten, kann es Monate dauern, aber Erik hatte diese Zeit nicht.

Dass Erik machte diese kleinen Programme, war in der Lage, das Wissen zu bekommen, wie man Viren zu erstellen, Erik weiß, dass ein Virus ist eigentlich ein kleines Programm, das die Aufgabe der Durchführung einiger illegaler Aktionen Lernen dienen, um Eingangspfade zu schaffen, in den verschiedenen Systemen war Ziel Nummer eins. Viele Systeme sind derzeit durch Firewalls geschützt. Aber wie gesagt! Alles geht, wenn Sie wollen. Es gibt einige einfachere Möglichkeiten, um in verschiedene Systeme zu gelangen, aber es basiert darauf, einige

Voraussetzungen darüber zu kennen, was Sie genau einholen möchten. Erik wollte dies vollständig verbergen, eine Form der Sicherheit für den Autor oder das Unternehmen, nie von seinem eigenen Produkt ausgeschlossen zu werden, aber Erik wollte dieses Wissen in Unternehmen und in der Regierung einbringen. Das wäre schrecklich. Eriks Hintertüren sind ein Sicherheitsrisiko, von dem der Kunde nie etwas wissen wird. So kaufen die meisten Unternehmen und die Regierung ein Produkt von etablierten Unternehmen, die behaupten, dass ihr System sehr sicher ist. Aber sie sind nicht sicherer, als der Hersteller in sich selbst bekommen kann, wenn sie es wünschen. Erik wollte seinen Plan entwickeln und sich rächen. Im Zeichen der Rache.

Dieser teuflische Plan hatte Agent McGill vermutet, konnte es aber nicht beweisen, geschweige denn diese Theorie vorantreiben, als es nicht einmal Beweise für diesen Plan gab. Agent McGill wollte mit Henke, dem Leiter der Organisation, sprechen, in der Hoffnung, dass er sie zum nächsten Thread führen würde. Sie nahm Kontakt zu Henke auf. Sie blieb außerhalb des Platzes der Organisation und wurde von jemandem aus der Organisation empfangen. Sie fragte, ob Henke da sei, und er tat es. Sie gingen, um ihn zu holen.

Es war nicht schlecht. Said Henke, jetzt ist sogar SAPO zu Besuch. Was bringt Sie heute dazu, zu kommen fragt Henke und sah sehr überrascht aus.

Ich habe eine kleine Frage für Sie, vielleicht abgeschiedener. McGill sagte, mit Blick auf die anderen Jungs. Es ist okay. Henke sagte mit Blick auf Bob, der Henke im Auge behalten hatte.

Ja, was war Ihre Frage? Henke sagte, nachdenklich aus. Ja, tut mir leid. McGill sagte, wir bei SAPO fragten uns, ob Sie Erik in gesehen hatten, in der nahen die Zukunft oder wenn, Sie wissen, wo er ist McGill fragte. Nein, er ist in seinem Haus, nicht wahr? Henke sagte und fragte gleichzeitig, ob sie essen wolle, dann war es Zeit für das Mittagessen.

"Ja, es war angemessen gewesen", antwortete McGill und erkannte, dass es eine großartige Gelegenheit war, seinen Feind auf die Spur zu bringen, und wenn es Zeit war, würde man es nehmen, ohne einen Durchsuchungsbefehl, und alles, was nötig wäre, um eine solche Gelegenheit zu haben. Henke fragte nach einer Weile, ob McGill das Essen mochte.

Ja, es war sehr, gut. McGill sagte.

Ich habe eine Person, die ich sehr, gut in der Herstellung von Lebensmitteln, es ist die Cyanid-Koch, die alle unsere Lebensmittel macht. In der gleichen Sekunde beginnt McGill zu husten, als sie Cyanid hörte. Sie können ruhig sein, McGill. Die Cyanid-Köchin hat eine lange Haftstrafe verbüßt, so dass sie ihre Zeit im Gefängnis verbringt. Henke sagte lachend. Oh ja, es gab einige Gedanken mit diesem Cyanid. McGill sagte. Wenn es Cyanid gegeben hätte, in der Nahrung, wären Sie schon tot gewesen, und das Essen hätte Mandeln gerochen, Antwortete Henke der Mühe hatte, sich zum Lachen zu bringen. Nachdem sie beide gegessen hatten, begann Agent McGill, die Organisation zu verlassen, um zu seinem Auto zu gehen. Sie glaubte nicht, dass sie jetzt klüger wird, mehr als mit dem Feind zu essen. Henke und McGill winkten sich gegenseitig ab, und dann ging es in eine Richtung.

McGill fragte sich, was passierte, und ich bin sicher, dass Henke und einige mit ihm taten. Tatsächlich würde niemand mehr von dem Plan wissen als Erik. Sowohl Henke, SAPO als auch McGill fragten sich, was Erik tat oder was passieren würde. Henke hatte sich sogar mit seiner rechten Hand Bob Cole beraten, ob er wisse, was Erik tue.

Henke, das Erik ist wie eine Muschel und sagt niemandem eine Scheiße, nicht einmal zu mir zu helfen, sagte Bob frustriert, und erkannte, dass die Informationen nicht gefunden werden konnten, es sei denn Erik will es selbst aufziehen.

Während des Gesprächs kam Big Mama, um für die Frauen Rechenschaft abzutragen, die aktiv gewesen waren, und für Henke, die Gelegenheit nutzte, um zu fragen, ob sie Erik gesehen hatte, oder ob er während der Woche bei der Organisation gewesen war, aber er hatte es nicht. Henke begann zu denken, dass alles um Erik besonders fischig war, da er seinen Freund verloren hatte, der zu Tode geprügelt worden war, aber selbst das hatte Erik nicht dazu gebracht, darüber zu sprechen. Sie sagte Hallo zu ihnen in der Organisation und verließ die Räumlichkeiten.

Nun standen Henke und Bob allein bei der Organisation und konnten privat sprechen. Bob wollte auch wissen, wie alles verbunden war. Har war frustriert über die Informationen, die Henke nicht vermittelte. Erik will es mir nicht sagen. Henke sagte. Was soll ich tun? Ich kann, bekomme kein Wasser aus einem Felsen. Es gab einen Wortwechsel zwischen Henke und Bob.

Bob dachte Henke sollte Informationen von Agent McGill pumpen, aber Henke dachte nicht so. Agenten sind eine Hölle von einem Volk, und dass McGill eine Fliege Fehler kann, wenn sie will, mit ihren Kontakten, so Henke glaubte nicht, dass Gedanke.

Nein, das ist ein Fall für Bob. Henke sagte, als er ihn ansah. Vielleicht. Antwortet Bob und lächelte über die Situation, die herrschte.

Du gehst weg, Bob, tust etwas, was du gut an. Henke sagte.

Bob erkannt ziemlich, schnell, dass diese Mission schwer zu erfüllen sein würde, mit einem guten Ergebnis. Bob links rechts weg.

Henke hatte Sich Gedanken darüber gemacht, was Erik tat.

In einem anderen Teil des Landes, Erik saß und bereitete sich auf seine Rache, die ein teuflischer Plan war, und die viele Menschen und Unternehmen verletzen wird, aber Erik kümmerte sich nicht um he war entschlossen, den Plan umzusetzen und dann jemand erwischt wird er nicht geben eine Scheiße, fur Erik es war nur in der Lage, die Rache, die er dachte zu vervollständigen. Ein Wissen, das er bei der Gelegenheit nutzen will und von dem er hofft, dass es bald soweit sein wird.

Erik ist auf der Suche nach einem Betriebssystem, das viele Einzelpersonen und Unternehmen in ihrem Alltag nutzen. Tatsache ist, dass jede Lizenz für ein Betriebssystem eine Reihe hat, und jede Serie dieser Betriebssysteme hat einen Goldschlüssel. Dieser Goldschlüssel sagt dem Hersteller nichts, aber Erik weiß, dass er es ist.

Es ist so schlimm, dass Sie diese goldenen Schlüssel einfach über das Internet herunterladen können. So sicher, Sie können nie sein, wenn Sie einen Computer in Ihrem Alltag verwenden. Wie er mir sagte, kann der Mensch nicht mit all diesen Millionen von verschiedenen Passwörtern und Benutzernamen umgehen oder sie kombinieren. Daher war sein Ziel, verschiedene Arten von kleinen Programmen zu schaffen, oder Viren, wie ein gewöhnlicher Mensch es als wahrgenommen hatte. Der Einstieg in den Computer einer anderen Person war eine Voraussetzung, um ihn von seinen wichtigsten Informationen leeren zu können.

Kapitel 6

Damit Erik Informationen sammeln konnte, musste er unbemerkt über das Internet einsteigen, was anfangs kein leichtes Spiel war, da das Internet aus Einer Internetverbindung über das normale Telefon bestand. Wie die meisten Leute wissen, bedeutete dies, dass Sie eine Telefonnummer anrufen mussten, eine so genannte Modem-Pool-Nummer, und viele hatten nicht das AXE-System an ihr Telefon angeschlossen, was bedeutete, dass Sie nur eine in der Leitung sein konnten. In den Häusern vieler Menschen musste man die Verbindung trennen, um regelmäßig telefonieren zu können, was sich herausstellte, dass es nicht so einfach war, hineinzukommen.

Erik führte viele Angriffe in der Nacht, wenn die meisten schliefen, aber dann war es das nächste Problem zu lösen. Die Leute schalten oft nachts ihre Computer aus, und sie kannten Erik. Heute, mit Breitband, Computer stehen in der Regel rund um die Uhr, wenn viele denken, zu Hause Filme und Musik in der Nacht. In der guten alten Hacker-Ära war es Hacking, das Wort wert war und dann musste man wirklich arbeiten, um in ein System zu gelangen. Nicht wie heute, wenn es viele illegale Tools online zum Download gibt.

Werkzeuge, die Erik selbst entwickeln musste, wenn er in verschiedene Systeme gelangen konnte.

Mit dem Wissen, das er heute hat, und mit den modernen und ausgeklügelten Programmen, die existieren, um zuzugeben, wäre Erik eine extreme Gefahr für die Gesellschaft, da er ein rachsüchtiger Mensch war, der in verschiedenen Systemen großen Schaden anrichtete.

Erik kam unbemerkt in die Systeme. Er musste einfach eine Datei in den Computer des Benutzers zu bekommen in, um herauszufinden, bestimmte Informationen, die dieses Eindringen möglich machen würde. Durch die Schaffung eines Virus, das eine Form eines Trojanischen Pferdes ist, das eine wirklich böse Sache ist, um in seinen Computer zu gelangen, hoffte Erik, dass dieser Dateityp aktiviert würde. Er erstellte die Datei, die er in diese Datei programmiert hat und die durch verschiedene Befehle des Benutzers selbst aktiviert wird. Zur gleichen Zeit wollte er nicht, dass dieser Benutzer irgendein Übel in dieser Datei vermutet, (das Virus), also erstellte er einfache Aktivierungsbefehle. Ein Klassiker war, dass Sie eine E-Mail gesendet haben.

Wenn der Benutzer die E-Mail sah und drückte, um sie zu öffnen, kam es ein Zeichen mit dem Text, Sie möchten diese E-Mail öffnen, da es *schädliche Dateien enthalten kann, die Ihren Computer beschädigen könnten. Natürlich wollte der Benutzer dies nicht* tun, was kalt kalkuliert war, und das war genau das Ding, dass der Benutzer die Taste NEIN drücken würde. Der Nein-Button wurde so programmiert, dass er JA bedeutet. Dies erschien nur im Quellcode selbst. Auf dem Zeichen, dass der Benutzer sah, war es wie üblich, Erik wollte, dass der Benutzer zu glauben, dass er die Öffnung dieser bestimmten E-Mail unterbrochen und das ist, wie es aussah keine E-Mail geöffnet wurde, aber jetzt wurde das Virus selbst im Hintergrund aktiviert. Was das Virus tun würde, war bis zu der Person, die das Virus erstellt.

Meistens war es, wie ich sagte, um wichtige Passwörter zu finden, oder andere von Wert für den Hacker. Viele Stunden saß er, um ein kleines Programm funktionieren zu lassen, und in dieser Phase gab es eine Menge über Tritte. Er war so in der Gemeinschaft und tat fast alles.

Er wollte sich lebendig fühlen, aber die Tritte laufen aus, und Erik hat, die ganze Zeit Schlimmeres zu tun, um dieses Kick-Feeling aufrecht zu erhalten. Wenn Sie am Anfang Ihrer

Hacker-Karriere, Sie bekommen kriechen dort auch, bis Sie gehen können, was bedeutet, dass Sie konnte nicht aggressive Viren machen, zunächst. Viren können in zwei Kategorien unterteilt werden, aggressive und Junk-Virus. In, um zu verstehen, was der Unterschied zwischen diesen beiden Viren ist, können Sie sagen, dass aggressive Viren Ihre gesamte Festplatte löschen können, während ein Junk-Virus nur Zeichen präsentieren kann, die sagen, DASS IHR HARD DRIVE ERASED ist.

Ein Junk-Virus ist harmlos, aber sie können extrem, ärgerlich sein, da sie auch 100 Pop-up werfen können, dass Sie eine kleine Pause aufbekommen können, aber siekönnen, nicht direkten Schaden an Ihrem Computer zu tun. Es wäre, wenn der Junk-Virus programmiert ist, um in der Lage zu sein, eine, riesige Menge, von Programmen zu starten und der Computer ist in einem schlechten Zustand, vielleicht dann, aber sonst völlig harmlos.

Erik erforschte, wie alle anderen auch, wie man so aggressive Viren wie möglich produzieren kann. Als er einmal anfing, gab es höchstens 50 bis 70 Viren, die über das Internet pro Monat freigesetzt wurden, aber jetzt gibt es viel mehr. Es wird geschätzt, dass 400 bis 800 Viren pro Monat freigesetzt werden. Obwohl es so

dramatisch zugenommen hat, sind nur wenige
pro Jahr zu hören, und das hat großen Schaden
angerichtet.

Was will Erik damit sagen? Nun, es ist extrem,
schwierig einen Virus zu erstellen, der alle
Sicherheitssysteme durchdringt und der
wiederum großen Schaden verursacht.

Obwohl er wusste, dass es mit diesen Viren
extrem, schwierig war gab er nie auf. Erik weiß
nicht, ob es nur der Kick war, der ihn
angetrieben hat, Es gab lange Zeiträume
zwischen meiner Kindermutter und meiner
Trennung und meinem Fortschritt bei den
Daten. Aber klar, dass es der Hass war, der die
treibende Kraft für Erik war.

Er an, Dinge innerhalb einer geschlossenen
Nerd-Schaltung zu tun, was viele Gerüchte
hervorgerufen hat. Die Leute um ihn herum, die
auch in der gleichen zerstörerischen Industrie
waren, sahen, dass Erik coole Sachen machte. In
der Lage zu sein, in den Computer eines anderen
zu gelangen, war damals schweres Zeug, und je
mehr sich das Internet entwickelte, desto mehr
Netzwerke standen auf der Speisekarte. Es war
fast wie Heiligabend jeden Tag.

Als Erik auf diesem Gebiet immer geschickter
wurde, wurden die Aufträge immer mehr. Es gab

keinen Markt für Viren, nicht in diesem Land,
aber in der Lage zu öffnen, verschiedene Aktien,
die online waren, gab es um, so mehr Nachfrage
nach. Erik wollte sich auf diesem Markt einen
Namen machen, und es gab nur einen Weg, ihn
zu bekommen. Eine gute Arbeit könnte sein,
herauszufinden, wo die Dinge standen, zum
Beispiel in welchem Hafen, in welchem
Container sich diese Waren befanden, und dann
würden Sie Frachtbriefe reparieren, indem Sie
gefälschte machen. Also, bevor eine Arbeit
getan werden konnte, gab es eine Menge
Vorbereitung auf allen Ebenen. Nur eine Chance
zu ergreifen war keine Option, wenn Sie
entweder Zoll oder die Polizei in den bekam.

Während Eriks so genanntem Ausbildungsjahr,
als er gerade erfuhr, wie Systeme
funktionierten, gab es viele Fehlschläge, die er
machte, er verpasste großen Nutzen, wenn ich
im scharfen Modus arbeiten würde. Sobald Erik
in scharfer Position war, war kein Platz mehr für
solche Fehler. Er arbeitete, um unsichtbar zu
sein, damit er in Ruhe arbeiten kann. Ein paar
Minuten könnten ein Urlaub sein.
Normalerweise war es sehr verschwitzt, und Erik
musste immer einen zweiten Plan haben, wenn
er es brauchte, oder zufällig seine Fußabdrücke
in ihr System steckte. Natürlich hat man immer
einen Eindruck hinterlassen, wenn man in der

digitalen Welt ist und sich bewegt, aber die Frage war nur, welche Drucke man dort absetzt.

Wenn Erik in die Daten eines anderen eindringt, oder in ein Netzwerk, das mehrere Computer umfasst, hinterlässt er ein Impressum in ihrem System. Die Spur, die er immer verlässt, ist die IP-Nummer seines Computers, die Sie verfolgen können, und um zu vermeiden, dass die IP-Nummer Spuren hinterlässt, die direkt zu Ihnen führen, verwenden viele eine Fälschung, was bedeutet, dass die IP-Nummer, die genau zum Fußabdruck wird, dann zu einem völlig anderen Computer führt, in einem anderen Land, als wo Sie sind. Wie dies zu tun, ist nicht gerade ein Geheimnis.

Erik verwendet einfach ein kleines Programm, das die IP-Nummer des Kundencomputers manipuliert. Mit diesem Programm geht der Computer des Kunden über einen anderen Computer ins Internet. In der Fachsprache heißt ein solcher Server Proxy-Server, was in der Praxis ganz einfach ist. Sie durchsuchen einfach die Identität eines anderen Computers. Sobald Sie auf diese Weise die Systeme anderer Personen verletzt haben, ist es sehr wichtig, einen solchen Proxy-Server zu verwenden, der sich in einem Land befindet, das nicht mit diesem Land zusammenarbeitet, denn wenn Behörden die Möglichkeit erhalten würden, diesen Proxy-Server zu verfolgen, können sie anfordern, von welchem Land und welcher IP-Nummer er sich auf dem Server befindet. Das heißt, was die tatsächliche IP-Nummer ist. Die Sozialversicherungsnummer Ihres Computers. Es ist daher äußerst wichtig, sorgfältig zu wählen, welchen Proxy-Server Sie verwenden, da die sam Ende absolut entscheidend sein kann. Wenn Sie ein Land wählen, das Ihre, Auf gaben nicht loslässt, können Sie einige lustige Dinge tun. Das ist nicht der ultimative, versteht Erik.

Wenn der Kunde dies jedoch als Auftrag hat, müssen Sie bessere Eindringversuche vornehmen, als die obigen Beispiele zeigen, wenn Sie mit Kontrolle arbeiten und nicht mit Vertrauen. Es gibt, wie gesagt, einige Grundregeln, mit denen alle Hacker arbeiten. Zu entdecken ist fast immer, dachte Erik, aber wohin es führt, ist eine ganz andere Sache. Es geht um den Breitband-Router, den der Kunde hat, der jetzt über Breitband anstelle eines herkömmlichen Telefonmodems verfügt. Der Markt verkauft diese fortschrittlichen Router. Eine besser als die andere, und mit vielen Funktionen, die normale Menschen nicht die geringste Ahnung haben, wofür sie sein werden, was eine große allgemeine Gefahr für diese

Menschen und nicht zuletzt für die Informationen, die ihre Computer speichern, schafft. Es besteht kein Zweifel, dass diese Router immer besser werden, und mit neuer Technologie sollten auch normale Menschen klarer gewarnt werden. Die Hersteller sagen, dass es nur in ihren Router stecken, so ist es klar. Erik weiß, dass die meisten Router standardmäßig sind, was bedeutet, dass Benutzername und Passwort auf allen Routern dieses Herstellers identisch sind. Viele verwenden auch drahtlose Netzwerke, die derzeit die meisten neuen Router unterstützen, und dies stellt eine noch größere Bedrohung dar, wenn sich der Router im Werksmodus befindet, einige Hersteller haben die spezielle Wireless-Funktion deaktiviert, wenn sich der Router in diesem Modus befindet, und da viele, heute drahtlos surfen, diese Funktion aktivieren. Erik weiß, dass die Situation ruhig ist und dass alle Türen offen sind. Viele haben ein ungesichertes drahtloses Netzwerk, und viele Menschen nehmen es nicht ernster. Nein, sie haben vielleicht keine wichtigen Informationen im Computer, die sie vermissen würden, wenn sie verschwanden, aber wenn sie wüssten, dass sie eines illegalen Eindringens in eine Bank verdächtigt werden könnten, und genau das wusste Erik und sah den Vorfall als Rache gut viel. Denn genau jetzt steht Erik und klatscht mit den Händen, Verbrechen, die man nicht kennt, und das Schlimmste ist, dass man es nicht bemerkt. Wenn Sie ein Glück, der Hacker ist geschickt, und vielleicht wird es Sie auch schützen. Aber wahrscheinlich nicht. Erik kennt dieses Wissen und erkennt, dass ihre Schwäche seine Stärke ist.

Erik nahm offensichtlich einen anderen Computer, als er hinausging. Aber er sitzt mit einem Laptop. Dann findet er ein drahtloses Netzwerk. Wichtig ist, dass der Laptop, den Sie verwenden, ein so genannter sauberer Computer sein muss. Das bedeutet, dass das Windows-Betriebssystem nicht für irgendjemanden oder irgendetwas registriert werden sollte, das Ihnen ableiten könnte, und was noch wichtiger ist, Sie haben keine Datei oder irgendetwas anderes, das Ihnen persönlich ableiten könnte.

Sobald Sie diese grundlegenden Elemente erfüllt haben, müssen Sie einen sicheren Proxy-Server finden, um sicher zu surfen. Durch die Nutzung eines drahtlosen Netzwerks, dessen Eigentümer eine andere Person ist, richten Sie den Verdacht direkt auf diese Person aus. So hackt Erik in das Netzwerk einer anderen Person und einmal innerhalb des Netzwerks beginnt er zu surfen, und es hat jetzt einen Proxy-Server, der die IP-Nummer seines eigenen Computers manipuliert hat (Computer-Sozialversicherungsnummer). Wenn Sie nun den Computer der anderen Person erneut durchsuchen, bedeutet dies, dass Sie ihn erneut als HOST verwenden. Auch jetzt haben Sie einen ordentlichen Schutz. Aber wie gesagt! Sie arbeiten nicht an Vertrauen, mit dem Sie arbeiten. Der Hostcomputer wird in mindestens 3 weitere Computer gehackt. Sobald dies geschehen ist, ist es Zeit, den Angriff auf das Ziel zu machen. Nur um dies ein wenig spannend und interessanter zu machen, wird er Ihnen unten von einem kompletten Angriff auf ein größeres Unternehmen erzählen. Das Unternehmen hatte große finanzielle Muskeln und das Banalste an diesem Unternehmen war, dass sie IT-Geschäfte machten, was eine umso größere Herausforderung wurde, in das unter, nehmen musste. Es war keine große Aufgabe, und gleichzeitig möchte ich auch nicht sagen, dass es einfach war. Aber alles ist einfach, wenn man kann, unabhängig von der Industrie.

Erik hatte lange im Unternehmen recherchiert, und durch verschiedene Anfragen zu den verschiedenen Produkten des Unternehmens testete er sowohl, um ihre Web-Formulare auszufüllen, als auch, dass er gewöhnliche E-Mails an das Unternehmen schickte. Erik entdeckte schnell, dass ihre Web-Formulare alles andere als sicher waren, da viele ernsthafte Sicherheitslücken hatten. Diese Sicherheitsmängel ermöglichten es, zu kontrollieren, wo der Antrag landen würde, aber die Umleitung des gesamten Fragebogens würde leicht bemerkt werden. Dann erstellte Erik einfach eine Kopie aller E-Mails aus diesen Fragebögen. Diese konnten nicht bemerkt werden, wenn sie nicht in die Statistiken des Mailservers einfließen. Nur dann könnten sie sehen, dass es viele E-Mails auf ihrem Mail-Server gegeben hat. Aber da sie dies nicht zu tun schienen, konnte Erik ungestört die E-Mails erhalten. Was könnte er also vernünftigerweise aus diesen Informationen herausholen? Wie Erik uns zuvor gesagt hat, sind die Schlüsselwörter zum Erfolg Genauigkeit und Kontrolle. Die Sekunde, in der Sie an das Wort Vertrauen denken, sind Sie einfach geraucht, und Sie können dann erkennen, dass Sie im falschen Geschäft sind. Vertrauen ist ein Wort, mit dem es in dieser Branche keinen Erfolg gibt.

Ein weiterer häufiger Fehler, den viele machen oder erleiden, ist Gier. Durch zu viel Einmischung in ihr Geschäft, desto größer ist das Risiko, entdeckt zu werden. Man würde sich darauf konzentrieren, ein wenig zu nehmen, und von vielen verschiedenen Unternehmen statt, aber

mit den Dollars eines Unternehmens zu sitzen,
indem man sie über ihre eigene Tastatur zum
gewünschten Ziel umleitet, scheint fast
unwirklich. Es ist viel mehr grundlegende Arbeit
erforderlich, bevor dies überhaupt getan werden
kann. Aber wir werden das später erreichen.

Durch verschiedene Dialoge mit dem
Unternehmen, Erik war in der Lage, die
Schlüsselpersonen, die auf wichtigen
Passwörtern und Benutzernamen sitzen konnte,
die gut zu erwerben, aber mit einem
Unternehmen zu diskutieren, dass Sie von
Dollars und anderen Wertsachen leer würde,
erfordert ein bestimmtes schauspielerisches
Talent. Erik wollte keinen Verdacht unter dem
Unternehmen wecken, so dass er durch das
Spiel hilfreich gegen das Unternehmen war in
der Lage, die Leute zu finden, die Webseiten und
Server verwaltet. Der einfachste Weg ist, einen
Dialog zu öffnen. Erik geht auf der Website des
Unternehmens, um alles von Tippfehlern auf
ihrer Website oder anderen Fehlfunktionen zu
finden. Diese möglichen Fehler sind sehr,
dankbar für Unternehmen, um herauszufinden,
wie die Websites sind das öffentliche Gesicht
der Unternehmen zu Kunden. Ein seriöses
Unternehmen möchte keine Fehlfunktionen auf
der Website haben, und selbst viele Tippfehler
auf einer solchen Seite vermitteln einen weniger

ernsten Eindruck auf einen Kunden. Man könnte
so wahrnehmen, als könnten die Mitarbeiter
oder das Unternehmen nicht buchstabieren, und
Tatsache ist, dass ein Unternehmen nicht stärker
als das schwächste Glied ist. Durch das
Versenden von E-Mails an das Unternehmen
über diese Fehler, Erik kam an die richtige
Person innerhalb des Unternehmens, Erik ganz
bewusst schickte Mail an die falsche Person im
Unternehmen, über diesen besonderen Fehler
oder Problem, d.h. der Grund dafür war, dass
die Mitarbeiter, die zum Beispiel mit
Kundenservice arbeitete nicht sehen, was für die
Website anwendbar war, aber dankte so viel für
Erik hilfreich, indem sie sie auf den Fehler, und
dass sie uns an die richtige Person verwiesen.
Erik bekam einfach den Namen der richtigen
Person, aber es war oft, dass sie auch mit der E-
Mail-Adresse der Person in der Informations-E-
Mail gesendet.

Kapitel 7

Für den Kundendienst war es nur ein normaler Fall, um dem Kunden zu antworten, der die E-Mail gesendet hat, aber nicht für Erik. Durch die Tatsache, dass die Antworten von den verschiedenen Leuten kamen, war er in der Lage, sie in die verschiedenen Netzwerke zu unterteilen, sowie in welche Arbeitsgruppe sie gehörten, und auf diese Weise konnte Erik leicht die Menschen isolieren, die wichtig waren. Viele große Unternehmen haben eine Support-Abteilung, aber das bedeutet nicht, dass sie im selben Raum oder sogar am gleichen Ort sind. Daher war diese Isolierung wichtig, damit Erik leicht den Computer der richtigen Person angreifen konnte. Schließlich ist diese Industrie nicht dafür bekannt, eine zweite Chance zu geben, wenn sie scheitert. Nein! In diesem Bereich galten ziemlich, einfache Regeln. Erik würde einfach rein und raus, so war es ziemlich, einfach. Als er die verschiedenen Netzwerke entwarf und IP - nein. mit dem Computer jeder Person begann er mit dem nächsten Schritt. Erik musste zunächst überprüfen, ob alle diese IP-Nummern aktiv waren, indem er einen Anruf auf ihrer IP-Nr. In der Fachsprache wird gesagt, dass Sie einen Computer pingen, oder besser gesagt, ein IP-Nr. Es ist der Fall, dass alle Computer, die sich in Netzwerken befinden, durch viele Router und Firewalls geschützt sind.

Wenn Erik Anrufe an diese Firewalls sendet, wird es Quer top, was von Anfang an enthalten ist, aber durch verschiedene Programme erhalten Sie die Art von Firewall, gegen die Sie kämpfen, und können dadurch mit der Arbeit beginnen, die Firewall zu knacken. Eine Firewall zu knacken ist wie Lotterie zu spielen. Sie wissen nie, wie lange es dauern wird, bis Sie eine Auszahlung erhalten. Es ist ein Anwendungsprozess, der alle diese Kombinationen schleifen sollte, wie es sein kann. Während die Schleifen laufen, stellen Sie sicher, dass Sie daran arbeiten, wie und wo diese Bargeld- oder Investitionsgüter zu senden. Eine Grundregel, die Sie NIE kompromittieren müssen, ist, auf die geringste Weise zu urteilen, unabhängig davon, ob sie fast harmlos ist. Die Kontrolle überwiegt.

Wenn Sie auf die Dinge abzielen, müssen Sie sie hinzugefügt oder auf einem Bankkonto in Ländern eingezahlt werden, die Schweden in keiner Weise Informationen zur Verfügung stellen. Wenn Sie in dieser Branche tätig sind, haben Sie bereits viele ausländische Unternehmen. Unternehmen, die nicht schwedischer Staat sind, haben die geringste Chance, mit dem Arm des Gesetzes zu erreichen.

Es in Schweden einzuzahlen wäre wie ein rückgängig gemachter Job, selbst wenn Sie es nicht auf irgendein Konto einzahlen, das zu Ihnen persönlich führen würde, also muss es natürlich zu jemandem führen, der wiederum das Geld abheben sollte. Dann haben Sie es, Das Sie ein schwaches Glied nennen. Also, es ist kein guter Weg, dann würden Sie ständig gehen und sich Sorgen darüber machen, wann diese Person (klatsch) Informationen durchsickern würde. Es könnte sogar Druck von dieser Person geben, wenn sie ein größeres Stück vom Kuchen bekommen wollte. Wenn sie keinen größeren Anteil am Kuchen bekommen, könnte eine solche Person lecken, nur um Sie festzuhalten. Gier ist eine gefährliche Krankheit, mit der Erik nie verhandelt hat.

Große Summen wegzuzaubern ist mit großen Problemen und viel Arbeit verbunden, daher benutzte die Organisation Big Mama, die auch Goblin Kind genannt wurde, die die Kontrolle über diese Figuren hatte, als sie über alle Luxusfrauen herrschte, es war eine sehr clevere Art und Weise, die Kontrolle über solche Geldsummen zu bekommen. Bob Cole denkt, dass es eine Menge Dollar gewaschen wird, was er Henke erzählt, aber er sieht es noch nicht als seltsam an. Viele nutzten einen sogenannten Torwart, um das Geld herauszubekommen. Ein

Torwart ist eine Person, die ein Bankkonto aufstellt und den Treffer trifft, wenn die Bullen kommen, aber die Organisation hatte Goblin-Kind. Persönlich war Erik so vernarbt von dem, was früher in seinem Leben geschehen war, was bedeutete, dass er niemandem vertraute, auch nicht auf seine eigene Reflexion, da es abgehört werden konnte.

Erik und Jim OneBone machten kleine Anwendungen (kleine Programme), die öffnen würden, verschiedene fiktive Kreditkarten. Das Erstellen einer Kreditkarte dauert etwa 10 bis 15 Sekunden und ist dann voll nutzbar. Sie können es also über das Internet ohne das geringste Problem handeln. Kreditkarten zu machen war umso weniger schwierig, als zu wissen, wohin man den Dollar schickt. Ziemlich erbärmlich, wenn viele Menschen nicht wissen, wie sie ihre Konten auffüllen, aber wie Erik während seiner aktiven Zeit als Krimineller immer gesagt hat, dass das Problem nicht war, wie man auf das Geld zugreifen kann. Nein! Vielmehr war es, wie man sie schickt, und wie man sie sicher hält, ohne mit den Behörden in die Hecke zu dringen. Beide erstellten 20 bis 30 verschiedene Kreditkarten, um viele halbgroße Einkäufe machen zu können, sie benutzten verschiedene

Kreditkartennummern und benutzten auch verschiedene Kartenanbieter so, sie machten einige Karten mit Visa-Funktionen und einige MasterCard. Alles, was dafür wäre, würde völlig normal aussehen. Im Prinzip könnten die Kartennummern auf den Höchstbeträgen verwendet werden, aber warum maximal Grenzen verwenden, dann ziehst du nur noch einen Scheck vom Kartenanbieter ab. Man sollte nicht über ein zu großes Stück klaffen, wie es so weise genannt wird.

Sobald die Firewall geknackt wurde, war es nur eine kleine Datei zu pflanzen, die herausfinden würde, in welche URLs die verantwortlichen Mitarbeiter gingen. Sobald die Datei an Ort und Stelle war, war es nur eine Frage des Ruhestands, und ein paar Tage später gehen sie in, um die Datei herunterzuladen, die die Informationen gespeichert Erik wollte über. Sie nennen solche Viren Spyware, und das ist genau das, was es war. Das Programm war nur die Aufgabe, die Tastenanschläge aufzuzeichnen, die die Person gemacht hat. So war es sehr, leicht zusehen, wo sie surften, welche Passwörter und Benutzernamen die autorisierten Mitarbeiter verwendet. Nachdem beide diese Informationen erhalten hatten, begann der nächste Schritt.

Jetzt würde es unbemerkt die Kontrolle über die E-Mail-Server übernehmen, um in der Lage zu sein, alle Warnungen von Kreditkartenunternehmen zu nehmen. Durch das Erstellen neuer E-Mail-Adressen und das Weiterleiten wichtiger E-Mails könnte das Unternehmen misstrauisch werden. Beim Zugriff auf diese E-Mail-Server wurde beim letzten Zugriff auf diese E-Mail-Server verwendet. Wenn Sie wissen, wie ein E-Mail-Server funktioniert, wissen Sie auch, dass diese normalerweise Standard Ports verwenden. Häfen wie 25 und 110 sind sogenannte Standard-Ports. Einmal auf diesem Server, hatte Erik 100 Prozent Kontrolle über die E-Mail des Unternehmens. Dieser Schritt war nur ein vorbereitender Schritt, aber auch ein sogenanntes zusätzliches Backup, wenn etwas schief gehen sollte.

Diese Kontrolle der E-Mail konnte Minuten sparen, entscheidende Minuten, so entscheidend, dass diese Kontrolle immer durchgeführt wurde. Nun kann man fragen, ob die Kreditkartenunternehmen nicht über ein reguläres Telefon verfügen, so dass sie so anrufen und vor diesen Käufen warnen könnten, die direkt illegal waren. Absolut könnten sie, aber die Sache ist, dass die Verantwortung für den richtigen Kauf auf drei verschiedene Parteien geteilt wird. Das heißt, das

Unternehmen, das die Produkte verkauft, hat Verpflichtungen, ernst zu sein. Das bedeutet, dass das Unternehmen von Unregelmäßigkeiten in sauber sein muss, um diesen Service des Unternehmens nutzen zu können. Das diese Shopping-Sites online installiert. Das Unternehmen, das öffnet, garantiert die Webshops, dass sie sichere Zahlungen über das Netz gegen Kreditkartenunternehmen garantieren. Dies dauert also in der Regel viele Tage, bis dies entdeckt wird. Da alle Unternehmen dem Kunden einfache und intelligente Lösungen bieten wollen, öffnet es sich, sich diesen Betrügereien, und durch die Tatsache, dass diese intelligenten Lösungen von Computern verwaltet werden, kann man diese Systeme manipulieren. Denn eines ist sicher! Der Computer ist ein logischer Computer. Wenn kein Hindernis besteht, führen Sie die Computeranforderung aus. Das Ein und Auschecken von E-Mails sitzt auf einer guten Waffe, und mit dieser Überprüfung war es einfach, alle E-Mail-Konten zu löschen, was es der Polizei und dem Unternehmen noch schwerer gemacht hätte, das Verbrechen zu untersuchen.

Es ist erwiesen, dass man als Person nur die ersten Buchstaben eines Wortes liest, und dann verbindet das Gehirn das Wort selbst. Durch die

Ausnutzung dieser Manipulation war es einfach, ähnliche E-Mail-Adressen auf den eigenen Domainnamen des Unternehmens zu erstellen. Dann sehen sie, dass die E-Mail von ihrem eigenen Firmenserver stammt, der der Domain-Name des Unternehmens ist. Also, nichts Seltsames, aber etwas, das großen Erfolg verursachte, war, die Post des obersten Managers zu lesen. Vor allem die ausgehenden E-Mails, die der Manager selbst geschrieben hat. Der Grund war, das Vokabular dieser Person zu lernen, wenn eine solche E-Mail von diesem Manager durch das Schreiben der falschen Arten von Sätzen enthüllt werden konnte. Der Mensch ist, wie gesagt, eine gewöhnliche Person, und man benutzt unbewusst die gleiche Art von Worten oder Sätzen, und das war es, was Eriks Rache die ganze Zeit möglich machen konnte.

Sie entwickeln Ihre eigene Art zu schreiben. Vielleicht leidet dieser Chef unter einem Pfahlproblem. Dann wäre eine E-Mail ohne Tippfehler absolut verheerend, vor allem, wenn der Manager zuvor eine E-Mail an die betreffende Person gesendet hat, die Sie jetzt ausnutzen würden. Der Vertriebsleiter war betroffen, als er am interessantesten war, um die Kontrolle zu bekommen. Auf diese Weise kann überprüft werden, ob ein Mitarbeiter mit weniger Befugnissen eine Stichprobe im System anfordern oder einfach machen würde, die den Mitarbeiter dazu bringen würde, Anfragen an den Vertriebsleiter zu stellen, wenn er der Meinung ist, dass der Kauf getätigt werden sollte. Dieser Ansatz wurde vor allem bei der Zahlung einer Rechnung verwendet.

Alle Formen des Betrugs basieren auf Manipulationen auf die eine oder andere Weise, und wenn es jemand wusste, war es Bob Cole, und nicht in der Lage, einer Person zu vertrauen, machte ihn paranoider mit Eriks Sicht der Theorie. Erik war sich sicher, dass Beispiele menschliche Fehler ausnutzen.

Da Menschen Ihr Gehirn mindestens 3 bis 4 Wörter in 0,25 Sekunden lesen, was bedeutet, dass, selbst wenn Sie langsamer lesen würden, indem Sie das Wort klingen, Ihr Gehirn nicht mehr Informationen dafür einbringen würde, wurde Eriks Theorie sorgfältig durchdacht. Also, eine Schwäche im Menschen, und Schwäche ist, was Betrug im Grunde basiert, Bereitstellung wenig und gute Informationen, aber nicht vollständig. Wären die Informationen vollständig und richtig gewesen, wäre die Straftat nicht möglich gewesen.

Erik wusste, dass er, nur indem er die Edelsteine eines Betrugs herauspickt, riskiert, recht früh bloßgestellt zu werden, wenn die Leute nicht mögen, wenn alles zu gut ist. Nein! Es ist wichtig wie im wirklichen Leben, zu balancieren und eine Mischung aus guten und schlechten Bedingungen zu schaffen. Die meisten Menschen klammern sich an die Hoffnung. Betrug basiert in der Regel auf dem Opfer, das irgendeine Form von finanziellem Gewinn macht. Bei der Präsentation eines Deals ist es wichtig, stilvolles und genaues Papier zu präsentieren. Die Papiere sollten so gut sein, also sind sie im Grunde besser als das, was die ursprünglichen Papiere wären. Erik muss in der Lage sein, der verletzlichen Person die Möglichkeit zu geben, die Informationen, die er selbst präsentiert, zu kontrollieren. Erik und Jim OneBone hatten irgendeine Form von Bankkontakt oder andere Arten von Referenzen. Jim OneBone ist ein alter Öko-Profi und erwartet kalt, dass ihre Daten aus den Nähten gesäumt werden.

Natürlich ist dies kein Problem, da das Paket, das Sie präsentieren, eng und sorgfältig geplant ist. Wenn Sie von dieser Form der Arbeit leben, ist es äußerst wichtig, dass Sie auf dem Gebiet kompetent sind, wenn ein Mangel an Wissen Ihr Unternehmen offenbaren könnte. Vieles ist planbar, aber sicher nicht alles. Bestimmte Dinge wie direkte Fragen von Schwachen müssen immer in der Lage sein, ruhig und gut gelesen zu behandeln. Sie dürfen nie ihr Gesicht verlieren, egal welche Frage kommt. Niemand ist so gut, dass Sie Antworten auf alle möglichen Fragen haben. Aber selbst das ist durch Handlungsreaktionen vorausgesehen worden. Man könnte sagen, sie sollten es sofort überprüfen. So kann man eine ausländische Bank anrufen, und da Sie bereits ausländische Firmen haben, haben Sie auch einen ausländischen Bankkontakt. Jetzt geht es darum, den Kunden wirklich davon zu überzeugen, dass Sie die ausländische Bank anrufen, wie sie es tun sollen. Sie fragen den Kunden, zum Beispiel, ob Sie ihr Haustelefon ausleihen können, wenn es in Ordnung ist, diesen Anruf zu tätigen, weil es teuer sein wird, über Das Handy zu telefonieren, natürlich erhalten Sie von ihrem Haustelefon zu telefonieren. Sie rufen an und fragen nach einer Person, die die Fragen beantworten kann, die das Opfer haben kann. Wenn Siekommen, in Kontakt mit diesem Banker oder Frau, sagen "Hallo" und sagen Sie den Namen des Bankiers laut und deutlich, so dass das Opfer nimmt den Namen zur Kenntnis.

Der Grund dafür ist, einen Samen zu pflanzen, sowie einen ernsthaften Eindruck zu vermitteln, wenn die verletzliche Person ein direktes Gefühl bekommt, dass dies real ist. Der Grund, warum Sie wirklich anrufen, und dass Sie das Telefon des Opfers verwenden, ist, weil Sie der Person die Möglichkeit geben möchten, den Anruf zurück zu drücken, wenn Sie sie verlassen haben, oder dass sie zu einem späteren Zeitpunkt ihre Telefonrechnung an dem Ort überprüfen könnten, an dem Sie angerufen haben. Dann erhielten sie Informationen, die bestätigten, dass sie die Bank anriefen und wie lange der Anruf dauerte. Es wurde kalt erwartet, dass der Kunde die Bank anrufen und prüfen würde, ob der Bankangestellte existiert, so dass es eine Selbstverständlichkeit wurde. Die Arbeiten, die im Gange sind, können als Bau eines Hauses beschrieben werden. Sie beginnen mit der Stiftung, weil sie eine Voraussetzung für den Erfolg ist. Aber wir lassen den Fall für eine Weile fallen und kehren zum Unternehmen zurück.

Wenn Sie eine Person sicher manipulieren sollen, müssen Sie einen Grundstein haben. Dieser Grundstein basiert auf einigen Fakten und Papieren, die die Person am Anfang gesammelt hat, als der Deal präsentiert wird, und seine Aufgaben werden eine sehr große Bedeutung haben. Wir kontaktieren das IT-Unternehmen, um eine detaillierte Präsentation unseres Unternehmens und dessen Stand unserer Zeit zu erstellen. Nach dem Verlassen grundlegender Fakten wie Firmenregistrierungsnummer und Firmenname war es nun an der Zeit, den Eindruck zu erwecken, dass wir nur noch Computerausrüstung für unser Unternehmen kaufen wollten. Wir haben sofort erklärt, dass es nur eine kleine Investition von etwa 30 Computern und Bildschirmen war. Das sind nicht sehr viele Unternehmen, die einfach so direkt rauf und runter bestellen. Umgekehrte Psychologie drehte sich um alles.

Wenn ein Verkäufer von diesen Mengen hört, werden sie sehr interessiert, da diese Verkäufer oft auf ein Provisionsgehalt gehen, das darauf basiert, wie viel sie verkaufen. Sobald die Aufmerksamkeit des Verkäufers eingegangen ist, ist es notwendig, ihm Aufgaben zu übertragen, die für diesen Verkäufer von unmittelbarem Interesse waren. Erik dachte, es sei eine Form einer mentalen Diashow, die kurz und prägnant war. Wenn Sie nach seiner E-Mail-Adresse fragen, können Sie schnell und einfach eine Art, von Finanzaufstellungen, Finanzdiagrammen oder einer Diashow senden. Indem man gleichzeitig darauf wartete, dass dieser Verkäufer die E-Mail erhielt, konnte man diskutieren, wie hart der Markt war, als es viele

Wettbewerber gab, und durch diese Diskussionen wurde dem Verkäufer bewusst, dass Erik wusste, wovon er sprach, und es machte diesen Verkäufer noch mehr daran interessiert, ein möglichst gutes Angebot an unser Unternehmen zu senden.

Er wusste, dass Menschen extreme Defizite haben, wenn es darum geht, viele Informationen gleichzeitig zu handhaben. Eine Person kann eine sich bewegende Diashow nicht verarbeiten, während sie mündliche Informationen erhält. Um diese Informationen zu blockieren, die der Verkäufer zur gleichen Zeit auf seinem Bildschirm sah, sprach Erik über ähnliche Dinge wie der Verkäufer am Telefon, aber nachweislich verschwindet diese Information innerhalb von 15 bis 20 Sekunden von der Person. Big Mama hat große Geldsummen gewaschen, und mit dem schlechten Gedächtnis einer Person könnte er in der Lage sein, Rache zu machen. Es sei denn, Erik nagt es mehrmals. Die Informationen, die alle auf zwei verschiedene Arten gleichzeitig sind, kommen nur dann zur Verfügung, wenn Sie sie zum Beispiel daran erinnern, weil das Langzeitgedächtnis des Gehirns aktiviert ist und sich die Person an das erinnert, was zuvor gesagt wurde.

Nun könnte man sich fragen, warum Erik so viel Energie in einen solchen Job steckt. Er tut dies, um nach dem Putsch nicht dorthin zu "gehen", wenn alles an die Oberfläche kommt, denn dann wird der Putsch nicht besser sein als das schwächste Glied. Erik wollte sich diesen möglichen Problemen nicht aussetzen, denn wenn es um diese Art von Geschäft geht, ist es wie ein EKG, das heißt, es kann schnell in die falsche Richtung schwingen, aber mit einem sorgfältig geplanten Deal ist es unmöglich zu beweisen, dann ist das Gesetz in diesem Punkt klar. Es ist die Aufgabe der Staatsanwaltschaft, zu beweisen, dass ein Verbrechen begangen wurde, aber bei einer solchen Planung ist es für einen Staatsanwalt äußerst schwierig zu beweisen. Ein Staatsanwalt hat auch die Pflicht zur Objektivität zu berück sichtigen was bedeutet, dass der Staatsanwalt auch berücksichtigen muss, ob etwas in dem Fall spricht in dem Verdächtigen.

Sobald Erik das Angebot erhalten hat, war es nur eine Bestätigung an das Unternehmen zu senden, dass sie ihr Angebot annehmen und auch bestätigen, wo die Ausrüstung zu senden. Was die Bestätigung selbst betrifft, so setzt er seine Sekretärin ein, die er im Unternehmen beschäftigt hat. Er schickt eine E-Mail an den Sekretär und bittet ihn, die Bestätigung auszudrucken und sie dann per Fax zu senden, was eine übliche Möglichkeit ist, eine Bestellung zu bestätigen. Eriks Sekretärin, die nicht weiß, was vor sich geht, und die im Grunde eine angeheuerte Sekretärin für den Putsch ist, ist die Unterschrift. Er unterschreibt, indem er Eriks Namen mit seinem eigenen Namen schreibt. So steht der Name des Exekutivdirektors auf den Papieren, aber sie wird vom Sekretär unterzeichnet. Dann löschen Sie die E-Mail, die Sie an die Sekretärin gesendet haben, indem Sie zum Server Ihres eigenen Unternehmens gehen. So ist kein Auftrag vom verantwortlichen CEO an die Sekretärin gekommen, und es hat damit einen Zweifel geschaffen, da es nachweislich nicht der CEO war, der den Auftrag unterzeichnete, der an das IT-Unternehmen gefaxt wurde.

Dann muss ein Staatsanwalt nachweisen, dass ein Verbrechen begangen wurde. Oder war es ein Fehlverhalten oder ein Missverständnis? Es gibt keine Möglichkeit, dies zu beweisen. So kann ein Gericht nicht entscheiden, da es nicht zweifelsfrei ist, dass ein Verbrechen begangen worden wäre.

Nachdem die Person die Bestellung wie oben bestätigt hatte, war die Arbeit im Grunde abgeschlossen. Als die Bestellung dann an der

Firmenadresse ankam, mussten Sie sie nur an den Kunden liefern. Jetzt hatte Erik, um den Prozess rückwärts zu tun. Er zog sich aus den Netzwerken zurück, die er als Gastgeber benutzte, und wo er ihre Identitäten benutzte, konnte Erik selbst nicht enthüllt werden, da sein eigener Computer nie existierte, in das Ende Erik tat, was sehr wichtig war he nahm die Festplatte aus dem Computer und zertrümmerte es in tausend Stücke.

Viele glauben, dass man die Festplatte nur ein paar Mal formatieren (leer) kann und dass alle Informationen, die bei den verschiedenen Eindringlingen verfügbar waren, spurlos sein würden. Der Staat hat viele teure und ausgeklügelte Programme, um gelöschte Dateninformationen wiederherstellen zu können, aber durch das Zerschlagen der Festplatte war es völlig risikofrei. Als er dann die Festplatte gebrochen hatte, war es nur, die Teile an verschiedenen Orten zu verbreiten, und wenn Erik eine defekte Festplatte hinterlassen hatte, konnten vielleicht kleine Datenfragmente wiederhergestellt werden. Ob es ein unwahrscheinliches Risiko ist, dass dies passieren würde, Erik arbeitete mit Kontrolle.

Um zur Vorbereitung zurückzukehren, kann er
nie zu gründlich sein. Natürlich wird das
Bedürfnis nach Kontrolle fast morbide. Aber es
war nichts, worüber Erik selbst nachdachte, da
es sich wie eine Sicherheit anfühlt. Indem er
niemandem vertraut, schließt er jedes Risiko
aus, dass jemand in der Lage sein wird, zu
enthüllen, was Erik tut.

Kapitel 8

Für dieses Sprichwort: Wenn eine Person weiß, weiß niemand, aber wenn zwei Personen wissen, dann weiß jeder. Indem er sich ständig sagte, man könne niemandem vertrauen, wurde das Leben einsam, aber Erik gewöhnte sich daran, als er sich an der Gesellschaft und an jedem rächte, der dieser Rache im Wege stand. Viele Kriminelle haben versucht, das zu tun, was Erik seit 15 Jahren tut, aber nur eine Handvoll Menschen haben es geschafft. Denn wenn sie den Putsch geschafft haben, sind sie ihm nachgegangen. Denn der Mensch ist ein Herdenmensch, der ständig auf die eine oder andere Weise Aufmerksamkeit erregen will. Oft war es diese Aufmerksamkeit, die sie auf sich nahmen. Sie erzählten mir einfach, was sie den falschen Leuten angetan hatten und die ihrerseits den Mund nicht halten konnten. In die Computersysteme anderer Leute einzudringen oder das Geld einer anderen Person hinzuzufügen, ist nicht gerade eine offene Tür für Freundschaft. Nein! Nur Feinde und Feinde, aber Erik war es egal, da er nur saß und Dollar zählte, als wäre es das Liebste, was er hatte. Erik arbeitete gleichzeitig auf zwei Arten. Erstens übernahm er die vollständige Kontrolle über die exponierte digitale Welt, indem er den Informationsfluss kontrollierte, wo er

Bedrohungen wie Warnungen anderer Anbieter leicht abwenden konnte. Erik führte die Post des Einkaufsmanagers komplett. Gleichzeitig schmierte er den Verkäufer ein, indem er einen guten Eindruck hinterließ. Es war eine umfangreiche Aufgabe, die Informationen zwischen dem Verkäufer und seinem Vorgesetzten ständig zu synchronisieren. Es war sehr interessant, da er seine eigenen Fähigkeiten wirklich mehrmals auf die Probe stellen musste, weil er nie wusste, wann er miteinander sprechen sollte. Einen großen Betrug durchzuführen war wirklich, mühsam, weil die Wahrheit war, dass es in die Hölle gehen könnte, so schnell wie möglich, wenn er nur ein kleines Detail verpassen würde. Während Erik es immer im Kopf hatte, war er eiskalt. Und er könnte sagen, dass es wirklich was, schwierig, aber Betrügereien sind wie jede Droge, hat er, größere Dosen nach einer Weile zu nehmen, um den Kick zu fühlen. In Eriks Leben wurde es immer raffinierter, diese Art von Kick irgendwie fühlen zu können. Erik begann sich in diesem ersten Jahr einen Namen zu machen, als er mit seiner Arbeit, die er antrat, gut abhielt, was wichtig ist. Sie können Frösche in jedem Job machen, aber nicht in diesem. Als sich das Wort verbreitete, tauchten immer mehr schwere Menschen aus dem kriminellen Sumpf auf. Diese

Leute waren keine Jungs, die direkt unter den
gelben, Seiten gefunden wurden. Es waren sehr
schwer belastete Jungs, und deren Gruß war
Waffenfett auf der Stirn. Diese Leute waren
extrem, instabil, und in der Regel waren sie
drogenbeeinflusst von der schwereren Variante,
aber die Jungs hatten gute Jobs, und das
bedeutete Dollar. Als jemand Dollar sagte,
wurde Erik vermutet, als er eine Menge
Millionen aufbringen wollte. Dann hatte er keine
Hemmungen, denn solange die rosa Noten in
großen Mengen gerollt wurden. Wer
zerquetscht wurde, war völlig irrelevant, solange
der Dollar kam, in ihre war eine schreckliche
Menge an Saugkraft in diesem Verlangen zu nur
einen Vergleich machen war es, als ob Sie durch
die Sahara Wüste ohne Wasser gegangen, und
wenn Sie ankommen, gibt es eine Menge
Wasser auf einem Tisch, Wasser, das Sie nicht
trinken dürfen.

Dann könnte steine du ein wenig besser
verstehen, was ein heißer Erik nach Rache und
Dollar fühlte, aber dieser Vergleich Erik versucht
nicht zu rechtfertigen, was er in irgendeiner
Weise getan hat. Hans erzählt mir nur, wie es
war. Wie alle kriminellen denkenden Menschen,
Erik war auf der Suche nach einem Status in der
Unterwelt he arbeitete für zwei Dinge, er würde
als geschickt in seinem Bereich anerkannt

werden, sondern auch, dass er ein furchterregender Mensch sein wollte, Es war sehr wichtig, dass er Respekt bekam.

Nun, da die schweren Jungs Erik kontaktiert hatten, war es noch wichtiger. Er fragte sich, was los war. Niemand sagte mir, was zu tun war, nur dass es gut bezahlt war, und sie dachten nicht, dass es ein großes Problem für Erik sein würde, weil sie ihn anscheinend schon ausgecheckt haben. Erik fand es extrem, seltsam, da er es keiner Person sagte, die diese Bande kannte.

Als sie ein Haus betreten wollten, das sich in einem gewöhnlichen Wohngebiet befand, war Erik mehr als überrascht. Das war nicht die schattige Nachbarschaft, die er sich vorstellen konnte. Als Erik ins Haus kam, gingen sie in die Küche und einmal saß ein Mann mit einem Bart über dem Kopf. Er schien in einer unverwechselbaren Weise schüchtern, und Erik verstand nicht, was er dort tat, aber anscheinend würde dieser bärtige Mann einen großen Einfluss haben. Es fühlte sich seltsam an, als der Mann anfing, Erik zu fragen, welches Wissen er in Den Daten hatte. Persönlich war er nicht gerade daran interessiert, uns zu sagen, was sein Wissen war, da dieser Mann nicht einmal seinen Namen gesagt hatte. Es fühlt sich nicht gut an, weil er nicht wusste, ob es ein

Polizist ist, mit dem er sprach, er könnte jeder
für Erik sein. Er antwortete kurz, indem er
seinen Namen Sam sagte. Als er seinen Namen
gesagt hatte, erkannte Erik, dass er in der
Höllenküche gelandet war. Dieser Sam war der
größte Drogenhändler der Zeit.

Nun saß Erik in der Küche dieses Mannes und
ließ sich ein wenig halb erbrochen nach seinem
Namen fragen. Nun, es tut mir leid. Es war
vielleicht keine gute Idee, mit diesem Mann dick
zu sein, aber er zeigte nicht, dass er mich
unangenehm empfunden hatte, was bedeutete,
dass Erik seine Fragen beantwortete. Das
einzige, was in seinem Kopf gesponnen wurde,
war, dass er sich nicht in einen Drogendeal
einmischen würde. Es war ein Markt, von dem er
überhaupt nichts wusste. Als Sam fragte, ob Erik
in Betracht ziehen würde, irgendwelche Jobs für
sie zu machen, war es äußerst zweifelhaft, dass
er sich nicht mit Drogen beschäftigen wollte.
Sam antwortete, dass er mit seinen Kontakten
sprechen würde und wollte, dass sie wieder
gehört werden. Er fragte, ob Erik in Betracht
ziehen würde, ihm seine Handynummer zu
geben, die er ihm gab, Leider.

Er würde sich melden, wenn dieser Job
aufkommt, von dem er uns nichts erzählt hat.

Gerade als sie gingen, kommt Sams Sohn herein, um zu essen. Als er das Cornflakes-Paket herausnimmt, hat das Kind etwas ganz anderes gefunden als Cornflakes. Sam hatte Zünder abgelegt, die auch dort sind, um verschiedene Sprengsätze in die Luft zu sprengen. Erik bekam einen kleinen Hebel in der Hose, jetzt, da er in gelandet war, etwas, das er zu spät vergessen würde. Erik fühlte nicht sofort, dass sie in irgendeiner Weise bedrohlich waren, es war wahrscheinlich mehr, dass es begann, sich anzufühlen, als ob er in einem Film war. Auf dem Weg aus Sams Haus trafen sie sich von zwei großen Jungs. Ein Kerl sah aus wie eine Art Mutant, und er kam aus einem Saurenbad. Sein ganzes Gesicht war nicht von dieser Welt. Diese beiden Leute entpuppten sich später als Sams Schuldeneintreiber, der Inkasso-Eintreiber von Drogen.

Erik begann zu verstehen, dass es Probleme geben könnte, wenn sie Feinde werden sollten, oder wenn etwas schief gehen sollte, und er wollte sich einfach nicht in eine solche Position bringen. Jetzt würde er gehen, ohne zu wissen, ob es einen Job geben würde oder nicht. Erik wusste nicht einmal, was es war.

Wieder zu Hause begannen sich die Gedanken zu drehen. Erik, der eine Person war, die die vollständige Kontrolle wollte, hatte jetzt nicht die geringste Kontrolle. Ein sehr unangenehmes Gefühl. Nach etwa einer Woche rief Sam ihn auf seinem Handy an und wollte ihn noch am selben Tag sehen. Später am Nachmittag gingen Erik und seine Freunde nach Hause zu Sam. Sie wurden von Sam an der Tür getroffen. Er sagte, wir gehen jetzt wieder, und wir können im Auto reden. Er fühlte sich nicht sicher, in seinem eigenen Haus zu sprechen. Sam sprach immer wieder davon, beobachtet zu werden, und da SAPO sein Haus ansah und auf sein Telefon tippte, war er nein. Nachdem sie mit dem Autofahren begonnen hatten, sagte Sam mir, er wolle ihnen zeigen, wo sie zuschlagen sollen. Das Gefühl, das Erik bekam, war, dass er auf dünnem Eis war, als er nur in der digitalen Welt arbeiten wollte, aber jetzt schien es, als ob er im Physischen sein würde. In der physischen, wo Sie Ihre Identität nicht ändern konnten, wenn Sie es brauchten. Es war, als ob Erik selbst die Hardware war, anstatt die Software. Aber welche Wahl hatte er jetzt? Als er im selben Auto saß wie ein großer Drogendealer, der nicht gerade ein NEIN sah, als Antwort. Sie näherten sich einem Hafen. Sam sagte, dass sie nicht am

Zaun bleiben, um darüber zu sprechen, was er tun wollte.

Eriks Kumpel fuhren das Auto, und Sam saß neben ihm. Erik selbst saß auf dem Rücksitz hinter Sam. Sam sprach nur mit Erik. Zuvor hatte er gesagt, dass er seine Kumpels nicht mag. Jetzt fragte er Erik, ob er in das Computersystem des Terminals gelangen könnte. Erik antwortete, dass, solange das Terminalsystem online ist, es möglich sein könnte, was er zu mögen schien. Er an, über zwei verschiedene Jobs zu sprechen, und beide berührten diesen Hafen, aber mehr wollte er nicht sagen, wenn Eriks Kumpels im Auto waren, Erik und Sam landeten aus dem Auto, um mit der Vereinbarung in Bezug auf diesen Job fortzufahren. Dann fragte er noch einmal, ob er Eriks Freunden wirklich vertrauen könne. Absolut war seine direkte Antwort. Sam mochte ihn nicht mehr dafür.

Sam wollte, dass Erik in das Computersystem des Hafenterminals gelangte, wo alle Container in einer Datenbank registriert waren, und sehen, was sie enthielten. Er hatte offenbar zwei verschiedene Aufträge, die er in Kürze seine Käufer oder die informieren würde, wenn es möglich war, durchzuführen. Sam sagte, dass er nur mit einem LKW hilfreich sein konnte, und dass er einen Kontakt hatte, der möglicherweise

Dichtungen für Container bekommen konnte, da diese immer versiegelt waren. Den Rest wollte er Erik so reparieren, sie konnten einfach mit einem Containerwagen einfahren. Die Behälter, an denen Sam und seine Partner interessiert waren, enthielten Jeans und die anderen enthielten gefrorenes Fleisch.

Das Fleisch war bereits bestellt und verkauft, wenn sie es in irgendeiner glatten Weise aus dem Hafen bekamen. Den Container mit Jeans zu entfernen war etwas einfacher, da es keinen Anhängerwagen mit Kühlern erforderte. Mit einer Tonne gefrorenem Fleisch mussten sie einen Anhängertraktor finden, weil sie sonst bald mit einer Tonne Sauerfleisch dastehen würden. Aber wie gesagt, es war nicht Eriks Problem, als Sam diesen Teil mit den Lastwagen übernommen hatte.

Erik selbst hatte genug Kopfschmerzen, als er in das Computersystem des Terminals gelangen musste. Das Problem, das Erik hatte, war, ihre Firewall zu finden, die die IP-Nummer des Computers manipulierte, in die er gelangen musste. Entweder Sie haben eine echte Firewall, die wie eine kleine Box aussieht, und das ist irgendwo in diesem Gebäude, oder Sie verwenden eine Software, die wie eine echte Firewall funktioniert, aber der Unterschied ist, dass diese Firewall, wie gesagt, aus einem Softwareprogramm besteht, und wie er Ihnen am Anfang sagte, gibt es immer eine Schwachstelle in einer Software. Sie haben nur, um es zu finden.

Leider hatte dieses Terminal kein Softwareprogramm, das ihre Firewall war. Nein, sie hatten die harte Version. Durch Sams Kontakt am Hafen waren sie in der Lage, alle Informationen zu erhalten, die Erik helfen würden, aber diese Informationen über ihre Firewall würden sam diesen Kontakt offenbar geben. Erik war zweifelhaft, ob dies funktionieren würde, und konnte nicht sehen, wie dieser Kontakt die IP-Nummer auf ihrer Firewall erhalten würde. Es fühlte sich sehr unsicher an. Erik und Sam stiegen wieder ins Auto, und Sam wollte, dass sie zu einer anderen Adresse fuhren.

Eriks Kumpels fuhren durch die Gegend, als Sam nicht wusste, in welchem Tor die Person lebte. Das heißt, eine Adresse, die die Polizei oft im Blick hatte. Sam wollte, dass Eriks Kumpels bleiben, damit er zum verschlossenen Tor aussteigen konnte. Erik sitzt noch auf dem Rücksitz und sein Kumpel sitzt immer noch am Steuer. Sam geht auf der anderen Seite der Straße über und kommt an das verschlossene

Tor. Sam nimmt sein Handy, um die Person an der Adresse zu erreichen. Es sind nur wenige Minuten, dann geht Sam zurück zum Auto und springt ein.

Jetzt gab es sogar eine Menge Polizei. Ein Auto kreuzt diagonal vor ihrem Auto, dann eins hinter und eins auf der Seite parallel.
Es ist die Polizei, fahren... Schreiende Sam.

Sam wird halb verrückt, als Eriks Kumpels durch das, was passiert ist, halb gelähmt werden. Sam schreit, dass er den Bordstein auf der rechten Seite hochlaufen wird. Dann war es die einzige Seite, sie konnten vorbeikommen, aber Eriks Kumpels waren wie der Bulle Ferdinand, der eher im Lenkrad verkrampft bleiben wollte, mit dem Motor aus. All dies geschah in 30 Sekunden. Bevor Sie es wussten, gab es einen SAPO-Agenten an Eriks Seite und zeigte eine scharf geladene Waffe auf Sam und schrie, dass er aus dem Auto steigen würde.

Kapitel 9

Erik fühlte sich wie er war etwa drei Äpfel hoch.
Mit einer scharf beladenen Waffe und einem
hohen SAPO-Agenten, werden Sie leicht kurz im
Mantel, und schnell, dachte Erik. Wenn Sie noch
nie erlebt haben, mit einer scharf geladenen
Waffe auf ihn gerichtet, Erik kann sagen, dass
alle Muskeln im ganzen Körper nur loslassen,
und er beginnt mehr, oder weniger zu schütteln.
Erik dachte, es fühlte sich an, als ob es etwa 40
Grad unter null war und friert, so dass seine
Zähne zittern. Das ist pure Angst, und das
Adrenalin, das vollständig in ihren Körper spritzt.
Verdammt! Gedanken Erik.

Sam öffnet die Tür und die Polizei fragt halb
schreiend, ob sie eine wiederbewaffnet, was für
eine verdammte Frage sie ausgefüllt drei
Formulare vor und legte eine Nachricht, dass wir
Waffen "dümmste Frage habe ich seit langer Zeit
gehört", Sam sagte. Nun kam ein anderer Agent,
um Erik und seine Kumpels aus dem Auto zu
holen. Erik stieg aus und musste gegen den
Stamm stehen. Eriks Kumpels sorgten dafür,
dass es wie ein Kriegsgebiet aussehen würde. Als
Eriks Kumpel aus dem Auto steigt, zieht er
seinen großen Schlüsselanhänger von der
Zündung ab, dann fuhr er einen Finger in den
Schlüsselbund, so dass der Schlüsselanhänger

wie ein Ring am Finger aussah. Als er aus dem Auto stieg, forderte die Polizei ihn auf, seine Hände auf das Dach des Autos zu legen. So war er, Eriks Freund, bereit, die große Schlüsselkette aus seiner Hand zu lassen. Der Klang, den dieser verdammte Schlüsselanhänger erzeugte, war ein lauter metallischer Sound, ein Sound, den die Agenten dahinter für eine Tarnbewegung oder ähnliches hielten, was bedeutete, dass jetzt wirklich eine Menge Waffe war, die die Agenten schwenkten. Es gab eine Kettenreaktion, als der Agent, der die Waffe zog, so reagierte, wie er es tat. Auch seine Kollegen waren nicht zu spät dran, ihre Waffen zu ziehen. Es war ein Alptraum, von dem Eriks Freunde kaum dachten, er sei durch. Die Polizei, die zuerst am Auto ankam, beugt sich nach unten und glänzt mit einer Taschenlampe unter dem Rücksitz, wo Erik saß. Erik sieht den Agenten aus dem Auto steigen, und in seiner Hand hält er eine kleine Aluminiumdose, und er tut dies ohne Handschuhe. Jetzt hält er dieses Glas, das er geöffnet hat. Im Glas war eine Plastiktüte, und darin war offenbar etwas, das Erik nie vergessen würde.

Während Sams und Eriks Fahrt hatten sie dieses Glas gesehen, sich aber nicht darum gekümmert, aber darauf vertrauten, dass Erik sich jetzt darum kümmerte. Erik sieht nur die Polizisten,

die sich den Inhalt anschauen, und schaltet dann
seinen Kollegen ein. Erik konnte lesen, was er
auf seinen Lippen sagte. Es war, als ob jemand
die Welt für ein paar Sekunden stoppte. Alles,
was Erik sah, waren seine Lippen, die das Wort
D.R.U.G. Hell prägten! Erik sagte sofort,
resigniert. Jetzt ist es wirklich, und es war, als ob
er eine Nahtoderfahrung sehr alles hatte, er
dachte was die Hölle wäre er mit dieser Person
heute für warum, Erik bekam so verdammt
besoffen auf sich selbst.

Sie sollten nie mit dem arbeiten, was Siekönnen,
nicht, weil es dann so läuft, wie es jetzt getan
hat. Eriks Gedanken waren nur, wie man aus
dieser Scheiße ihre herauskommt, war keine
Möglichkeit, dass er gehen würde Sam ruft ihn,
und sagt, sie werden nichteinen Lärm machen,
und dass sein Anwalt wird sie heraus zu
bekommen, aber der schwache Komfort fühlte
sich nicht. Eine halbe Stunde später war Agent
McGill fertig, und sie war glücklich, als diese
Agenten sie nahmen, und eine Minute später
öffnete sich eine Zellentür, und es war Agent
McGill, der zu Sams Tür ging. Es gab zwei
Personen außerhalb von Sams Zelle und McGill.
Sam schaute nur den Agenten an und entschied
sich, seine Fragen nicht zu beantworten, auch

schloss der Police die Tür. Plötzlich hört Erik eine Stimme, die er vorher gehört hatte, aber
 er konnte diese Person nicht platzieren. Es war eine Frau, so sehr er beobachten konnte, aber wer es war, ist ziemlich schwer zu etablieren. Agent McGill und die Person, mit der weiblichen Stimme schien vertraut, war es in ihrer Art zu sprechen spürbar. Sie waren, als Erik verstand, wer es war und begann, die Zellentürzutreten, Big Mama was die Hölle, die du mit dem verdammten Agenten Roars Erik machst, jetzt wirklich die Gedanken von Erik gesponnen hat, wie zum Teufel konnte sie mit einem Agenten verhandeln?

Erik wollte Henke anrufen, aber wie wird es sein. Erik wurde eingesperrt, und seine Glaubwürdigkeit war bei der Organisation. Wahrscheinlich hatten die Agenten einen Informanten, und es klang wie Big Mama, aber Erik konnte nicht darauf schwören, aber es klang so. Die Idee, Henke anzurufen, wurde jedes Mal größer, obwohl Eriks Kräfte begrenzt waren.

Die beiden Sprachen für eine lange Zeit und wahrscheinlich standen sie an der Einschreibeeinheit, weil Erik nicht hören konnte, was sie zueinander sagten, obwohl er auf der Zelle in der Nähe von beiden saß. Als die beiden

Stimmen verstummten, hörte nur Erik
hochbetuchte Schuhe, die sich zu einem
anderen Eingang bewegten. Wahrscheinlich war
es der Sound von Big Mama (Goblin Kind), der
diesen Agenten McGill über die aktuelle
Situation informierte. Erik wurde verrückt mit
nur dem kranken Gedanken, den er hatte, aber
ohne Beweise konnte Erik nicht sagen, ob sie
Agent McGill Informationen zur Verfügung
gestellt hatte. Nun war Erik frustriert, und es
bemerkte Sam auch in der zweiten Zelle, als Erik
an der Zellentür trat und schlug und sagte, er
wolle anrufen, nach wenigen Minuten kam eine
Polizei und hämmerte zurück und fragte sich,
was zum Teufel er wollte?

Ich möchte einen Anruf bei meinem Anwalt
machen!?
Halte den Mund! Sie können, nicht Ihren Anwalt
heute anrufen. Beantworten den Wächter.

Ja, ich bekomme es und du kannst, nicht
stoppen oder verweigern mir dieses Gespräch,
du jetzt, Polizei Bastard.

Es ist fast 10:30, und warum nennst du morgen
nicht he, Sagte die Wache.

Nein, ich werde jetzt meinen Anwalt anrufen.
Erik antwortet ein wenig wütend.

Er ließ Erik o sie begannen, zum Aufzug zu gehen, um bis zum 3 Stock zu gehen, aber sie müssen warten, bis es einen anderen Polizistengibt, dann dürfen sie nicht mit Erik selbst hinaufgehen, wegen der Sicherheitsstufe, es dauert nur ein paar Minuten und ein anderer Polizist wird kommen.
Dann gab es drei Leute den Aufzug, so dass sie jetzt gehen konnten. Alle gingen zu Plan 3 hinauf, und als sie dort waren, verließ einer der Offiziere das Gebiet, und der andere Wachmann setzte sich an den Tisch und überwachte das Ganze, so dass während des Anrufs keine unangemessenen Dinge auftauchten.

Gerade als Erik anrufen wollte, sitzt die Wache still? Erik fragte, ob er nicht gehen würde, Nein, junger Mann, ich verlasse diesen Ort nicht.

Erik fragte dann den Wachmann, warum er sich nicht selbst nennen könne, da er nicht einmal wegen des Verbrechens verurteilt wurde, das er anrief, er wollte nur seinen Auftritt rufen.

Dann denke ich, dass ich das Recht habe, mit meinem Anwalt selbst zu sprechen, ich bin nichtverurteilt. Sagt Erik. Erik, vergiss es und rufe deinen Anwalt an. Reagieren der Wache.
Gleich bei ihrem Anruf kam ein Polizist, der in den Aufzug stieg und die Tür öffnete. Die Leute, die am Schreibtisch saßen, fragten die Polizisten,

ob ein Häftling sich selbst nennen könne, natürlich könnten sie es, sie seien frei und nur verhaftet, so dass die meisten Rechte, auf die sie Anspruch hätten, hätten. Das heißt, sie können sich selbst nennen, aber nur beim zuständigen Anwalt oder Vertreter.

Erik wusste, dass der Anwalt mit einem Anruf antworten würde und musste seinem Anwalt und Henke eine Erklärung hinterlassen, dass es wahrscheinlich einen Infiltrator in der Organisation gibt. Möchten Sie überprüfen, was Big Mama (Goblin Kind) hat mit Agent McGill. Überprüfen Sie alle Möglichkeiten, weil, es ist seltsam. Ich werde mit Ihnen sprechen Erik.

Nach dem Anruf kam, die Wache und die anderen Polizisten und die drei gingen wieder in die Zelle. Es gab viele Gedanken Erik hatte, aber es war völlig ohne Antworten, wie üblich.

Kapitel 10

Am Morgen war er ziemlich erschöpft. Es gab drei, die verhaftet wurden, aber Eriks Freund wurde sofort am Morgen freigelassen, aber weder Erik noch Sam waren frei. Sie mussten auf die Ergebnisse aus Dem forensischen Labor von SKL= Das Nationale Labor für Forensik, *so dass es* viele schlaflose Stunden für Erik und Sam gab. Schon nach dem Frühstück kamen sie und ließen Erik raus, als es das Ergebnis von SKL hatte, das zeigte, dass Erik nichts mit den Drogen zu tun hatte.

Die Polizei, die Erik ausließ, bat er, den Ort zu verlassen, und das, bevor er seine Meinung änderte und hinter dem Lock o Boom bleiben musste.

Die Polizei, die Erik herausließ, öffnete eine Seitentür, damit er das Gewahr sam verlassen konnte. Diese Tür wird auch "Die Tür der Schande" genannt, wo alle Leute sitzen, und wo die Polizei jemanden aus Mangel an Beweisen freilassen muss, oder einen Betrunkenen, der betrunken ist und ernüchtern muss und derjenige, der herauskommt, der verhaftet wurde.

Sam wurde in Gewahrsam genommen, weil sie wahrscheinlich etwas gefunden hatten, das Sam an ein Verbrechen binden konnte. Sams Anwalt kam nach dem Abendessen und machte diesen Polizisten klar, dass alle Fingerabdrücke dem Anwalt übergeben würden, der von SKL gefunden wurde. Der Agent, der die Dose mit einer Taschenlampe losgelassen fand, nahm dann das Glas ohne Handschuhe, das er nicht hätte tun sollen. Der Anwalt hatte mit Sam sprechen dürfen und wusste von diesen Informationen.

Am nächsten Tag verließ Sam das Gefängnis, weil es nachweislich die Polizei sein konnte, die die Dose genommen und Fingerabdrücke hinterlassen hatte. Da der Anwalt von diesen Informationen wusste und sie ausnutzte, konnte Sam aus Mangel an Beweisen freigelassen werden.

Alle waren glücklich, und alle waren wieder in Freiheit. Eriks Freunde waren wieder nach Hause zu seiner Frau gegangen und versprachen sich, kein Regierungskleber mehr zu sein, und er hatte auch seiner Frau gesagt, sie zu beruhigen. Sogar der Anwalt freute sich über das Ergebnis, und alle Menschen wurden getrennt. Erik o Sam begann zu besprechen, wie Rache aussehen würde. Es war nicht sehr sicher, da Erik wusste, dass er bald in Frage gestellt werden würde. Es stellte sich heraus, dass die Dose etwa 12

Hektogramm Heroin enthielt. Das war weniger gut, und da Erik der Polizei bei dieser Gelegenheit persönlich nicht bekannt war, konnte er spüren, dass er in ein paar Jahren damit durchkommen könnte. Das war ein wirklich dummer Gedanke. Drogen sind das Letzte, womit man sich beschäftigen kann, vor allem mit Heroin.

Es stellte sich bald heraus, dass Erik wieder festgenommen werden würde, die Agenten hatten Erik und Sam verhaftet. Dort waren sie sowohl in der Verhaftung als auch mit einigen, gelinde gesagt, fiesen Agenten Bastards, die versprachen, dass sie ihnen das Leben schwer machen würden, wenn sie ihr Verbrechen nicht gestehen würden. Erik sagte keinen Ton, wissend, was passieren würde, wenn er herauskam, wenn er als Quietscher betrachtet würde. Also war und blieb der Mund über diese Dose Heroin verschlossen.

Wieder mussten beide den Gürtel, schnürende schnüren und die Taschen von allem leeren. Dann war es nur, um das Bett mit einem Plastikkissen und einer Decke zu machen, die nach Scheiße roch. Da Erik nur zweimal verhaftet worden war, wurde diese Nacht zu einer Hölle von großer Sorge für die Zukunft, und ob er seine Kinder wiedersehen würde.

Erik hat in der ersten Nacht, als viel los war, keine Minute geschlafen. Nicht nur, weil es eine Hölle eines Lebens war, sondern auch, weil sie zuerst verhaftet worden waren, und jetzt wurden sie darüber informiert, dass der Staatsanwalt beschlossen hat, sie zu verhaften, mit der Begründung, dass es existierte, und es könnte 3 bis 4 Tage in dieser Zelle bedeuten, eine Ungewissheit, die qualvoll war. Schlimmer noch, Erik ging jetzt einfach hin und malte eine Menge schlechterer Gedanken, einen schlimmer als der andere. Die Kinder standen die ganze Zeit im Fokus, und wie die Mutter der Kinder handeln würde, als sie herausfand, dass Erik wegen Drogendelikten angeklagt wurde. Ja, es war verschwitzt.

Früh am nächsten Morgen kommen zwei Polizisten, um Erik zur Vernehmung abzuholen, ich war ein Verhör, das wirklich kurz war, er Verhörer begann mit der Erklärung, dass sie nicht glaubten, dass es Eriks Heroin war, sondern wollte, dass er Sam als besitzen dieser Dose heraushob. Erik sagte, ich könnte das nicht tun, weil er nicht wusste, wessen Dose Heroin es war, was keine Lüge war! Sie sagten, sie hätten Sams Fingerabdrücke in der Dose gesichert, also wussten sie bereits, dass es seine Dose war. Eriks Frage war, warum er eine Person herausgreifen würde, wenn sie es bereits wusste. Aber Erik wusste nichts und konnte es uns nicht sagen. Ob Erik hundert war, dass es Sams war, er würde ihn oder niemanden sonst darauf hinweisen. Es ist und bleibt ein ungeschriebenes Gesetz, niemals jemanden zu rattern. Dann sagte die Polizei, dass Erik ein Vorwurf der Drogendeliktes ein könnte. Dies war eine reine Einschüchterungstaktik der Polizei, so dass er Angst haben und all dem ein fließendes Wasser erzählen würde. Aber es war etwas wirklich, falsch mit dem Fall, aber Erik konnte nicht herausfinden, was es war. Aber Erik hatte nicht die ganze Nacht geschlafen, also waren seine Gedanken wie Sirup in seinem Kopf, verbunden mit einer großen Sorge für die Zukunft.

Erik sagte der Polizei, er wolle einen Anwalt, wenn sie mehr Fragen stellen wollten. Dann beschlossen sie, die Vernehmung zu beenden. Erik dachte, vielleicht war dies, weil sie ihn einen Anwalt bekommen würden. Ein anderer, die Polizei kam in den Verhörraum, dann würde ihn dies wieder ins Gefängnis bringen. Dann wurde er wieder eingesperrt, und hier war er in dieser düsteren Zelle, aus der er nur wollte. Als Erik dort auf der harten Bank lag, die Bett genannt wurde, schaute er auf den Boden, nach rechts von der Zellentür. Er fragte sich, wo es für das Eintauchen in den Boden war. Aber er fand das bald heraus, als er eine Sieben (Pinkeln) treffen musste. Erik ging an die Tür, um den Wachmann anzurufen, damit er auf die Toilette gehen konnte, aber dieser Wächter war nicht gerade eine schnelle Person.

Es dauerte mehr als eine Stunde, bis diese Wache öffnete, so dass Erik auf die Toilette gehen konnte, also hatte er jetzt klar, wofür der Schlitz im Boden war. Es war ein letztes Mittel, wenn die Wache nicht pünktlich sein würde. Dann musste man schön auf den Boden pinkeln. Es war auch da, damit die Wachen den Boden spülen konnten, wenn ein Betrunkener im Bett war, der alles zu Boden warf. Viele neue Dinge, die Erik in diesen Stunden gelernt hat.

Plötzlich öffnet die Polizei seine Zellentür und sagt, Erik werde mit ihm ausgehen. Sie gehen zu dieser Bank hinauf, wo sie in der Nacht zuvor ihre Sachen aufgeben mussten. Erik fragte sich, was los war Die Polizei sagte, dass er freigelassen werden würde. was? Wie kann das sein? Die Polizei forderte Erik auf, sich zu verschließen, und dass er seine Sachen nehmen und aus seinem Augenschein verschwinden würde. Eine Aussage dies, Polizei müsste nicht wiederholen, wie Erik schnell und einfach verlassen nur den Ort, um einen Platz zu finden, um aufzuholen. Einmal aus der Polizeistation, alles war so, verdammt gut zu sehen, alles bedeutete viel mehr jetzt als vor er ging in hinter Gittern war ich, als ob alle Menschen, die in der Stadt waren Ihre besten Freunde. Erik sagte Hallo zu allem und jedem. Ja, es war ein seltsames Gefühl der Freiheit und er benahm sich, als hätte er das schlechteste Glück. Ein bisschen wie im Salon betrunken zu sein, wenn Sie am glücklichsten sind. Er begann über seinen Wunsch nach Rache an der Gesellschaft nachzudenken und sich zu fragen, ob ihm diese Chance gegeben wurde, sein destruktives Verhalten zu korrigieren. Erik wollte glauben, dass dies ein Schicksal war, das ihm einen Streich spielte, der sich bald als naiver Gedanke herausstellen würde. Ein paar Tage später war auch Sam freigelassen worden, und Erik begann sich zu fragen, wie zum Teufel es passierte.

Sams Anwalt hatte bei Polizei und Staatsanwaltschaft ein Höllenleben geschaffen und gefragt, welche Fingerabdrücke auf der Dose Heroin darin waren. Es war das kriminaltechnische Labor der Polizei, das die Fingerabdrücke ermittelte. Als der Anwalt alle Fingerabdrücke anforderte, sollten sich auch die Fingerabdrücke des Polizisten auf der Dose befinden, und das wurde in diesem Fall zum Freispruch. Als der Offizier die Dose aus dem

Auto holte, machte er den großen Fehler, dass er es ohne Handschuhe tat. Ein Fehler, den Sams Anwalt ausnutzte und der es jedem, der im Auto saß, erlaubte, Gott sei Dank frei zu laufen. Danach gelobte Erik, nie mit Drogen umzugehen oder sich wieder in eine solche Situation zu versetzen.

Nun, da Sam wieder frei war, wollte er, dass sie wieder zur Arbeit wie gewohnt zurückkehrten. Erik fühlte sich einige Tage danach wackelig und war nicht besonders daran interessiert, irgendwelche Jobs für Sam zu machen, obwohl es für Sam reiner Alltag war, ein- und auszusteigen.

Erik war nun auf der Hut und hatte einen Geruchssinn entwickelt, der Polizisten spüren konnte. Erik sah Polizisten über alles, es war 99 Prozent in seinem Kopf, obwohl es nicht einmal Polizisten in seiner Nähe. Drei Tage nach Eriks Freilassung wollte sich Sam wiedersehen. Sie sollten sich mitten in Malmö an einer Adresse treffen. Erik kam vorbei und wartete darauf, dass Sam aus einem Tor kam. Nach einer Weile kommt er und hatte eine schwarze Dokumententasche dabei, Erik fühlte ein unangenehmes Gefühl in seinem Magen. Fühlte sich nicht gut, als er nur spürte, was die Tasche enthielt. Als Sam ins Auto stieg, erzählt er uns, dass seine Kontakte wollten, dass sie so entschlossen mit der Terminalarbeit weitermachen. Erik fragte sich, ob sie nicht für einige Zeit damit tief liegen würden, als die Bullen offensichtlich ihre Augen auf sie hatten, aber Sam wollte das nicht.

Sam schien extrem, gestresst über den Terminal-Job, die Erik konnte nicht glauben in dem Moment si hatte nur Pläne für den Job, und nichts wurde entschieden. Dennoch war Erik so gestresst, wie, solange wir darüber gesprochen.

Erik saß im Auto und sprach ein stilles Gebet, dass er nicht darüber sprechen würde, was in der Tasche war, als er fast erraten konnte, was darin war. Sam wollte, dass sie außerhalb von Malmö laufen. Er ließ die Tasche für die Dauer der Reise keine Sekunde fallen. Unterwegs sagt Sam ihm, dass Erik immer seinen Anwalt anrufen sollte. Oder wenn Sie finanzielle Probleme haben, sollten Sie Big Mama nennen, es kostete nichts, worüber er sehr klar war, er überließ dem Anwalt eine Visitenkarte und sagte, dass Erik diesen Anwalt jetzt als seinen rechtlichen Ansprechpartner sehen könnte.

Kapitel 11

Er sagte auch, dass Erik immer Informationen über diesen Anwalt sammeln würde, wenn ihm etwas passieren sollte, oder wenn er ins Gefängnis zurückkehren würde. Sam bedankte sich auch dafür, dass er nicht klatschen wollte, als sie zuletzt eintraten, und Sam sagte, er vertraue Erik. Aber ich sagte ihm, wie es war, dass ich nichts getan hatte, wofür er ihm danken musste, aber er fühlte das. Nach ihrer kleinen Fahrt ließ Erik Sam dort ab, wo er ihn zuvor abgeholt hatte. Bevor sie sich trennten, sagte er, er werde Erik morgen anrufen. Tun Sie das. Er antwortete und verließ die Seite mit etwas härterem Druck auf das Gas, als Erik nicht zu lange bei dieser Person sein wollte. Erik dachte, dass sein Weg ganz okay war, da er jetzt für die Anwaltskosten vertuscht.

Am nächsten Tag saß Erik meistens und wartete, bis Sam anrief, damit sie sich entscheiden würden, wann sie mit den Terminalarbeiten beginnen würden. Kurz nach 13 Uhr, gab es einen Anruf. Es war Sams Anwalt, der Erik anrief, um ihm zu sagen, dass Sam verhaftet worden war, nur Stunden nachdem Erik ihn in der Nacht zuvor abgesetzt hatte. Er war festgenommen worden, mit einer Tasche mit einem Kilo Heroin darin. Sam hatte eine Nachricht an seinen Anwalt geschickt, dass er Erik benachrichtigen würde, mit der Terminalarbeit fortzufahren, auf die er zunächst nicht sehr viel reagierte, aber als ihr Gespräch vorbei war, begann Erik sich zu fragen, wie er eine solche Nachricht seinem Anwalt hinterlassen konnte, als er mit einem Kilo Heroin verhaftet worden war. Dann sollte die Endarbeit das Letzte sein, was auf seinem Weg ist.

Es war wahrscheinlich dieselbe Tasche, die Sam in Eriks Auto mitgebracht hatte, mit dem er nun verhaftet worden war. Henke hatte einen guten Menschen in dieser Angelegenheit, wo Schwierigkeiten gelöst werden konnten, und das war Bob Cole. Stellen Sie sich vor, Erik wäre in die Wohnung gekommen, als er darauf wartete, dass er zum Auto kommt, Nein, an Gedanken dieser Art mangelte es nicht. Es wurde eine extreme Gedankenaktivität in Eriks Kopf für viele Stunden an diesem Tag. Gegen 17.00 Uhr. Erik schaute durch den Blick in die Tür und sieht eine frau und einen männlichen uniformierten Polizisten. Ich hatte nicht das Gefühl, vom Balkon springen zu wollen, da er einen Dachboden hatte. Es war nur zu öffnen.

Es war ein Freitag, und Erik hatte seine Kinder später am Abend, als es sein Wochenende war.

Als Erik die Tür öffnete, wollten sie, dass er zum
Bahnhof kommt. Eriks erste Frage war, ob er
unter Arrest stand, Nein. Sie sind nur Greif für
ein Verbrechen Drogendelikt. Wovon redest du
zum Teufel?! Das müssen wir tun, wenn wir zum
Bahnhof kommen.

Erik wollte seine Hose wechseln, als er nur eine
Jogginghose anhatte, aber es war kaum, dass er
es konnte, aber am Ende waren sie sich einig. Als
er fertig war, machte die Polizistin einen Schritt
in Eriks Halle, weil sie ihm die Handschellen
anlegte.

Sollte es notwendig sein? Erik fragte.

Ja, das ist es, antwortete sie kurz.

Zur gleichen Zeit, Bob Cole kam mit einem
geschlagenen Schritt, und sah, dass Erik ging in
ein Polizeiauto, Bob sagte der Organisation und
sah besorgt.

Es war verdammt peinlich, drei Treppen in dem
Haus hinuntergegangen zu sein, in dem Erik mit
Handschellen lebte und zwei Polizisten, die wie
die ganze Treppe, die sich gerade zu diesem
Zeitpunkt getroffen hatte, als Grund für diese
Neugier war, dass die Polizei das Polizeiauto vor

das Treppenhaus gestellt hatte, und all diese
Omas auf der Treppe fragten sich, was passiert
war. Im Polizeiauto unterwegs, ging es zur
weiteren Vernehmung zum Bahnhof. Nun kam
ein alter, erfahrener Polizist, der Erik zu einem
Drogenverbrechen befragen würde. Zunächst
begann er strategisch seine Vernehmung, indem
er eine Reihe von Bindemitteln präsentierte, die
nach ihm Verbrechen enthalten würden, die Erik
verdächtigt wurde, die sie aber nicht beweisen
konnten. Es war seine Art zu erklären, dass sie
ihn schon lange beobachtet hatten. Dann
begann der Polizist mit der Frage Erik, ob er
einen Sam kannte. war schwer zu leugnen, da
sie erst vor wenigen Tagen verhaftet worden
waren.

Ja, ich kenne ihn. Erik antwortet. Welches
Geschäft haben Sie zwischen Ihnen? Das war
seine zweite Frage, und meine Antwort war
einfach. Wir haben kein gemeinsames Geschäft.

Dann erklärt dieser Polizist, dass das letzte, was
Erik jetzt sein würde, war, dick zu sein, wie er als
Verdächtiger in einem schweren
Drogenverbrechen steht, das ihm 8 bis 10 Jahre
geben könnte. Erik bekam während des Verhörs
ein seltsames Gefühl, dachte aber, er könnte mit
Jim OneBone sprechen, der mit seiner Erfahrung
mit Drogen, die geliefert werden würden, oder

von dieser Art geschnitten und in Scheiben
geschnitten wird. Für ein paar Sekunden wurde
Erik völlig still. Er wusste, dass er nichts mit
Drogen zu tun hatte und fragte sich, woher sie
diese Fehlinformation bekommen hatten?

Wir haben diese Informationen von Ihrem
Kumpel Sam, helfen den Polizisten. Sam hatte
gesagt, Erik sei die Person, die das Kilo Heroin
besitze, mit dem er nun verhaftet worden sei.
Jetzt müssen Sie eine verdammte, wenn Ich bin
ein Verdächtiger, ich will einen Anwalt sofort,
sagt Erik in einem wütenden Ton. Der Offizier
sagte, er würde sich jetzt hinsetzen oder die
Nacht am Bahnhof verbringen, was Erik wenig
Wollte, und er wollte keinen weiteren Lärm
ohne einen Anwalt machen. Die Polizei sagte,
dass sie es schwierig fanden, Sams Aussagen zu
glauben, geschweige denn, dass Erik der wahre
Besitzer des Kilo-Heroins sein würde, da Erik für
ganz andere Dinge bekannt war. Daten- und
Finanzkriminalität waren sein
Hauptarbeitsgebiet, und es hatte den
Staatsanwalt äußerst nachdenklich gemacht, als
ihm gesagt wurde, dass Erik mit Drogen zu tun
gehabt hätte. Nun sah er sich zwei wichtigen
Fragen gegenüber. War dies die Wahrheit, die
dieser Offizier euch gesagt hatte, oder hatte Sam
nichts gesagt? Vielleicht waren sie die Aussage
des Polizisten, dass sie Ameisen in Eriks Kopf

setzen wollten und auf diese Weise wollten,
dass er bestätigte, dass es Sams Heroin war.
Aber die Fakten waren, dass Erik dieses Kilo
Heroin zu keiner Zeit gesehen hatte, als Erik Sam
traf.

Vielleicht war es Sams Art, die Polizei zu
täuschen. Erik wurde sehr unsicher. Als ich den
Anwalt fragte, dass Sam ihm eine Visitenkarte
gegeben habe und wen er wollte, um ihn vor der
Anhörung zu verteidigen, sagt die Polizei, dass er
für den Tag gehen kann, aber dass er immer
noch als Verdächtiger dasteht, und es könnte
sein, dass sie ihn erneut zu einer Vernehmung
aufrufen. Nun dachte Erik, sein Problem mit Sam
sei vorbei, aber er rede, dass er sich selbst
täuschte.

Ein paar Monate vergingen, und eines Tages gab
es eine Vorladung zu einem Prozess, Sams
Prozess. Scheiße es war, als ob es nie enden
würde und Erik musste bei der Verhandlung
erscheinen Als er hereinkam, war es fast leer,
mit Ausnahme von Sams Bruder, der ebenfalls
zu diesem Prozess vorgeladen wurde. Sein
Bruder hatte Erik schon einmal kennengelernt,
also war er vertraut. Sein Bruder sagte, es sei
wichtig, dass Erik ihm nichts erzählte, sondern
nur sagte, dass er es nicht wisse. Ja, es war eine

äußerst einfache Aufgabe, da er nichts über diese Angelegenheit wusste, also war es nur, die Wahrheit zu sagen. Es gab nur sehr wenige Fragen, die der Staatsanwalt Erik gegenüber hatte, und die meisten Fragen, die ihm gestellt wurden, konzentrierten sich hauptsächlich auf Sams und seine Beziehung. Wir sind einfach, nur Freunde, nicht mehr", antwortet Erik. Der Staatsanwalt fragt, ob sie Geschäfte zwischen ihnen hatten, aber sie nicht. Das Landgericht fragte dann nur, ob Erik Schadenersatz für entgangenes Einkommen oder Fahrentschädigung verlangte. Aber das wollte er nicht, weil er sich darüber freute, dass sein Teil vorbei war.

Die Wahrheit war jedoch eine andere. Sams Bruder führte das Geschäft jetzt, und er wollte, dass Erik den Terminal-Job fortsetzte. Nein, keine Chance! Erik sagte direkt. Dann sagt dieser Bruder, dass Sam eine dumme Sache getan hatte, während er draußen war. Nach Angaben seines Bruders hatte er das Kilogramm Heroin auf Kredit von den Geschäftskontakten gekauft, die die Behälter mit Jeans und einer Tonne Fleisch erhielten. Aber das bin ich nicht mein Problem! Erik sagte.

Erik hatte nur mit Sam über diese Deals gesprochen. Sein Bruder informierte Erik dann, dass Sam mit diesen Jungs gesprochen hatte und sagte ihm, dass er einen Kerl hatte, der ganz einfach in das Terminalsystem gelangen konnte. Jetzt wurde es unbequem, gelinde gesagt. Wie sam jetzt so eine dumme Sache hätte machen können, einen Kredit mit diesen Jungs zu nehmen, war weniger clever. Denn die Tatsache war, dass Sam und das gehebelte Heroin darauf basierten, dass Erik in ein Computersystem kam, und durch diese Container würden Sams Schulden gegenüber diesen Jungs bezahlt werden, aber jetzt war das Problem nur, dass sowohl Sam als auch das Heroin in Staatsgebieten waren und gut eingesperrt waren. Plötzlich war, als ob der ganze Druck auf Erik ausgeübt wurde, diese Probleme zu lösen. Jetzt hat es alles andere als Spaß gemacht. Plötzlich war nicht mehr die Frage, ob es möglich war, in das System zu gelangen oder nicht. Jetzt wäre es einfach fertig.

Sams Bruder sagte, Erik traf einen Vertreter dieser Jungs nichts er war so verdammt scharf darauf zu wissen, dass Sie mehrwaren, oder weniger gezwungen, den Job zu tun, und dass diese Jungs ein Gesicht auf Sie bekommen würde. Was in der digitalen Welt tat alles, um zu vermeiden, der Presse war fast unerträglich, als Erik begann zu erkennen, dass er vor einem extrem riskanten Job stand. Einen Job, den er nicht wollte.

Am Tag nach der Verhandlung würde dieser Vertreter kommen, um weitere Anweisungen zu hinterlassen. Die Person, die kam, sprach Finnisch-Schwedisch und trug eine schwarze Lederjacke. Er fragte, ob Erik noch an dem Job interessiert sei, und sein erster Gedanke war, dass Sams Bruder Erik offenbar belogen hatte. Er hatte Erik gesagt, dass es kein Zurück mehr gab, und er konnte nicht nein zu diesen Jungs sagen, es war geradezu ungesund, es zu tun... aber der Mann, der kam, fragt, ob Erik will, und hatte nicht die geringste Anforderung an ihn in Bezug auf diesen Job. Was war es Erik vermisst jetzt, etwas definitiv nicht übereinstimmen, da er plötzlich hatte zwei Versionen Erik sagte dem Mann, dass er mit einer Nachricht zurückkommen wollte, welche er dachte, war okay, er Vertreter stand auf, um ein nach er ging, war er wirklich, verrückt auf Sam Bruder und forderte eine verdammt gute Erklärung, er sitzen ruhig und nur starrte Erik, als ob er einen Geist gesehen hatte.

Schließlich sagte er, dass sein Bruder einen Brief von diesen Jungs über seinen Anwalt erhalten hatte. Sein Bruder erhält den Brief, den er wiederum von Sams Anwalt erhalten hatte. In dem Brief hieß es lediglich, dass die Schulden beglichen würden, da sie sonst sicherstellen würden, dass er im Gefängnis abgeholt wurde. Es war nicht mehr, aber Sam war offensichtlich sehr erschrocken, da er sein Möglichstes tat, um in dem Gefängnis zu bleiben, in dem er jetzt saß, und auf seine Strafe wartete, wodurch er das Gefängnis am längsten vermied. Er muss Erik wirklich vertraut haben, denn er war nun sein einziger Ausweg. Sein Bruder war ihm gegenüber plötzlich sehr demütig, als auch er sich Sorgen um seinen Bruder machte, der sich eine größere Menge Geld borgte, um ein Kilo Heroin zu kaufen. Eine Sorge, die wirklich berechtigt war.

Wo ist Erik in diesem Elend? Er hatte seinen Hass und seinen Wunsch nach Rache, dass er die großen Dollars verdienen wollte, und wenn er zu der Zeit ein wenig vernünftig gewesen wäre, hatte er sich gerade den Rücken gekehrt und ging weg, aber leider war der Wunsch nach Dollars, und die Herausforderung war zu groß, um sich zu enthalten, was Erik dazu gebracht hat, diese Jungs zu akzeptieren. Ein neues Treffen wurde gebucht, bei dem Erik sagte, was er zu verlangen hatte, wenn sie Erfolg hatten, und welche Informationen er benötigte, um in das Terminalsystem zu gelangen. Sams Kontakt am Terminal ließ nun seinen Bruder laufen, und die Lastwagen boten den anderen Jungen an, sich zu reparieren. Jetzt gab es viel zu tun. Erik wollte 250 000 SEK, als die Arbeit erledigt war. Ein Preis, der rein zu billig war, was nicht das geringste Problem war, um durchzukommen. Sie dachten wahrscheinlich, Erik sei ein bisschen dumm, als er so wenig verlangte, aber es fühlte sich an wie eine gute Summe damals, und Big Mama (Goblin Kind) könnte vielleicht dieses Kapitalumverteilen, damit Sam seinen Weg aus seiner Hölle bezahlen konnte.

Während Sams Bruder die Informationen arrangierte, die Erik benötigte, überprüfte er, wer für die Bergung dieser Container verantwortlich war. Indem Sie nur ein paar einfache Anrufe tätigen, haben Sie eine Menge wertvoller Informationen herausgefunden. Als Erik die Informationen sammelte, die relevant waren, begann er, Nach Hosts zu suchen. Jim OneBone war auf der Suche nach geeigneten Hosts, um Eriks Identität zu verschleiern. während Erik nach einem geeigneten Proxy-Server suchte. Ein Server, der weit von diesem Land entfernt wäre, aber es war auch wichtig, dass dieser Proxy-Server nicht ausschaltete, damit er einfach nicht den Kontakt mit diesem Proxy-Server verlor, weil er über diesen Server Kontakt mit den verschiedenen Hosts hatte.

Dann würde es so aussehen, als ob es diese Hosts sind, die den Terminalcomputer angegriffen haben.

Erik hatte auch gesagt, dass er Papier sammeln wollte, wie Konsignationsscheine und andere Papiere, die direkt notwendig waren, um diesen Deal durchzuführen. Im Gegensatz zu anderen Hacker-Jobs würde Erik nichts von diesem Terminal nehmen. Was er tun wollte, war herauszufinden, welche Lieferungen für sie von Interesse waren, da die Waren etwas Besonderes waren. Jeans und Fleisch, es war nicht härter.

Erik würde nur herausfinden, wo diese Waren, und in welchem Container sie sich befanden, und dann würde er auch gefälschte Papiere auf Sendungsscheinen und Unterschriften arrangieren. Sams Bruder würde auch die Versiegelung, die benötigt wurde, um die Situation völlig normal aussehen zu arrangieren. Der Fang sollte in einen sogenannten leeren Behälter gelangen, ohne zu viel Interesse zu wecken. Vor allem aber. Warum es in den Hafenterminalbereich eindringen würde, ohne viele Fragen fragte sich Jim OneBone, der völlig hinterfragt aussah.

Kapitel 12

Durch all die Telefonanrufe, die Erik machte, war er in der Lage herauszufinden, wer für die Beladung an diesem, bestimmten Tag war es nur die Herstellung von gefälschten Papieren, die besser als die echten aussahen. Ich denke, das hat die meiste Zeit gedauert. Durch diesen Kontakt, den Sam am Terminal hatte, holte sein Bruder eine Dichtung heraus, mit der Zange, die benötigt wurde, um den Behälter zu versiegeln. Dann eine Briefmarke, die bestätigt, dass sie innen aus dem Terminalbüro gedruckt wurde. Jetzt begann der Auftrag, ihre Firewall zu finden. Erik begann, ihre Systeme durch verschiedene Programme zu scannen, um wirklich zu überprüfen, ob er irgendeinen Kontakt mit ihrem ultimativen Schutz bekam. Als er diese Firewall gescannt und gefunden hat, war es an der Zeit, ein Signal (Ping) zu senden, um zu sehen, ob diese Firewall reagiert hat. Was sie tat. Dann war es Zeit, den Looping-Prozess zu starten, der diese Firewall mit vielen verschiedenen Kombinationen knacken würde. Wie Erik bereits weiß, kann dies einige Zeit in Anspruch nehmen, und während der ganzen Zeit hatte er Kontakt mit den Kunden, die auch daran interessiert waren, wie es ging. Der Einstieg in die Firewall des Terminals begann, die Kräfte zu übernehmen, aber nicht physisch, sondern, alle umso psychologischer. Vieles war für den Druck, unter dem Erik stand, um dies zu beheben, als ein Scheitern verheerende Folgen für eine Person haben konnte, die er kaum kannte, aber trotzdem helfen wollte. Vielleicht war es Eriks eigener Sog, der am meisten zog, aber er kann sich heute noch fragen, ob sein Gewissen zu dieser Zeit nicht vollständig verschwunden war. Weil etwas in Erik ihm helfen wollte, obwohl es kriminell war, was vor sich ging. Erik beschützte sich immer, weil er dachte, dass es für das Leben eines anderen Menschen war, dass er dies tat, und dass er gleichzeitig wusste, dass er damals sich selbst die Wahrheit verleugnete.

Es dauerte mehr als achtzehn Stunden, um die Firewall zu knacken, was nicht extrem, lang war, aber wenn man bedenkt, was getan werden sollte, war es sehr frustrierend, diese achtzehn Stunden warten zu müssen. Jetzt war es Zeit, in ihre Datenbank zu bekommen, die auch passwortgeschützt war, aber es war nichtsehr, schwierig, es ging für weniger als eine Stunde. Als Erik nun im System war, musste er ein neues IP-Nein eingeben, damit ihre Firewall ihren Computer akzeptieren würde. Jim OneBone war vorsichtig, diese IP-Nummer einzugeben, sonst würde Erik jedes Mal gehackt werden, wenn er hineinging, und es gab keine Zeit dafür. Erik hat einfach die IP-Nummer des Hosts als Ausnahme

in die Firewall gesetzt, was bedeutet, dass die
Firewall alle Eindringversuche der anderen IP-Nr.
stoppt. Auf diese Weise würde ihre Firewall ihre
kleinen Besuche nicht als direktes Eindringen
protokollieren, da ihre IP-Nummer nun in der
Firewall akzeptiert wurde.

Nun würde Erik schnell versuchen, sich ein Bild
davon zu machen, welche Lieferungen am
besten geeignet waren, wenn der Auftrag sehr,
spezifisch war. Kleidung war kein Problem zu
finden, aber oft enthielten diese Container
Stückgut, die im Terminal verstaut war. Aber
wer sucht, wird es finden, und wer es findet, hat
gesucht. Es ist nicht schwieriger. Jetzt ging es
nur noch darum, eine clevere Lösung zu finden.
Dann mussten sie es aussehen lassen, nichts
wurde vom Platz genommen und wie machst du
das? Erstens wollten diejenigen, die die
Lieferung bestellten, dass sie es lösen, wie sie für
die Lastwagen arrangiert. Sams Bruder und Erik
sollten diese Nuss brechen. Es stellte sich bald
heraus, dass sein Bruder alles andere als in der
Planungsphase war, als er gesteinigt wurde und
sagte, dass Erik mit der Lösung kommen würde.
Erik war leicht müde von diesem unschuldigen
Typ. Wie zum Teufel würde ich es lösen, ich war
nicht in Containern und solche Scheiße wollte
ich nur Transaktionen von verschiedenen Arten
but jetzt würde ich plötzlich lösen würde dies für

mich schwierige Fälle? Wie kommt man auf solche Lösungen, wenn ich kaum wusste, wie ein Container entworfen wurde? Erik wunderte sich.

Erik hatte keine andere Wahl, als Informationen über das Internet zu sammeln, da er ein Perfektionist ist, der sich weigert, die Dinge dem Zufall zu überlassen, aber die Lösung eines Problems, das vor Ort gelöst werden muss, macht es schwierig. Dann ist es fast unmöglich, dies theoretisch zu tun.

Jim OneBone baute Rampen, die normalerweise verwendet wurden, um Stückgut auf zu laden, und stellte sich wirklich heraus, gut, aber dann Jim OneBone war wirklich wählerisch zu. Durch die Einführung als leerer Behälter bedeutete dies in der Praxis, dass dieser Container an einem anderen Ort als dem zu liefernden gelagert werden sollte. Es würde einen Abstand zwischen diesen Containern geben, der extrem, schwierig zu handhaben war. Die Einführung eines leeren Behälters würde daher ihre Probleme nicht lösen. Nein, sie brauchten offensichtlich einen intelligenteren Plan. Es ist seltsam mit Menschen, wenn Sie wieder Stress ausgesetzt. Es ist wie die Verriegelung Ihres Gehirns, und Sie können kaum den am wenigsten einfachen Plan finden. Erik musste einfach alle Must-haves abschalten, um konstruktiv denken zu können. Wie konnte er diese Menschen manipulieren, die am Terminal und im Hafen gearbeitet, Bereich, es war eindeutig eine echte Herausforderung. Viele erwarteten kalt, dass Erik das Problem lösen würde. Als er kam, zu dem Schluss, dass der Plan eine bloße Manipulation für das Auge und keine physische Manipulation war, wurde es ein wenig einfacher, einen Plan zu entwickeln.

Das erste, was Erik tat, war in seine alte Werkstatt zu gehen, wo er begann, ein Gitter zusammenzuschweißen, das die gleiche Funktion wie eine Hundestangen in einem Auto hatte. Wenn Sie an ein solches Raster denken, das angepasst werden kann, sowohl seitlich als auch höhenweise, dann haben Sie vielleicht ein Bild davon, wie dieses Raster aussah. Durch dieses Rasterkonnten sie ein Bildeines überfüllten Containers erstellen. Das Raster hatte nur eine Funktion, und das war, Unterstützung zu bieten, wenn jemand die Boxen schieben wollte, die sich im Container befanden. Der Gitter, würde eine Unterstützung bieten, die die vorderen Boxen nicht hineingeschoben werden konnte, dann würde der ganze Coup leicht aufgedeckt werden. Nun war es das nächste Problem, das es zu lösen galt. Was würde er passenderweise auf den Frachtbrief schreiben, der diesen Container begleiten würde, den sie in den Hafenbereich bringen mussten? Sie mussten auch einen Transporter finden, der möglicherweise diese Art von Container aus. Erik fand ein Speditionsunternehmen, das genau dafür sehr geeignet schien und erstellte Konsignationsscheine von diesem Unternehmen.

Durch das Sammeln von Logos von ihrer eigenen Website, war er in der Lage eine, Konnossement zu drucken, die wirklich aussah, echt mit ihrem eigenen Logo. Nun war es nur noch, eine Zielgesellschaft zu finden, die nach dem Konnossement die Rücksendungsware aus Schweden erhalten würde, die wir leicht finden konnten, da es eine ganze Reihe solcher Unternehmen gab.

Nun war es an der Zeit, die Kunden darüber zu kontaktieren, welche Container verfügbar waren und von welchen Lieferanten. Von Selbsterhaltung, Erik kann Ihnen nicht sagen, welche Firma sie gewählt haben. Aber dagegen kann er Ihnen sagen, dass sie das eingebracht haben, was sie ursprünglich beschlossen hatten.

Die Kunden schickten zwei Lastwagen aus der Hauptstadt in die Grafschaft Skane in Schweden. Diese Lastwagen könnten für eine Woche zur

Verfügung stehen, was ihnen in der Praxis einen Vorsprung von 5 Tagen verschaffte. Sie hatten einen Zeitdruck, als die Container, auf die sie stoßen sollten, an die Firma geliefert werden sollten, die die Ware bestellte. Also mussten sie diese Arbeit vor dem geplanten Liefertermin ausführen. Der Container, den sie abholen wollten, wurde geräumt und damit versiegelt, so dass niemand in der Lage war, andere Dinge hineinzulegen.

Ihr Mandant wollte Erik treffen, bevor sie den Job machten, was sie auch taten. Dann fragte er, wie er es in der Praxis gelöst habe. Sie wollten auch, dass Erik Details darüber gibt, wie er es umsetzen wollte.

Erik sagte ihnen, dass er wollte, dass sie den Vorteil nutzen, den sie jetzt hatten, in Bezug auf die Zeit, und für zwei Tage, die Sicherheitsfirma, die die geräumten Container bewachte, die im Hafenbereich standen. Darin waren sich alle einig. Dann wollte er, dass sie einen Kerl außerhalb der Gegend in den nächsten 24 Stunden in, setzen, um in der Lage zu sein, die Zeiten zu bekommen, wenn die Sicherheitsfirma kam. Ein trauriger Job, aber sehr wichtig, weil sie nicht die Aufmerksamkeit der Wache Unternehmen wollen. Sie waren jetzt in einer sehr gründlichen, aber unter Druck gesetzte

Arbeit. Es gab keinen Raum für irgendwelche Fehler in irgendeiner Weise. Es würde für die Person, die die Zeiten der Uhrenfirma überprüft, nur verpasst einen Wachmann, oder vielleicht eingeschlafen für ein paar Minuten. Es hätte uns alle falschen Zeiten beschert, und es wäre vergeudet worden.

Erik als Person mag es nicht, von anderen abhängig zu sein, sondern war jetzt völlig abhängig, von dem, was diese Leute tun oder vielleicht nicht tun würden, aber jetzt fühlte es sich nicht an, als gäbe es kein Zurück mehr. Sie konnten nicht so viel während der Zeit tun, wie sie auf die Zeiten warteten, die die Sicherheitsfirma hatte, und Erik war ein wenig besorgt, dass diese Sicherheitsfirma stichprobenartige Kontrollen durchführen würde. Als sie die Zeiten bekamen, stellte sich heraus, dass siehübsche, enge Wachpläne hatten, und dann wurde er nicht weniger nachdenklich. Sie mussten einfach eine Entscheidung treffen, als sie streiken wollten. Sie beschlossen, dass sie es zwischen 02:30 - 03:20 tun würden, was ihnen maximal 50 Minuten Zeit gab, um die Arbeit zu erledigen.

Sie hatten wahrscheinlich mehr Zeit, aber sie würden diese Zeiten halten. Die Sicherheitsfirma könnte natürlich, etwas früher sein, und sie hatten ihre Zeiten lange nicht überprüft. Es ist dumm, eine Chance zu ergreifen. Sie beschlossen auch, dass die Abholung am frühen Morgen stattfinden würde, da das Risiko, dass dieser Job entdeckt wird, deutlich geringer war. Sie beschlossen, dies ganz spät am Nachmittag zu tun, wenn Sie am Abend müde sind und daher nicht so aufmerksam wie Sie in der Mitte des Tages sind, und dann mussten ihre Container nicht im Hafenbereich stehen und ziehen Sie Ihre Augen für einen ganzen Arbeitstag, der LKW-Fahrer war einer der Kunden Jungs und wurde minimal über diesen besonderen Transport informiert, die Absicht denn sie wollten nicht, dass dieser Mann nervös zu verhalten oder sonst zu beschwören.

Er bekam die gefälschten Konnossemente und fuhr dann bis zu den Hafentoren. Sie waren selbst auf Distanz, um den Lastwagen zu sehen. Als ihr Auto eintrifft, springt der Fahrer des Lastwagens los, um die Papiere zu zeigen, was diesen Transport veranlassen würde. Jede Minute war wie eine Stunde. Erik dachte, es dauerte eine Hölle von einer Zeit, und plötzlich klingelt es im Handy des Kunden. Es ist der Fahrer, der anruft und sagt, dass die Papiere, die er hatte, nicht gefunden werden konnten, und dass der Barcode, mit dem sie jetzt begonnen hatten, nicht auf, der Frachtbrief. Erik selbst hatte den Transport in der Datenbank eingegeben. Aber was war dieser Barcode? Erik wandte sich an Sams Bruder und fragte sich, wie zum Teufel er das verpassen könnte?

Er verteidigte sich, indem er sagte, dass er nur diese Art von Frachtbrief von ihrem Kontakt im Terminal erhalten hatte. Wie zum Teufel kann er uns die falschen Papiere geben? Wurde er bezahlt? Hat der Kunde Sams Bruder gefragt?

Er erwidert, dass er ihn in voller Höhe bezahlt, indem er ihm 1.500 SEK für den Job bezahlt. Er sollte 20.000 SEK für diesen Job bekommen, nicht wahr sagte der Kunde zu Sams Bruder. Wer war nun bereit, ihm aus purer Wut eine Kugel in den Kopf zu stecken! Sie mussten den Fahrer anrufen, um ihn zu informieren, dass er umkehren musste. Gerade als wir den Fahrer anrufen wollten, sehen wir ihn in den Hafenbereich rollen. Es stellte sich heraus, dass dieses Barcode-System gerade auf dem Test war und die Person in der Luke hatte gesagt, dass es viele Sendungen gab, die dieses System nicht finden konnte! Dann testeten sie nur das System. Bestätigt für Gier. Eriks Theorie war also wieder wahr.

Jemand rief Eriks Telefon an. Als Erik auf sein Telefon schaute, sah er, dass es Henke war, der anrief. Was will er jetzt, dachte Erik und antwortete,
 Erik bekam keinen Ton zu sagen... Henke war so wütend und, er kundtat nicht, was er wollte, War Immer noch wütend, und Erik hörte nur bestimmte Worte, wie es so verdammt schwach war, wenn es Erik war, der es tat.

Was habe ich getan? Erik fragte.

Was haben Sie getan? Henke sagte... Sie wissen das, aber wir werden darüber auf einer anderen Linie sprechen. Henke warf einfach ans Telefon, so wütend war er.

Erik seufzte tiefer und fragte sich, was los war. Warum war Henke so wütend, und vor allem, worüber ärgert er sich? Die Gedanken wirbelten mit Erik, ohne Erfolg. Bei der Planung hatte Erik Gedanken über Henkes Handeln. Was hat ihn so wütend gemacht? Es muss eine logische Erklärung geben, aber sie ist mit ihrer Abwesenheit locker.

Kapitel 13

Erik musste wieder in die Planung gehen, also musste er später mehr darüber nachdenken.

Da Sams Bruder nur 1.500 SEK für den Job bezahlte, machte dieser Ansprechpartner keinen guten Job. Hätte er seine 20.000 SEK erhalten, wäre das nie passiert. Das war völlig unnötig und machte alle nervös und verursachte einen Stress, der nicht geeignet ist, wenn er solche Aufgaben macht, aber es war ein späteres Problem, dass sie sich selbst lösen mussten.

Nun war es nur noch zu warten, bis der Fahrer kontaktiert und uns gesagt, wo der Container stand. Sie wurden nach dem Liefertermin platziert, was nicht direkt zu ihren Gunsten sprach, da der Container am nächsten Tag versendet werden würde, aber der Container, den sie leeren sollten, war die erste Lieferung von einigen Tagen später. Dies könnte dazu führen, dass sie zwischen diesen Containern laufen können, und im schlimmsten Fall mit einer langen Strecke, aber Jim OneBone hatte eine gute Fitness, so dass es funktionierte.

Der Fahrer rief erneut an, um uns mitzuteilen, wo unser Container stand. Jetzt war es nur an einen Ort zu gehen, wo Erik mit dem Netz verbinden konnte, und später überprüfen Sie den Ort, an dem es aufgesetzt wurde. Erik konnte dann sehen, dass es viel laufen, da diese Container nicht in der gleichen Reihe waren.

Dies bedeutete auch, dass sie 4 Sackwagen brauchten, um die Boxen mit Jeans leichter zu bewegen. Bob Cole war auch eine Person, die ein Auge zudrücken konnte, so dass die Sicherheitsfirma sie nicht überraschen würde, wenn sie diese Boxen trugen. Bob Cole schaute Erik schräg an, aber er dachte, es habe mit dem Gespräch zwischen Henke und Erik zu tun, oder mit dem, was Henke schrie.

Jetzt war es Zeit, hinunter zum Hafen zu gehen und dann über den Zaun zu kommen. Ein Zaun, der aus drei Reihen Stacheldraht an der Spitze besteht. Sie warfen eine Decke auf den Stacheldraht, damit sie leicht rüberkommen konnten. Die Person, die den Überblick über die Sicherheitsfirma behalten würde, ging nicht in die Gegend, also half er, sie über den Zaun zu bekommen. Sie hatten einen Teil, der über den Zaun, nicht zuletzt diese 4 Sackwagen, die einige. Dann hatten sie den, Gitter der überging. Es war viel einfacher, wenn es möglich war, zu falten.

Einmal in der Gegend mit allen Geräten, gehen Sie einfach zu dem Container, der nummeriert wurde, was, leicht zu finden machte. Bevor sie mit der Arbeit begannen, mussten sie eine Art Plan aufstellen, wie sie arbeiten würden, da sie jetzt wussten, wie weit der Abstand zwischen diesen Containern war. Sams Bruder sollte sich um die Versiegelung des Containers kümmern, aber auch um das Verstauen der Kisten. Erik verspürte nicht viel Vertrauen in seinen Bruder, da er nicht glaubte, dass er seinen eigenen aufstoßen könnte, wenn er so einen Suchenden dort hinstellte, sondern auch, weil er unscharf schien. Sie machten einen letzten Check mit der Person, die auf die Sicherheitsfirma überprüfen wollte, so dass nichts schief gehen würde. Aber es war ruhig an dieser Front.

Sie begannen mit dem Öffnen des Behälters, der von Jeans geleert werden sollte, aber für Erik war es auch eine zusätzliche Kontrolle, so dass er nicht die falschen Informationen über den Inhalt bekam. Als sie in den Container gelangten, musste er nur noch den Inhalt der Kisten überprüfen. Oh, ja, ja. Es war Jeans genau wie geplant. Es war Designer-Jeans, und es gab, eine Hölle von vielen von ihnen. Auf den ersten Schätzungen erraten sie auf 2000 Paare von Jeans, aber, sie hatten keine bestimmte Prüfung es war einfachunerheblich jetzt. Also nahm Erik den Grieth heraus, den er gemacht hatte, um das Set vorzubereiten. Die anderen fingen an,

Kisten auf die Sackkarren zu laden und rollten
sie dann auf ihren Container. Nun rollten die
ganze Zeit drei Wagen, und Sams Bruder
verstaute so schnell er konnte. Er musste es tun,
als sie schließlich 4 Männer waren, die Kisten
verluden und rollten. Es war die ganze Zeit voll.
Sie hatten wirklich, zu tun, da sie nur 50
Minuten hatten. Dann musste er sogar einige
Kisten zu diesem Container zurückbringen
lassen, und etwa 30 Jeans, die die Pause
verdecken würden, was bedeutete, dass sie eine
Reihe von Kisten in ihrem Container nehmen
und leeren mussten, damit sie einen sichtbar
gepackten Behälter mit den leeren Kisten
aufstellen konnten.

Als die letzte Kiste in ihren Container gebracht
wurde, warfen sie alle Sackkarren in den leeren
Behälter. Sie konnten diese nicht mehr
herumtragen. Sie fingen an, das Gitter
 zu montieren, und dann zwei Reihen von fast
leeren Boxen. Die gepackten Kisten voller
Plastik, und an der Spitze lag eine Nummer, von
Jeans, die einen Druck gab, dass die Boxen voll
waren, wenn jemand den Behälter öffnen
würde, bei einem Scheck. Aber das perfekte
Verbrechen existiert nicht, was nicht der Fall
war, da sie zwei Dinge vergessen haben. Sie
hatten kein Klebeband für die geschnittenen
Kisten, und dann hatten sie kein neues

Vorhängeschloss für den Container, als sie zerschnitten, was vorher dort saß.

Sie setzten das Siegel an, was darauf hindeutet, dass der Behälter nicht geöffnet wurde. Nur zu hoffen, dass sie es als Fehler sehen würden, und dass sie selbst eine neue Schleuse einsetzten. Jetzt lief ihnen die Zeit davon und sie mussten in Rente gehen. Sie kontaktierten die Person, die die Wachen überprüfte und sagten, er würde sie abholen. In der Zwischenzeit machten sie sich wieder auf den Weg über den Zaun, was für die letzte Person, die den Stacheldraht betrachtete, nicht so einfach war. Eine Jacke zur Hölle, aber sie konnten es sich leisten.

Nun verließen sie den Hafenbereich, um ein paar Stunden schlafen zu können, bevor der Container am Morgen danach von ihrem Fahrer abgeholt werden sollte.

Nun war es wieder einmal, dass man wie ein Safe verfestigen würde, wenn dieser Fahrer in den Hafenbereich einfahren würde, um seinen Container abzuholen, aber dieses Mal ging es wirklich, reibungslos. Es dauerte nur ein paar Minuten, und dann kam er nach dem Container. Es fühlte sich absolut, wunderbar an. Aber Erik wagte es nicht, größere Freudensprünge zu machen, da sie das Boot nicht im Hafen hatten, wie sie sagten. Der Fahrer ging auch aus den Toren. Sie verfolgten den Verlauf der Ereignisse aus der Ferne. Er setzte nun den Haken an Ort und Stelle, der den Container auf dem LKW hochziehen würde. Langsam, aber sicher rutschte der Container auf Geduld, Geduld! Ja, Erik war so hyperaktiv wie eine Silvesterrakete, und er wollte den Lastwagen nur ein für alle Mal vor diesen Toren sehen.

Es war extrem, aufregend, und obwohl er wusste, dass er eine gute Vorarbeit geleistet hatte, konnte etwas Unerwartetes passieren, etwas, das Erik bei all dem Stress hätte vermissen können. Er dachte über alles über und, wieder, nur für den Fall, dass er irgendwelche Probleme vorhersehen konnte. Sie sprechen über Minuten, die all diese Gedanken kamen, und das erzeugte einen inneren Stress in Erik. Der Kunde schien ziemlich, ruhig zu sein, als der LKW ausrollte, dann war es, als ob der Kunde den Zigarettenrauch in Eile ausblies. Es sah so aus, als hätte er die ganze Zeit den Atem angehalten, und jetzt, da der Lastwagen ausrollte, blies er den Rauch aus! Ja, selbst erfahrene Typen wie der Kunde könnten nervös sein. Alle jubelten und es sah so aus, als stünden fünf Jungs an einem Elektrozaun, als sie vor Freude sprangen. Erik bekam kaum ein ganzes

Wort, als sie aus reinem Glück in den Mund des anderen redeten. Der Fahrer wurde darüber informiert, wo der Container aufgestellt werden sollte. Sie hatten einen Platz in der Stadt namens Ystad, mit einem alten Schmied. Er hatte eine Menge Schrott auf seinem Hof, so dass dieser Container nicht viel Aufmerksamkeit auf sich ziehen würde. Als der Fahrer den Container verließ, begann der nächste Auftrag, die Boxen neu zu verpacken. Als diese Arbeit erledigt war, begannen sie, den Behälter mit dem Schneidbrenner zu zerlegen. Es war eine Hölle, von einem Job, aber es funktionierte gut. Die kleinen Stücke, aus denen der Container nun bestand, konnten leicht im Ort versteckt werden, und so wurde das Problem gelöst. Der Anhänger zog die Ware in die Hauptstadt, wo es bereits viele Ladenbesitzer gab, die diese billigen Markenjeans kaufen wollten.

Als sie die Anzahl der Jeans überprüften, gab es fast 2.500 Paare. Das entspricht einem Wert von etwa 1 250 000 SEK, aber der Kunde musste einen niedrigeren Preis nehmen. Ein Preis von 295 SEK Paar für diese Jeans. Sie können erraten, ob es eine große Nachfrage nach dieser Aktie gab. Erik bekam seine 200 000 SEK wie versprochen. Der Kunde machte den größeren Gewinn. Dann 295 SEK mal 2 500 Paare, eine schöne kleine Summe von 737 500 SEK. Keine völlig falsche Summe. Der Kunde hatte jedoch noch ein paar Münder zu füttern.

Sams Bruder war froh, dass sie ihm keine Kugel in die Stirn gesteckt haben. Dann ruinierte er durch seine Gier den ganzen Putsch. Schließlich durfte er die 18 500 SEK, an denen er geschnüffelt hatte und die sich im Terminal befanden, behalten. Aber Erik lernte noch ein mal. Indem Sie niemandem vertraut haben, vermeiden Sie sowohl viele Probleme als auch enttäuscht.

Erik konnte nun aus puffen, als der erste Teil ihrer Bestellung abgeschlossen war. Jetzt würden sie, irgendwie eine Schicht finden, auf der sie eine Tonne gefrorenes Fleisch herauspicken konnten, aber er war nicht so scharf darauf, als er eine Hölle von Trainingsschmerzen hatte, dann bewegten sie alle diese Kisten Jeans zweimal. Eine Tonne Fleisch war also nicht gerade verlockend.

Bald darauf rief Henke 5 an, und er fühlte sich gezwungen zu antworten, und obwohl Henke es war, wusste Erik nicht, was, zumindest nicht dann, aber Henke informierte ihn. Nach so vielen Gesprächen sollte Henke ruhiger sein, aber er war nicht... im Gegenteil, Henke wurde fast einschüchternd, und es war eine ganz andere Art, Probleme zu lösen. Erik hat es leichter, mit Bedrohungen umzugehen als zu streicheln, denn dafür wurde er ausgebildet. Erik wollte nicht über diese Lösung nachdenken, war aber neugierig, was Henke so wütend machte.

Erik suchte selbst nach dem, was diese Lösung auslöste, und Henke war seit vielen Jahren Eriks Freund. Es muss natürlich, etwas wert sein, für das es sich zu kämpfen lohnt, dachte Erik. Henke würde das nie für eine Sache tun, und das schien ihn richtig zu ärgern. Erik wollte ihn per Skype anrufen, um mit ihm zu sprechen, ohne zu zuhören. Gesagt und getan, Rief Erik Henke an. Ja, was wollen Sie? Henke sagte.

Was zum Teufel ist los? Erik sagte, du verhältst dich wie ein verdammter Wahnsinniger.

Ein Verrückter? Henke sagte. Sich fragend, wer ein Wahnsinniger ist und war, sagte Henke genervt und hatte eine Stimme, die nicht wusste, was er glauben sollte. Ist es nicht besser, dass Sie es mir sagen, als in Zungen zu reden? Erik sagte.

Verstehst du nicht, was passiert ist, Erik? Was zum Teufel versuchen Sie zu sagen, sprechen aus Ihrem Bart und hören sie auf, eine Menge Scheiße Erik sagte.

Erik, Ich es tut mir leid wissen, jemand getötet
Anton, und eine Untersuchung ist im Gange?
Diese Untersuchung war hübsch, lahm Henke
sagte Was? Hat SAPO herausgefunden, wer
Anton getötet hat? Erik fragt.

Erik, gib dir jetzt! Henkes Hilfe.

Was gibt mir! Erik sagte.

Ich habe mit dem Bruder gesprochen, der
Antons Missbrauch überlebt hat, das heißt Evert,
und er hat mir nach ein wenig Überzeugung
gesagt, dass du Erik, Anton geschnitten hast,
nachdem er verrückt geworden war. Mit
anderen Worten, Sie schlagen eine Person in der
Organisation zu Tode, und das ist verboten.
Selbst wenn die Person des Angriffs schuldig ist,
dürfen Sie unter keinen Umständen jemanden
aus der Organisation schlagen. Henke sagt.

Als Henke seine Rede beendet hatte, erkannte
Erik, dass das Spiel auf einem völlig anderen
Spielfeld sein würde als das, auf dem er früher
spielte. Erik wusste, dass es an der Zeit war,
schnell nachzudenken und Lösungen zu finden,
bevor die Organisation es tat, auch wenn es
mental schwer war, so zu denken für Erik. Alle
Leute in der Organisation, wurden in nur
wenigen Minuten Eriks Feinde. Er erkannte, dass
es große Probleme gab, und alle Überlegungen,

Pläne, Gedanken und Lösungen waren mit dem Wind verschwunden. Nun stand Erik selbst da, und obwohl er seine Ausbildung hatte, war er ein bisschen rostig.

Alle Menschen, die ihm vertrauten und die er viele Jahre aufgebaut hatte, waren verschwunden. Das Schlimmste war, dass Erik einen Freund verriet, der im Gefängnis saß und der seinerseits Geld für Drogen von den falschen Leuten borgte und ihm durch den Anwalt seines Bruders drohte, dass sie Sam auf der Strecke schneiden würden, wenn die Schulden nicht bald beglichen würden.

Der Kunde hatte enormes Vertrauen in Erik gewonnen, als ihm dieser Coup gelang, und, wollte auch, dass er diese Lieferung plante, aber wie gesagt, mein Interesse an der Planung war extrem, gering. Er sagte, dass sie nach dieser Lieferung große, aber einfachere Coups machen könnten, weil er sehr, gute Kontakte zu Unternehmern und Restaurants hatte.

Es spielte keine Rolle, was sie rüberkamen, solange es große Mengen waren, verkaufte er es ohne Probleme, aber selbst das machte Erik nicht motivierter, weil er müde und müde war, bestimmte Leute um sich zu haben, Menschen, die direkt für sie tödlich waren. Erik sagte dem Kunden, dass er nicht mit Sams Bruder zusammenarbeiten wollte. Der Kunde mochte den Bruder auch nicht, da er alles aufs Spiel setzen konnte. Das Problem war Sams Schuld für das Heroin, das nicht vollständig bezahlt wurde. Der Kunde, mit dem Erik nun Kontakt hatte, war nicht an der Spitze dieser Liga, aber offensichtlich hatte wichtige Kontakte Erik begann sich zu fragen, wer er tatsächlich für Erik arbeitete die Frage an den Kunden, aber es war nicht gerade eine Frage, die er zu beantworten beabsichtigt hatte. Mit der Zeit erhalten Sie weitere Informationen. Er werde antworten. Erik sagte, er könne diese Frage vergessen.

Erik gefiel dieses Gefühl nicht. Wenn Sie über das Gefühl sprechen, ist es eine sehr schwierige Sache zu erklären, aber wenn Sie irgendwann in Ihrem Leben einer Situation ausgesetzt waren, die sich unangenehm angefühlt hat, ist es wahrscheinlich das nächste, was Erik beschreiben kann. In der kriminellen Welt wird oft über folgende Themen gesprochen:

ERIK GEHT ZU SEINER STIMMUNG.
Das ist genau das, was er fühlte. Er bekam schlechte Stimmung, als er diese Antwort

bekam. Obwohl die Antwort klar und klar war,
war die Frage mehr, was nicht klar war.

Geben Sie ein, um nicht zu *fragen, was Sie nicht
wissen wollen!*
Erich konnte ganz, leicht herausfinden, dass der
Kunde, mit dem er Kontakt hatte, seinen Kopf
hatte, der ihn zu hundert Prozent lenkte. Aber
wer waren sie?

Kapitel 14

Aber darüber nachzudenken, würde nur ein
nervös machen und jetzt Erik würde in erster
Linie eine Entscheidung über ihr Angebot
Kunden angeboten ihm die gleiche
Entschädigung für diesen Job. Die Möglichkeit,
400 000 SEK in ein paar Wochen zu verdienen,
war nicht schlecht bezahlt direkt welche
bedeutete, dass Eriks Antwort war ganz
offensichtlich, aber selbst, wenn die Antwort
gegeben wurde, war es keine Lösung, wo man
eine Tonne gefrorenes Fleisch als gegeben
gefunden.

Das Gehirn war im Moment extrem,
funktionsfähig. Es blieben viele Gedanken übrig,
darüber nachzudenken, ob dies ein themawäre.
Logischerweise fragt man sich als Mensch, wer
2.500 Paar Jeans bekommen und schnell
verkaufen kann, und dann eine Tonne Fleisch
bestellen, Hm. Auch wenn sie noch nicht alle
Jeans verkauften, war Erik tatsächlich bezahlt
worden, und da Jeans keine verderbliche sind,
können sie natürlich von allen Längen
wegliegen, ohne alt zu werden, und dass dieser
Kunde Kontakte hatte, gab es keinen Zweifel, da
sie jetzt das ganze Fleisch bestellt haben.
Demonstrativ hatten sie Lastwagen ohne
Probleme angeordnet. Normalerweise sind es in

der kriminellen Welt 90 Prozent. Sie haben Leute getroffen, die alles reparieren konnten, als die Fakten waren, dass sie überhaupt nicht in der Lage waren, irgendetwas zu reparieren. Sie hatten einige lokale Kontakte an dem Ort, an dem sie aktiv waren, aber in der Regel war es nichts anderes als leere Worte.

Da es so viel gab, war es nicht ohne Erik Zweifel, als jemand eine Tonne Fleisch bestellte, die in der Praxis ganz sofort verkauft werden musste. Es war nicht gerade ein Verkauf, der sich an alte Damen und andere Privatpersonen wandte. Nein! wir sprechen über Käufer mit großen Portemonnaies und mit großem Stauraum, also gab es eine Menge, die mit einer solchen Lieferung flattern würde. Obwohl dies schien den Kunden nicht zu beunruhigen.

Erik zögerte, ob er dies beheben würde, und hielt es gleichzeitig für falsch, es nicht einmal zu versuchen. Ein wenig ärgerlich war es, als er Jobs bekam, die keine direkten Computerjobs waren, obwohl dieser Job sein konnte, der solche Fähigkeiten brauchte. Ein Job wie dieser beruhte hauptsächlich auf dem Umzug physischer Güter. Erik hatte ehrlich gesagt keine Ahnung, wo er anfangen soll zu suchen. Es war unwahrscheinlich, dass ein Transportwagen mit einer Tonne Fleisch reisen würde. Sie hatten einen Anhänger mit Kühlern, und so war bisher alles in Ordnung. Jetzt hätten sie nur noch etwas, mit dem sie es füllen könnten. Container und ähnliches zu nehmen bedeutet, dass die Polizei damit beginnt, solche Bereiche zu bewachen, die normalerweise unbewacht sind. Vor allem, wenn sie denken, dass es eine Liga ist, die in Bewegung ist. Auch wenn Sie erwarten, die Polizei auf die Fersen zu bekommen, sollten Sie es sicher vor dem unsicheren nehmen. Das ist wahrscheinlich, wie der Kunde dachte, und es war aus diesem Grund, dass er jetzt versuchte, den Prozess in einer etwas feineren Art und Weise zu beschleunigen. Also war es nur, mit den Untersuchungen zu beginnen. Erik wusste nicht, ob er weinen oder lachen würde, das ganze Einrichtung war wie aus einem schlechten Hollywood-Drehbuch, das versteckt war, weil es so schlecht war. Erik kannte einen Lkw-Fahrer, der ein bisschen halbkriminell war und der eine Weile ein paar kleingemacht hatte, aber er hatte jetzt eine Familie und eine Dame, die ihn am Hals hielt. Erik konnte ihn fragen, ob er Kontakte zu Fahrern hatte, die einen Kühllaster fuhren. Aber solche Fragen zu stellen, würde ihn wahrscheinlich, gelinde gesagt, fragen und vielleicht ungesund neugierig machen, wenn er anfangen würde, geeignete Objekte zu erforschen.

Erik wollte nicht, dass er verletzt wird, denn
Geld bringt die Leute dazu, dumme Dinge zu tun.
Das Risiko, das bestand, war, dass dieser LKW-
Fahrer Erik jetzt kontaktiert, würde zu viel
reden, und das würde bedeuten, dass er
dauerhafte Probleme für den Rest seines Lebens
hatte. Etwas, das Erik nicht auf seinem Gewissen
haben wollte. Nun, vielleicht war es zu
berühren, aus Gewissensgründen, ich wollte
nicht, dass ihm etwas passiert. Es war nicht
wirklich, eine gute Idee, ihn zu kontaktieren, da
er Familie hatte, aber es ist leicht, jetzt im
Nachhinein zu sagen. Dieser Treiber rufen wir in
diesem Buch nach Tompa.

Diese Tompa begann ihre Untersuchungen
sofort durch einen Anruf. Nach dem ersten
Anruf musste Erik nur erklären, dass er sich
anschnallen musste, da, nicht über solche Dinge
am Telefon sprechen musste. Erik musste
anfangen, Termine mit verschiedenen Leuten zu
vereinbaren und das Gespräch zwischen vier
Augen zu führen. Tompa schien zu denken, dass
er trotzdem reden könnte, aber nachdem er
gesprochen hatte, mehr in einfacher Sprache mit
ihm, erkannte er, dass es großes Zeug war, und
die falschen Leute, mit wer zu ficken, werden
das Zeug haben, für wen arbeitest du? Das heißt,
Fragen, die natürlich zu stellen waren. Fragen,
die ebenso selbstverständlich waren, nicht zu

beantworten. Tompa wollte auch wissen, was er davon profitieren würde, und egal, was er verlangen würde, diese Entschädigung würde nur Eriks Brieftasche beeinflussen, denn es war, er, der ihn anheuerte. Erik sagte Tompa, dass die Entschädigung, die wir nehmen mussten, als wir wussten, ob alles in Die Sperrung ging.

Tompa recherchierte mehr als vier Tage lang, und in der Zwischenzeithätte Erik eine clevere Lösung gefunden, die diese Lieferung beheben könnte. Als Tompa ihm erzählte, was er hatte, war es nicht genau das, was Erik hören wollte. So viel Rinderfilet zu finden schien völlig unmöglich, am nächsten konnten sie bekommen, war eine Versorgung mit verschiedenen Fleisch, Es gab viel Fleisch, Schweinefilet und anderes Fleisch, die als Delikatessen gezählt wurden. Erik beschloss, sich noch am selben Tag mit dem Kunden zu treffen, an dem Tompa auch eine Kopie der Frachtbriefe erhalten würde, die den Inhalt dieses Kühltrucks zusammenstellten.

Als Erik später am Abend dem Käufer diese Konnossemente zeigte, schaute er sie sehr, lange an, und dann sagt er, dass sie es nehmen. Der Kunde lehnt sich von der Couch, in der er sitzt, nach vorne, schaut mich an und sagt. Jetzt wissen wir, dass sie uns nicht täuschen wollen, und Erik hat immer noch nicht verstanden, was er damit meinte? Warum sollte er sie täuschen wollen, dachte ich?! Es wäre, geradezu dumm und würde einen schnellen Tod bedeuten, und dann war es, wie Eriks Gott alte Oma immer sagte, dass du nicht in die Hand *beißen solltest,* die *dich ernährt.*

Der Kunde sagt dann, dass sie für eine lange Zeit, selbst versucht, die Menge zu bekommen, aber nicht einmal sie mit ihren Kontakten konnte es beheben, sagt der Kunde, als Sam gesagt hatte, dass er es behoben hatte, fragten sie sich klar, wie es passierte, als sie wussten, dass es praktisch unmöglich war, es zu bekommen, sie beschlossen, zu warten und nicht gegen ihn zu handeln, da eine gewalttätige Aktion gegen den Kunden für sie einen Totalverlust bedeuten würde.

Ein Spiel, das im Grunde bedeutete, dass Erik dem Kunden half, und gleichzeitig Sams zu retten, aber diese Regeln des Spiels wurden nicht gesprochen. Ich glaube nicht, dass Sim, Gefängnis bleiben und nicht zu friedensein wollte, da er unvollendete Geschäfte mit diesen Jungs hatte, und dass er bedroht war, es gab keinen Zweifel. Genauso sicher wäre Sam tot, wenn Erik jetzt ausscheiden würde. Nun begann

sich der Druck auf Erik zu befühlen, der einfach
nur ein ruhiges Leben führen wollte.

Erik schloss die Augen und wollte nur an etwas
Schönes denken... nun, nein, nein! Wie kann
man ein Leben genießen, wenn man kein Leben
hat, so verdammt lächerlich, habe gedacht er,
Erik verstand zu der Zeit, dass sein Leben nicht
besser wurde, und die Realität war, dass Erik
gerade in dem Moment erlebte, und obwohl er
sich ein wenig deprimiert fühlte mit vielen Must-
haves, wollte Erik das Gefühl fühlen, das er
hatte, und das machte ihn ganz oder
gegenwärtig im Moment.

Henke hatte im Laufe des Tages eine Reihe von
Mitgliedern der Organisation einberufen, um zu
sehen, wie das Problem Erik gelöst werden
würde, und ob es irgendwelche Vorschläge gab.
Es gibt nicht gerade einen Mangel an
Vorschlägen, die sie gemacht haben, und es gab
einige Leute, die Erik anscheinend hassten,
einen seiner eigenen zu töten. Big Mama hielt
die große Kasse für die Organisation, also wollte
Henke ihre Autorität nicht erwürgen.

Zunächst einmal, so Henke, seien nur wenige
aus der Organisation bei diesem Treffen. Dann
ist nur der innere Kreis vorhanden, einige Leute
sind wie Erik völlig ahnungslos von diesem

Treffen. Die Leute, die mit Erik waren, waren Bob und Jim OneBone. Es gab zwei Lager, aber niemand wusste von dieser Verteilung, nicht einmal Erik. Henke wandte sich an die anderen in der Organisation, um zu erfahren, was mit Erik getan werden sollte, und wer die Aktion durchführen würde, aber niemand wollte ihre Stimme erheben, ich wurde ein verdammtes Leben, als ob jemand in der Organisation ein ganzes Geschirr umkippte oder werfen würde.

Es war die Cyanide-Köchin, die direkt auf die Leute in der Gruppe zuging und mit ihren Augen nach allem starrte, was sie bei dem Treffen aus der Küche gehört hatte. Wie zum Teufel kannst du nur denken, Erik würde das ohne Grund tun Sie sagte, sie sagte, sie eine gehen zu gehen, um zu ficken, wie können Sie sogar denken, Erik tat es, verdammt, Sie sollten sich für sich selbst schämen, Ich kenne ihn seit vielen Jahren, und es gab nicht einmal Tendenzen zu solchen Dingen. Henke fragte sichtlich neugierig, ob der Cyanide Cook ein bisschen in Erik verliebt sei, denn Henke habe selten eine solche Verteidigungsrede einer anderen Person in der Organisation gehört. Es klingt wie eine unglückliche Liebe, die vorherrscht, und lachte ein wenig, auch wenn es jetzt nicht Zeit zum Lachen war.

Nein, sagte der Cyanide Koch, jetzt sie ein
lächerlich, und ich ein nicht verliebt, und ging
wieder in die Küche.

Bald nach ihrer Rede gab es eine große Person,
einen Muskelberg zur Organisation, die bereit
war, Erik einfach eine Kugel in den Kopf zu
legen, als dieser Bastard sein Wort verraten
hatte und Anton kaltblütig tötete. Er hat es nicht
einmal verdient, einer von uns zu sein. Der Kerl
wollte einen Unterschied machen, als ein Mann,
der wie eine Rosine aussah, und mit Kräften, die
vor vielen Jahren ausgelaufen waren, den Kerl
informierte, der so dick gewesen war und hart
schien. Er sah einfach aus wie ein Muskelberg,
und sein Gehirn war in seinen Armen. Der Mann,
der den Biker ansprach, war GammelMan und
war seit vielen Jahren in der Organisation, und
nicht viele kannten seinen Namen.
Sie alle wurden völlig still, weil es nicht oft
GammelMan hatte etwas zu sagen.

Jetzt werde ich Ihnen wichtige Informationen
über diesen PointMan erzählen, also schließen
sich all diese Idioten und jeder weiß, womit wir
uns beschäftigen. Nun, gehen Sie mit mir
 einend beruhigen sagte der Muskelberg.

Sie Stück Scheiße, jetzt werden Sie Klappe halten
schließen, zuhören und nicht Idiot spielen.
Antwortete GammelMan und fuhr fort zu sagen,

ich glaube nicht, dass Sie wissen, was ein
PointMan ist?
Nein, sagte der Muskelberg.

But viele Menschen wissen, dass ein PointMan
hat etwas mit dem Militär zu tun, sagte eine
weise Person in der Gruppe.

Ja das ist hübsch, richtig GammelMan sagte,
aber es gibt zwei Sorten von einem PointMan,
die existieren, und Erik wird nicht durch das
Militär und ihr Wissen trainiert. Nein, das ist ein
PointMan, der von der Organisation mit viel
Training an vielen verschiedenen
Lebensbereichen ausgebildet wird.

Hey, hey, hey. Wie schwierig kann es sein, die
betreffende Person zu erschießen, und so ist das
Problem vorbei, wenn Erik eine Menge negativer
Dinge und Verbrechen getan hat, sagte
Muskelberg.

Wir werden später darauf zurückkommen", sagt
Gammelman und erzählt weiter über PointMan.

Nun, ein Pointman, ist fortgeschrittener als nur
Arbeit zu tun. Nein, ein vollwertiger Pointman
sollte in der Lage sein, Jobs für verschiedene
Organisationen zu machen, aber auch in der
Lage sein, zwischen diesen Parteien zu
vermitteln, wenn auch nur so etwas, um zu

vermitteln, Erik war nicht so interessiert. Viele, oft gab es schwere Organisationen hinter dem Produkt.

Der Käufer könnte ein gewöhnliches Unternehmen sein, das das Zeug wollte. Dann setzt die Organisation ihren Pointman ein, wo er als eine Form des Konvertierungswerkzeugs zwischen diesen Parteien fungierte.
Plötzlich war Erik in eine ähnliche Pointman-Charakterrolle gezwungen worden. Eine Rolle, die bedeutete, dass Erik bewusst große persönliche Risiken einging. Wenn etwas schief ging, war er selbst auf dünnem Eis. Die Polizei fand es anfangs extrem, schwierig, Erik zu platzieren, oder welcher Organisation er angehörte, wie Erik jetzt weiß, und es hat die Organisation sehr verwirrt. Wenn man mit solch schweren kriminellen Banden spielt, hat die Polizei eine ganze Menge Ressourcen zur Verfügung. Organisiert Verbrechen sollte überwacht werden.

Als Erik sich in solchen Kreisen bewegte, geriet er schnell unter Beobachtung. Er wurde nun ein Schritt noch schwerer Verbrecher, und die Polizei bald folgte jedem Schritt, den er ging, nämlich war in einer ihrer heimeligsten Aufzeichnungen gelandet. Es heißt ASP und ist ein Aufklärungsregister, in dem Erik war. Es ist etwas, das Erik lange nach dem Herausgefunden hat.

Ein PointMan ist ausgebildet für Waffen, Sprengstoff, gezielte Sprengstoffe, Munition, Pistolen, Revolver, Sturmgewehr, Granatwerfer, Säuren, Kalk, aber auch in der Sprache, Erik behandelt 3 Sprachen, sowie 2 Programmiersprachen. Oben, als ob es nicht genug wäre, hatte Erik einen hohen IQ. Und hatte eine Schwäche oder Stärke, er war immer allein. Er entschied sich, er selbst zu sein, ein einsamer Bär, der ihn wahrscheinlich im Laufe der Jahre geprägt hat. Es war selten, oder nie konnte man Erik glücklich sehen oder dass er lachte. Nein, es war nicht mehr in seinem Leben, und ich kann es jedem in diesem Raum sagen. Sagt GammelMan, und fährt fort zu sagen, fühlen Sie

 sich frei, einen Feind zu bekommen, aber zuerst sehen, was Sie als Person vor Ihnen haben. Du sitzt hier und sagst mir, was du mit Erik machen sollst... aber vielleicht ist es Erik, der nach dir kommt, und dann hast du ein Problem, das gut genug genannt wird.

Henke und die anderen bei der Organisation begannen, grau in der Farbe zu werden. Ja, sagte Henke, jetzt wissen wir, was wir vor uns haben, und es scheint angebracht, wenn Sie alle auf der Hut sind. Der alte Mann wandte sich dem Muskelberg zu und fragte, ob er jetzt wisse, was ein PointMan sei, und er nickte zustimmend mit ihm.

Henke, der Anführer war, verstand, dass Erik ein Problem sein wird, wenn er sein Wissen in der Organisation einsetzt. Er wartete darauf, dass Bob von der Planung, die er mit Erik machte, zurückkam. Bob wusste nichts von dem Treffen.

Bob kam nach einer Weile und Henke nutzte die Gelegenheit, Bob in die Organisation zu rufen, er sah ein wenig nachdenklich aus, als Henke ihn anrief.

Bob. Henke sagte. Ich denke, wir haben viele Probleme vor uns.

Haben wir? Bob sagte. Unser Freund Erik hat Anton getötet. Henke sagt. Bob glaubte, dass der erste Henke sich über ihn lustig machte, aber erkannte hübsch, bald war das nicht der Fall, aber wartete auf das, was Henke sagen würde. Wie zum Teufel konnte das passieren? Bob wunderte sich.

Ja. Henke sagte, ich frage mich auch, aber es beginnt damit, dass der einzige Bruder mir in

Zuversicht sagt, dass Erik Anton getötet hat, und
so ist es.

Jeder in der Organisation weiß nicht, dass wir
ein Treffen hatten, aber du, Bob, bist meine
rechte Hand, auch ist es okay.

Henke saß und dachte darüber nach, ob er Erik
verkaufen würde, als er dies an Anton tat.
Und er fragte sich, ob er sich über Agent McGill
lustig machen und damit die Befugnisse der
SAPO in positiver Weise für die Organisation
nutzenwürde. Aber wie zum Teufel würde es
aussehen? Henke dachte.

Um, dachte Henke. Ich will Agent McGill
anrufen.
Sie antwortete auf sein Handy, und Henke sagte
Hallo.

Hey, McGill, wir müssen über etwas sprechen,
was passiert ist. Henke sagte. Ich möchte, dass
wir uns beide in einer Mülldeponie treffen, weil
es seltsam erscheinen mag.

Worum geht es? McGill sagte.

Aber darüber wollte er dort nicht sprechen.

Zur gleichen Zeit stand Erik an einem anderen
Ort und plante die Rache, die vor sich ging, und
wusste nicht, was Henke tat. Erik wollte nur,

dass er seinem Freund eine Lösung geben
konnte, damit er im Gefängnis nicht zu Tode
geprügelt wurde.

Der Kunde wollte, dass Erik den Transport in die
Hauptstadt organisiert, und von dort hatten sie
selbst Leute, und sobald der Lastwagen die
Hauptstadt erreichte, war Eriks Arbeit erledigt.
Er wollte zur Planung des Transports selbst
zurückkehren und wollte es nicht wissen, da er
nur wissen wollte, wann der Lkw in der
Hauptstadt ankommen könnte. Erik ging
schließlich nach Hause nach Tompa, um die
Tasche zu nähen. Gerade als er ging, verteilt der
Kunde eine Plastiktüte, eine gewöhnliche
Tasche, die man beim Einkaufen in den Laden
bekommt. Er reicht Erik die Möglichkeit und
sagt, dass er jetzt für den Job bezahlt wird.

Kapitel 15

Erik schaut in die Tasche und sorgt dafür, dass es viele Banknoten in verschiedenen Stückelungen gibt. Der Kunde sagt, dass sie in kleinen Stückelungen sind, weil es für Erik einfacher ist, zu entsorgen, da sie nicht so viel glänzen wie große Banknoten.

Nein. Erik sagte. Ich werde Sie aufladen, wenn der Job erledigt ist. Dinge können schief gehen und ich werde für die Rückzahlung haften.

Der Kunde versuchte Erik zu versichern, dass sie keine Forderungen an ihn stellen würden, wenn die Polizei sie festnehmen würde, dann sagte er so, er wollte nicht hören. Der Kunde sagt, dass sie in Zukunft viel Geschäfte machen werden, mit einem kleinen Lächeln im Gesicht. Ein Lächeln, das Erik beim letzten Coup nur einmal gesehen hat. Erik spürte, wie düster seine Zukunft aussehen würde, mit vielen Must-have und einem Kunden, der gerade für selbstverständlich hielt, dass er an diesen Jobs interessiert war.

Wenn es um Kriminalität geht, kann man diese Welt als gigantisches Spinnnetz beschreiben, in dem jeder auf die eine oder andere Weise miteinander in Kontakt steht. Das heißt, wenn

man zu viel zum Narren macht oder schlechte
Arbeit macht, breitet es sich schnell aus. Je
weiter man ins Spinnennetz hineinkam, desto
mehr Power hat man.

Wie Sie verstehen werden, war Erik weit
draußen am Rand und war mittendrin, wie ein
Svensson eine Karriere genannt hatte, und wo er
sich einen Namen machen würde, wie bereits
gesagt wurde. Erik begann immer mehr Zuspiel
dafür zu gewinnen, wie alles miteinander
verbunden war. Dieses, Spinnweben war eine
Karriereleiter, und man würde langsam näher an
die Mitte des Netzes klettern. Es war dieser
innere Kreis, den sich alle Kriminellen einfallen
lassen wollten, aber nur wenige. Es war wie in
der realen Welt, gefüllt mit vielen Hindernissen
und Fallstricken, aber der Unterschied war, dass
wir Schläger waren, nahm gerne eine
Abkürzung.

Erik fuhr nach Hause nach Tompa, um die letzte
Planung zu machen, die für den Erfolg des Jobs
erforderlich war. Jetzt mussten sie die
Schwächen finden, die uns die Chance geben
würden, erfolgreich zu sein. Tompa hatte einen
Kollegen gefunden, der seinen Arbeitgeber satt
hatte und diesen Fahrer zu schlecht zu bezahlen
schien. Aus einem anderen Grund konnte er

nicht sehen, da er sich auf ihren Plan einstellen konnte, der wie folgt war. Erik sagte, Tompa, dass er eine Reihe von schlechten Glühkerzen für den LKW arrangieren würde, die sie entführen würden. Glühkerzen sind das Äquivalent zu Zündkerzen in einem normalen Auto, aber Dieselmotoren haben stattdessen Glühkerzen. Jeder, der ein Auto gefahren hat, das nicht auf allen Zylindern fährt, weiß, dass es schwierig ist, wenn es passieren sollte, und die Absicht war, dass dieser Fahrer in einen größeren Rastplatz fahren würde. Orte, an denen die Leute zum Kaffee anhalten können, aber auch, wo Die Fahrer übernachten können. Dann würden sie die gleiche Funkfrequenz verwenden, die diese Spedition auf ihrem Gerät benutzte.

Durch die Fahrt in einen solchen Ort konnte der Fahrer die Glühkerzen gegen Glühkerzen austauschen, die sehr schlecht funktionierten. Diese Glühkerzen hatte Tompa in der Werkstatt, wo sie in der Regel die Lastwagen bedient. Während er diese Glühwürmchen wechselte, kam er nicht mit ihnen in Kontakt. Stattdessen warteten sie darauf, dass dieser Fahrer über das Com-Radio eine Anfrage an seinen Arbeitgeberstellte, wenn es einen anderen Fahrer gab, der frei war und der möglicherweise mit fahren konnte, als er mit seinem LKW in die

Werkstatt fahren musste, sagte er tatsächlich, dass der Anhänger am Tatort war und dass er anfing, zur Werkstatt zu fahren. Sie wollten nicht, dass der Kerl in Schwierigkeiten gerät. Indem er nur den Lastwagen anrief, für den er fuhr, gab er ihnen grünes Licht, den Anhänger mit dem Fleisch abzuholen, aber nur, um die eigentliche Beute zu vertuschen, dann war die Geschichte, dass der Fahrer während der entsprechenden Zeit, die es brauchte, um die Leuchtnadeln zu wechseln, eine Pause hatte. Dass er stehen geblieben war, konnte auch von Menschen um ihn herum bescheinigt werden, die in den Rastplatz gefahren waren, aber der wichtigste Beweis für diesen Bruch war der Fahrtenschreiber, den alle Berufskraftfahrer auf dem Armaturenbrett installiert haben. Es ist da, so dass die Polizei überprüfen kann, dass der Fahrer nicht zu viele Stunden ohne Pause gefahren ist. Eine perfekte Abdeckung. Dann waren die Glühkerzen schlecht, was auch danach überprüft werden konnte.

Tompa holte den Anhänger mit dem Fleisch auf, mit dem Anhängertraktor, den der Kunde arrangiert hatte. Dann fuhr er es in ein Waldgebiet, wo der zweite Anhänger leer stand. Als er ankam, musste man nur noch neu verdrahten und neu laden. Skane County ist eine flache Landschaft und Sie wollten nicht mit

einem Anhänger herumfahren. Nun begann
dieses verdammte Tragen wieder. Sie hatten
einfach gewöhnliche Bauhandschuhe an den
Händen zu tragen, wo die Kälte schnell
durchgeht. Sie wurden sehr müde, es brauchte
20 Männer, dann war es eine Menge, um
weiterzumachen. Als wir mit dem Tragen fertig
waren, wurden die Hände wie zwei gefrorene
Fischstäbchen milde gesagt. Erik hatte eine
Telefonnummer vom Kunden erhalten, an den
er eine SMS senden würde. Die Mitteilung wäre
völlig leer, nichts geschrieben, die uns sagte,
dass die Waren in Richtung der Hauptstadt, zum
exponierten Ort gingen. Es würde 10 Stunden
dauern, um dieses Ziel zu erreichen. So eine
"Halte die Geschwindigkeit"-Runde. Sie *wollten
nicht* die *profitorientierten* Finger der *Polizei* in
dieser Lieferung *zu bekommen.* Die Runde
dauerte etwas länger, als es viele
Straßenbauarbeiten gab. Als der LKW ankam,

Eriks Job war fertig, und die Zahlung, die er
bereits erhalten hatte, war dann eine Party, als
Tompa zurückkam.

Es gab einen Grill mit viel Alkohol, aber aus
irgendeinem Grund haben sie kein Fleisch
gegrillt.
Der Kunde war sehr zufrieden mit der Arbeit und
plädierte für eine gute zukünftige

Zusammenarbeit. Erik hatte ein hübsches, gutes Kapital in der Tasche. Tompa und der andere Fahrer würden nun ihren Anteil am Kuchen bekommen. Da wir vorher nicht ausführlicher darüber gesprochen hatten, gab es jetzt nur eine Verhandlung. Tompa fragte mich, was ich für den Job bekommen hatte. Eine Frage, die ich lieber beantworten wollte. Erik sagte, sie könnten sagen, was sie wollten. Tompa sollte seinen Kollegen für das bezahlen, was er als Zahlung erhalten hat. Tompa hielt 25 000 vielleicht 30 000 SEK für beide Jobs für sinnvoll. Dann war es, als hätte er eine Rückblende bekommen und darüber nachgedacht, was Sams Bruder dem Kontakt im Terminal angetan hatte. Dann würde es nicht gut aussehen, wenn Erik selbst auf Gier hereinfallen würde. Erik sagte Tompa, dass er 65 000 Kronen für beide erhielt, und dass es ihm egal ist, was er seinen Kontakt gibt, aber stellen Sie sicher, dass er zuschließt, und dass er diesen Betrag, der vernünftig war, stützen würde, um ihn zu garantieren, dass er ruhig bleibt. Jetzt können Sie nie garantieren, dass jemand ruhig bleiben wird, aber indem Sie ihnen eine Menge geben, mit der sie sich glücklich fühlten, machte diese Sache die Dinge ein wenig sicherer. Erik selbst, wie Sie wahrscheinlich schon 135 000 SEK berechnet haben, aber es gab auch eine Menge Arbeit, um diesen Coup zu planen.

Tompa schrie ihre alte Dame an und sagte, sie könne das ganze Wochenende einkaufen gehen, wenn sie wollte. Tief liegend, glaube ich nicht, dass er in seinem Vokabular war, was jetzt ein Problem für ihn wurde. Nun, da er seiner Frau versprach, das ganze Wochenende einzukaufen. Sie können, keine Versprechungen wie diese an Ihre Frau zu machen, und dann können Sie, lassen Sie sie nicht handeln. Nein, jetzt hatte er ein Problem Erik konnte eine Scheiße geben, wie er mit seinen Dollars tat, aber sollte es bemerkt werden, dass ihre Familie groß und breit agierte, könnte es zu einer Menge unnötiger Probleme für Erik führen. Sollte dieser Tompa in einer polizeilichen Vernehmung kommen, würde der eine zum anderen führen, und das hätte mit der Vernehmung seiner Frau enden können. Dann waren wir geschraubt worden. Und du bist nicht stärker als das schwächste Glied.

Tompa war auf der ebener, naive Ebene, als er keine Sekunde glaubte, dass dieses Werk aus dem Urteil abgeleitet werden könnte. Es gab einige Auseinandersetzungen zwischen Tompa und Erik, und dies gab ihm ein größeres Verständnis dafür, wie wichtig es war, niedrig zu liegen. Tompas ein Kollege, der den Anhänger in der Raststation verließ, wurde ziemlich schnell zur Polizeilichen Vernehmung gerufen, um zu sagen, warum er die Ware zurückgelassen hat, aber seine Geschichte war nachhaltig, und die Polizei konnte die Tat nach der Tat überprüfen. Aber wo das Fleisch hinging, ist noch nicht geklärt. Das Verbrechen ist nun verjährt.

Nun, da er dies oben Verbrechen skizziert hat, sind seine eigenen Gedanken, warum er nicht gab, eine Verdammnis über mehr Verbrechen für eine Weile zu tun. Da Erik zum Zeitpunkt der Tat zwei Jahre Gehalt für zwei Straftaten verdient hatte. Der für diese Verbrechen verdiente Betrag belief sich auf 335.000 SEK. Ein Betrag, der zu der Zeit viel Geld war, aber glauben Sie nicht, dass er damit zufrieden war. Wahrscheinlich. Erik dachte, er war cool, um mit diesen Verbrechen erfolgreich zu sein, die er auch habe gedacht waren wirklich, smart, so dass Sie für sich selbst hören. Wohin ging Erik? Eine verwirrte Seele, die versuchte, sich zu rächen, während sie dazu neigte, sie illegal zu machen, rechtlich rein mental.

Erik hatte begonnen, der Gier ein immer klareres Gesicht zu geben, aber wo er als Person seine Füße in das Tal der Verleugnung gelegt hatte. Der Kunde fragte Erik, für wen er arbeitete? Nun hatte es völlig neue Probleme in seinem Kopf gegeben, die schleiften. Wer war Erik? Was tat er? All diese selbstfokussierten Themen waren immer mehr geworden. Während er jegliches Fehlverhalten leugnete und das Gesetz brach, das er selbst tat. Erik versuchte, das Band in seinem Kopf zurück zu spulen, in, um seine eigene Rolle in diesem Elend zu sehen, es machte ihn nur schlecht fühlen, aber dieser Rückspulen wurde mit Verwicklungen auf dem Band verschmolzen.

Warum konnte er nicht darüber nachdenken? War es sein Körper, der sich verteidigte, indem er die Tür zu den Ereignissen, die er durchgemacht hatte, schweißte? Es fühlte sich alles komisch an. Warum gab es solche Blockaden? Dann konnte Erik nicht darüber nachdenken, beängstigend, dass es so schlimm war.

Jeder, der ein Krimineller ist oder war, wird früher oder später von diesen Themen verfolgt. Wenn die Fragen und die Reue auftauchen, gibt es nur zwei Dinge zu tun. Was getan werden sollte, war, die destruktive Lebensweise zu durchbrechen und schnell um Hilfe zu bitten. Dies könnte wieder in die Gesellschaft zurückgebracht werden. Es ist die theoretische Vision, die in der Praxis nicht funktioniert. In der

Tat, viele Kriminelle erkennen früh, dass es kein
nachhaltiges Leben ist, aber Sie haben,
professionelle Hilfe bei der Brechung des
Verhaltens zu bekommen. Die Gesellschaft
reagiert in der Regel zu spät, und oft reagiert die
Gesellschaft nicht, bis jemand zu irgendeiner
Form von Strafe verurteilt wird. Prävention ist
sogar schlecht, und es wird anscheinend immer
sein. Obwohl sich die Behörden verbessert
haben, sind ihre Bemühungen wie ein Kieskorn
im Meer. Die Folgen, die sich aus der passiven
Abwesenheit der Behörden ziehen, können mit
dem Schneiden des Fingers verglichen werden.
Nach einer Weile heilt die Wunde, dann fällt der
Schorf ab, aber der Schorf ist immer da. Mit
diesem Erik sagen, dass, wenn die Behörden
warten mit ihren präventiven Maßnahmen, sie
endlich bekommen die bösen Jungs in, auf
verschiedene Strafmaßnahmen wie Gefängnis,
aber egal wie gut die Gefängnisse oder
Pflegemaßnahmen sind, dann wird es immer
eine Person mit einer vernarbten Persönlichkeit.

Erik hatte begonnen, darüber nachzudenken,
welche Rolle er selbst als Krimineller hatte. Er
war damals nicht einer von ihnen, aber er hat
immer noch viel Arbeit für verschiedene
Organisationen geleistet, die seine Dienste

wollten. In der gewöhnlichen Gesellschaft war
Erik als eine Ressource angesehen worden, die
mit der falschen Klientel verbunden war, aber
während des ersten Teils von Eriks krimineller
Karriere war seine Mission wie jeder
freiberufliche Arbeiter, mit dem großen
Unterschied, dass Erik ständig das Gesetz
brechen musste, um seinen Job zu machen. Er
fand heraus, dass er in das ASP-Register
eingetragen wurde, in einem Prozess, als der
Staatsanwalt es in seinem Verhaftungsantrag
geschrieben hatte. Dass er wegen
unrechtmäßiger Drohungen in Haft genommen
werden sollte und dass die große Gefahr
bestand, dass Erik diese Drohungen ausführt,
aber auch, dass er ein schwererer Verbrecher
war und dass er Mitglied der Asp war. Man
könnte sagen, dass das Landgericht den
Wünschen der Staatsanwaltschaft durch ein
paar Stichworte zugestimmt hat.

Er sagte die Worte ASP, Clubs, rechtswidrige
Drohungen mit Baseballschlägern dann wurde er
mit völligen Einschränkungen festgehalten er
kleine verdammte Staatsanwalt war er nur drei
Äpfel hoch, aber er war so wütend auf die
Vorverhandlung Anhörung, dass Sie denken,
dass er mindestens 2 Meter groß war. Er ging
völlig an die Decke, als er das Wort "Club" oder

ähnliches hörte. Er liebte es, Erik hinter Gitter zu bringen.

Zu welcher Organisation Erik schließlich gehörte, wollte er nicht an die Behörde gehen, da es ihm nicht rein gesund nützen würde. Der Hauptgrund ist, dass die Botschaft dieses Buches über Erik geht, und wie die Gesellschaft gegen ihn handelte und wie er als Person reagierte, als er extrem, dumme Dinge für Unternehmen und Einzelpersonen tat, aber wieder auf das Ereignis.

Nach Angaben des Staatsanwalts war die Verhaftung für eine Wiederherstellung, die Erik durchgeführt hätte, die er getan hatte. Erik hatte eine neue Art von Auftrag erhalten, wo er eine Schuld eintreiben und die aus einem Kerl erschrecken würde. Normalerweise gab es immer zwei in solchen Erholungen, aber es wurde beurteilt, um eine ziemlich, einfache Erholung zu sein und dass Erik als Person war wie ein Verrückter mit einem Baseballschläger Erik nicht ziehen Scheiße für sie damals war nicht war eine Zeit, die ich wahrscheinlich hätte mit Verstand untersucht werden sollen. Mental hatte er auf keiner Ebene Hemmungen.

Erik war für diesen Job weg, und es war fast 170 km bis zum Ziel. Dass er einen Job zu tun hatte, war das gleiche, wie Sie mit dem Objekt verlobt wurden, das ist die Person, von der Sie das Geld bekommen würden. Solange die Arbeit nicht erledigt war, wurde man mit dieser Person verlobt. Nun kann man sich fragen, warum Sie sagen, verlobt.

Das Wort verlobt kommt, wie die meisten Menschen aus dem Wort engagiert wissen, aber in der Antike wurde es verlobt genannt, wenn Sie einem Mädchen einen Verlobungsring gaben und ihr versprachen, sie innerhalb eines Jahres zu heiraten, aber in der Unterwelt hat dieses Wort eine ganz andere Bedeutung. Das Wort kommt am Anfang des professionellen Killers, der es als Einkommensquelle hatte. Als sie eine, Artikel bekamen, die sie für einen Geldbetrag ausführen wollten. Meistens gab es mehrere Attentäter auf dem gleichen Objekt. Daher wurden diese Attentäter zunächst mit dem Objekt verlobt, bis die Arbeit abgeschlossen war.

Für meinen Teil ging es um die Kniekappen des Objekts oder einen gebrochen, Nasenknochen. Erik war bereit, so weit zu gehen, wie er wollte. Ich bin schrecklich, es zu sagen, aber so war er ein Mensch geworden.

Agent McGill kam nach einer Weile zum Rendezvous Punkt Henke und sie hatte zuvor entschieden. McGill fragte sich, was Henke wollte, weil sie sich nicht so wohl fühlte, als sich diese beiden Leute trafen.

Worüber wollten Sie sprechen? Agent McGill sagte. Weil ich möchte, dass Sie wissen, dass ich es nicht so lösen will, wenn Sie zwei in zwei verschiedenen Lagern sind.

Henke sagte. Ich habe einige Fragen, das sind alles. Agent McGill hob die Augenbrauen und sah leicht beunruhigt aus, hier stehe ich selbst mit dem Führer und Urteil, also rede über Fehlverhalten. Agent McGill sagte.

Gut. Henke sagte, um Ihnen etwas anderes zu sagen. Ich fragte mich, ob Sie die Person, die getötet haben, Carl nehmen wollten fragte Henke.

Was? Agent McGill sagte... und Sie würden das wissen Sie erzählte Henke.

Ja, ich kenne McGill, aber es wird dich kosten, also bekommst du es", sagt Henke.

Wie viel würde es kosten? Ich bin mir sicher, dass ich Sie für etwas verhaften kann. Reagierender Agent McGill.

Dann will nicht Carls Mörder zu bekommen.
Auch denken Sie darüber nach. Ich will siewissen
lassen. Sagt Henke dann, beide gingen getrennte
Wege.

Erik hatte begonnen, diese 170 km, die er vor
sich hatte, zu fallen und an, sich von der ersten
Meile an zu pep und bis er ankam. Im Auto hatte
er einen Schläger des raueren Typs. Erik dachte,
dass die Baseballschläger, die auf dem Markt
waren, einfach zu schwach waren und zu leicht
gebogen waren, und er wollte einen guten Job
machen. Als Erik ankam, schaute er auf die
Wohnung, in der das Objekt wohnte, und es ging
mit den Handschuhen weiter und schnappte sich
den Baseballschläger. Da Erik selbst auf dieser
Sammlung war, hatte er auch eine Waffe bei
sich, eine Beretta 92F, eine Waffe, die US-
Militäroffiziere als Standardwaffe haben. Erik
stieg aus dem Auto und in Richtung der Tür. Als
er auf dem rechten Boden auftauchte, ist die
Tür, in die ich ging, schon offen. Erik begann
Ärger zu spüren, als es sich anfühlte, als hätte er
schlechte Stimmung bekommen.

Es leuchtete auf der Treppe, wo Erik stand, und
er wollte daher seine Waffe nicht hochziehen,
wie er es im Pullover hinter seinem Rücken
hatte, weil es Leute geben konnte, die aus dem

Guckloch in ihren Türen schauten. Nach ein paar Minuten geht das Licht auf die Treppe und Erik legt den Schläger Holz gegen die Treppenhauswand, um seine Waffe herausnehmen und eine Tarnbewegung machen zu können. Jetzt stand er da, mit einer scharf beladenen Waffe und einem Schläger, der auf hübsch gepumpt wurde, nun, Erik nahm eine Rolle, wo er nicht wirklich selbst war. Der Kranke und Besessene, der er geworden war, betritt nun den Saal und geht weiter ins Wohnzimmer. Niemand war da. Erik überprüfte alle angrenzenden Räume auf jede Person, die der Bekannte des Opfers oder ähnliches gewesen sein könnte, und er verstand, dass die Person aus seiner Wohnung gezogen hatte, in jeder Eile, um sich selbst zu retten.

Erik geht wieder aus der Wohnung und hört, dass von der Wohnungsseite geredet wird. Es hörte man, als ob jemand sehr, nahe an der Tür steht und drückt. Ein Ton, der auftritt, wenn Sie eine Lücke zwischen dem Rahmen und der Tür haben, und wenn Sie dagegen drücken, wird ein Ton, der auftritt. Schnell schnappte Erik die Tür auf, die entriegelt war und in der Tür steht ein Mann mit einem Handy und redet. Er sprach mit dem Mann, den Erik suchte. Der Typ, nach dem er suchte, hatte Eriks Auto gesehen und dann auf seinen Nachbarn gelaufen, um schnell durch die Balkone auf der Rückseite des Anwesens zu klettern. Der Kerl im Flur mehr, oder weniger fallen rückwärts und beginnen, in seine Wohnung zu kriechen, während er sagte, nicht schießen mich, nicht schießen! Er war leicht erschrocken.

Erik sicherte seine Waffe und legte sie wieder hinter seinen Rücken. Der Kerl begann sich ein wenig zu beruhigen, als er Eriks Waffe nicht mehr sah. Erik sah, wie ängstlich er war, seine Unterlippe zitterte vor Angst, obwohl Erik ihn in keiner Weise bedroht hatte, aber in seiner Welt war dieses Eindringen mehr als genug. Zuerst wusste er nicht, wohin der Kerl überhaupt gegangen war, aber nach einiger Überzeugung sagte er ihm, dass der Kerl nach Hause zu seinen Eltern gefahren war. Erik sagte dem Kerl, wenn Sie eine Neu lüge, Sie gehen, um für den Rest Ihres Lebens nach Ihren Kniescheiben suchen zu müssen. Er verstand Eriks Botschaft klar. Er bekam die Wohnadresse seiner Eltern und wünschte dem Kerl einen schönen Abend. Da Erik keine Ortskenntnis kennt über die Stadt hatte, in der er sich befand, musste er eine Tankstelle aufsuchen, um eine Karte zu erhalten. Nachdem er die Adresse gefunden hatte, fuhr er in die Einfahrt seiner Eltern.

Kapitel 16

Es gab Winter und etwas Schnee auf dem
Boden. Im Innenhof sah es so aus, als wäre dort
eine ganze Fußballmannschaft herumgelaufen.
Der Schnee wurde fast überall mit Füßen
getreten. Das Haus war dunkel, keine Lichter
leuchteten, nur ein Weihnachtsstern in einigen
der Fenster. Es sah aus wie das Haus, das Gott
vergessen hatte, völlig verlassen. Erik ging um
das Haus herum, um durch die Fenster zu sehen,
aber alle Leute glänzten mit ihrer Abwesenheit.
Zuerst dachte er, dass der Kerl überhaupt nicht
hiergefahren war, aber alle Fußabdrücke, die
den Schnee den Eingang hinunter gedrückt
hatten, wurden vor kurzem gemacht. Woher
wussten sie, dass Erik hierher, kam. Hatte der
Nachbar, mit dem er sprach, diese Leute
gewarnt? Erik war wütend und würde mit viel
Entschlossenheit wieder nach Hause zu diesem
Nachbarn fahren, aber dieses Mal würde er
verdammt klar sein, so, der Kerl nahm die
Nachricht Erik war jetzt völlig überzeugt, dass
dieser Nachbar hinter diesem gescheiterten
Erholungsversuch, was bedeutete, dass in
kriminellen Kreisen konnte man sein Gesicht
verlieren. Zurück auf der Straße, wo der Nachbar
wohnte, sah er nun, dass diese Person offenbar
auch ausgewandert war. Alles war pechschwarz.
Erik fuhr vorbei und fuhr mit dem Auto in eine

Runde, so dass er im Auto sitzen und sehen konnte, ob es Aktivität in den Wohnungen gab.

Erik hatte nicht viele Minuten im Auto verbracht, als ein Polizeiauto kommt auf ihn zu gerutscht. Es war schnell unten mit dem Kopf nach unten, bevor sie ihn sahen. Dort saß Erik mit einer scharf beladenen Waffe, und in seiner Tasche und er hatte eine Handvoll Stesolid 5mg. Die Polizisten, die er nicht sah, aber langsam an mir vorbeiging. Die Herzfrequenz stieg stark an. Ich fühlte mich, als sei er derjenige, der stattdessen gejagt wurde. Erik stieg aus dem Auto, verließ aber den Baseballschläger, als er das Auto verlassen wollte. Erik hatte die Tabletten von seinen sogenannten Freunden erhalten, für den Fall, dass er es schwer haben würde, die Genesung zu tun, da es sehr blutig werden kann. Aber wie gesagt, er ging weg vom Auto, um eine kleinere Gasse oder ähnliches zu finden. Erik musste alle Pillen in einen Brunnen auf dem Weg fallen lassen. Es war absolut die sicherste, da er immer noch darüber nachdachte, ob irgendwelche Kinder diese Tabletten finden würden, was schwerwiegende Folgen hätte haben können, die Erik nicht wollte.

Als Erik die Pillen wegwarf, ging er durch die Nachbarschaft, und er kam zu einem Hotel und dachte, er buchte ein Zimmer unter falschem

Namen und zahlte Bargeld, also wird er morgen die Genesung nehmen. Als er an der Rezeption ankam, sind zwei Frauen. Es war ziemlich, spät in der Nacht, also musste er eine Glocke läuten, damit sich die Türen öffneten, damit er hereingehen konnte. Wenn Erik mit einem Hotelangestellten in Kontakt kommt, fragt er, was es kostet, ein Einzelzimmer zu haben? Als er ihr sagt, was der Preis ist, schaut Erik auf sein Namensschild, das sie auf ihrer Jacke hatte. Es war der gleiche Nachname wie die Person, wo er die Genesung machen wollte. Dieser Nachname war ein sehr ungewöhnlicher Name, auch reagierte er sofort, als er den Namen sah. Erik musste sich schnell entschuldigen, als sie sagte, was der Preis war.

Oh. Er sagte, ich muss weiterschauen. Es war einfach zu teuer für nur eine Nacht. Erik bedankte sich bei ihm und ging aus dem Hotel. Als er aus dem Hotel kam, dachte er, wie klein die Welt ist. Hier läuft man durch eine Stadt, von der ich wenig wusste. Findet ein Hotel, und da steht ein Verwandter des Objekts. Ob sie sich kannten oder nicht, es war sowieso seltsam. Erik rief seine Freunde an der Heimatfront an, und ihr Rat war, sofort wegzuziehen. Nun hatte er markiert, wozu sie fähig waren, was in vielen Fällen genügte.

Aber nein! Erik hätte diesen Kerl in der Hand, und wenn er seinen Nachbarn erwischt hätte, war es ein Bonus. Er begann, durch die Stadt zu laufen, während er auf die Rückkehr des Objekts wartete. Es an, etwas später am Abend zu bekommen und es war hübsch, kalt draußen. Es gab eine Galleria mit Geschäften. Erik ging hinein, um sich etwas zum Kauen zu kaufen, aber es endete einfach mit einer Schokolade. Als er sich ein wenig aufwärmte, ging er aus dem Einkaufszentrum, um weiter zu seinem Auto zu fahren. Erik kam nicht so weit von der Mall, als es plötzlich begann, wie Polizisten zu riechen. Genug, um es war eine größere Stadt, aber jetzt war die Polizei entweder durch, wenn es fühlte sich an, als ob die ganze Polizei in diese Stadt gekommen war, oder sie waren nach Erik?!

Erik hatte Angst, dass sie hinter ihm her waren. Staatsanwälte hatten, eine Tendenz, in Untersuchungshaft für das geringste Bisschen. Sie suchten die ganze Zeit nach Fehlern und Verbrechen, aber dieses Mal stellte sich heraus, dass der Nachbar des Objekts nicht nur das Objekt gewarnt hatte, er hatte auch darauf geachtet, die Polizei zu rufen. Es stellt sich heraus, dass der Kerl Erik gegriffen hätte, hatte, wie ich sagte, die Rückseite des Anwesens heruntergesprungen und auf die Straße gelaufen, um das Kennzeichen des Autos zu nehmen, Erik war hereingekommen. Als die Polizei herausfand, wer Erik war, nahm es eine Drehung, aber er wusste nicht, dass, wenn er auf dem Platz ging.

Erik versuchte, vom Platz wegzukommen, und an, auf halbem Weg zurück in die Mall zu laufen, so dass er die andere Seite des Einkaufszentrums herausholte. Jetzt suchte er wieder eine Gasse, und jetzt gab es Verbrechen in der Küche. Erik hatte eine scharf geladene Waffe auf sich, und er wollte damit nicht verhaftet werden, und das einzige, was er dachte, war, wieder einen Schacht zu finden, dann wäre mein Problem weg. Er an, einen Schacht mit Gittern zu erblicken, dachte Erik, und begann mit der linken Hand nach der Waffe zu suchen, so dass er wusste, dass sie da war. Das Rohr war wirklich, kalt, wenn es draußen kalt war. Erik ergriff die Waffe, nahm das Magazin heraus und machte eine Mantelbewegung, damit der Schuss im Rennen herauskommen würde. Die Idee war, es einfach zwischen den Kühlergrill zu werfen, aber es stellte sich heraus, dass die Waffe einfach zu groß war. Es ist nicht einfach, so eine gute Zeit zu bekommen, wenn ein solches Gitter, so dass er es heben konnte, so jetzt war es eine Frage des Denkens schnell. Erik schaute sich das Magazin an und dachte, dass die kleine Ferse,

die sich am unteren Ende des Magazins
befindet, hilfreich sein könnte, also holte er den
Kühlergrill hoch. Er fuhr ein Stück des Magazins
hinunter, um die Ferse zu umgehen, so dass es
auf dem Kühlergrill hing, was es tat. Erik hob den
Kühlergrill so sehr, dass er ein wenig am
Straßenrand auftauchte, so dass er sich um den
Schachtrost schnappen konnte. Er schnappte
sich nur seine Waffe und sein Magazin und
wusste dann, ob er etwas hatte, was im Falle
einer Verhaftung direkt unangemessen sein
könnte.

An einem anderen Ort in der Stadt...

Henke entschied sich, mit Bob zu sprechen, da
Henke dachte, dass Agent McGill die Situation
durcheinander gebracht hatte, Henke wusste
nicht, wie man es tun sollte und wollte nicht
gesehen werden, als verdammter Quietscher mit
den anderen in der Organisation but, wie zum
Teufel würden die Mitglieder ihn jetzt
wahrnehmen? Henke dachte.

Bob war ein alter Mann, also vertraute Henke
ihm viel an. Bob dachte, er sollte überprüfen,
warum dies geschah, und warum wollte Agent
McGill ein Stück vom Kuchen bekommen?

Schauen Sie, ich weiß es wirklich nicht, aber ich denke, sie wollte aufstehen", sagte Henke.

Ja, vielleicht ist es so einfach. Bob sagte.

Bob fragte sich in aller Stille, was Erik vorhatte und was diese Big Mama für einige zwielichtige Pläne mit McGill hatte

Du siehst besorgt aus, Bob. Henke sagte. Was ist mit Ihnen los? Henke fragte.

Nein, das hat nichts mit mir zu tun. Hat Bob geantwortet, aber ich dachte darüber nach, warum dies jetzt geschieht? "Ich kann Big Mama oder Agent McGill nicht loslassen, aber ich bin mir fast sicher, dass sich das, herausstellen wird", fuhr Bob fort und hob die Augenbrauen, die nur er tun konnte.

Henke erzählte Bob, dass es im Moment möglich war, es loszulassen, und es waren nur Theorien, die Kopfschmerzen verursachen. Henke sagte auch, dass Agent McGill sich bei den Gelegenheiten geäußert hatte, die sie beide getroffen hatten, aber fragen Sie sich, was sie wirklich wollte?

Erik begann als völlig unschuldiger Mensch durch die Stadt zu gleiten, aber so wie Kriminelle Polizisten sehen, sehen die Polizisten auch

Kriminelle, so sicher wie Amen in der Kirche. Es klingt seltsam, aber oft ist es so, dass sie einander auf seltsame Weise sehen, und in diesem Fall wurde er für ein paar Wochen von der Polizei (Gesucht) geglänzt, die er auch nicht kannte, bei dieser Gelegenheit. Als der Nachbar des Objekts seinen Bericht mit Eriks Autokennzeichen ergänzte, blies er die Polizeibeamten der Stadt mit der großen Trommel auf. Die Offiziere, die normalerweise Betrunkene und dergleichen jagten, hatten jetzt einen Motorrad-bezogenen Fall mit einer gesuchten Person. Es war ein Heiligabend für sie. Erik begann, diese Stadtsehr, klein und beengt zu erleben. Er ging herum, um sein Auto aus der Ferne sehen zu können, aber es war nicht an der Zeit, es abzuholen, da es An beiden Enden dieser Straße Polizisten gab. Nicht, dass es eine direkte Überraschung war, aber Erik würde immer noch nicht akzeptieren, dass sie nach ihm suchten und beschlossen, um die Polizei zu gehen, um ein paar Blocks von seinem Auto weg zu bekommen. Als er ein paar Blocks von seinem Auto entfernt ankam, tauchte er auf einer anderen Straße auf, um seinen Weg aus der Innenstadt selbst zu finden. Als Erik auf dieser Straße zu Fuß ging, konnte er nun einen Polizeibus nach links sehen, weiter oben auf einer angrenzenden Straße. Nur eine Minute, nachdem er diesen Polizeibus gesehen hat, wird es auch ein normales Polizeiauto auf der Straße geben, wo Erik auf geschwenkt ist. Er nahm seine Schokolade, nur um etwas zu tun, so dass es nicht seltsam aussehen würde, dass er dort so ging dachte, so verdammt, dumm dachte dumm, so er errötete schreibt es. Erste regelmäßige Polizeiauto fuhr ganz, nah an Erik, bevor es aufhörte. Ein Polizist steigt aus und ruft seinen Namen an, und dann war es an der Zeit zu erkennen, dass er hinter ihm her war. Es war ein Polizist mittleren Alters, der nun langsam begann, auf Erik zuzugehen, mit einem Polizisten hinter ihm, mit einer Hand auf seiner Dienstwaffe. Dieser Polizist wollte, dass alles reibungslos verläuft. Hast du eine Waffe auf dir, fragte er?

Sie verhielten sich sehr angespannt und vorsichtig. Erik antwortete, dass er bewaffnet sei. Jetzt wurde es richtig angespannt. Man konnte hören und sehen, wie dieser Polizist eine völlig andere Position und eine andere Stimmposition einnahm.

Legen Sie die Waffe nach unten! Er sagt, mit einer selbstbewussteren Stimme.

Erik sagte, dass er nur mit einer Schokolade bewaffnet ist und die er nicht absetzen wollte, wenn zu viel übrig war. Der Offizier schreit ihn dann an, die Waffe wieder niederzulegen.

Ich habe keine Waffen! Erik antwortet.

Wir glauben dir nicht, leg dich hin, leg dich hin, satanischer Psychopath schreien, der Polizist.

Erik verstand, dass sie seinen "Schokoladen-Witz" nicht schätzten. Wenn er am Boden liegt, sind auch Polizisten von der angrenzenden Straße. Es waren die Polizisten aus dem Bus. Die ganze Atmosphäre war unangenehm und angespannt geworden. Sie legten Erik zuerst Handschellen auf den Rücken, aber nach einer Durchsuchung sagt der ältere Polizist, dass sie die Handschellen an die Front legen würden, wenn Erik ruhig bliebe.

Fühlte sich wie unnötiger Energieverlust, um sich zu wehren. Als sie Erik in den Polizeiwagen setzten, fuhren sie auf die Polizeiwache zu. Sie gingen in die Rückseite des Bahnhofs und traten durch ein paar Tore. In der Garage öffneten sie die Autotür erst, als die Tür hinter ihnen vollständig geschlossen war. Vor der Eröffnung des Polizisten sagte er Erik, er solle sehr ruhig bleiben und sorgte dafür, dass er keine Chance hatte, dort herauszukommen. Erik fragte dann die Polizisten, was er getan hatte. Eine Frage, die er jetzt mehrmals gestellt hat, manchmal während der Reise. Er antwortete einfach, dass Erik sehr gut bescheide. Die Polizisten fragten sich gleichzeitig, wie Erik es geschafft haben

konnte, eine ganze Familie in nur wenigen
Stunden abzuschrecken. Es stellte sich heraus,
dass die ganze Familie des Objekts auf der
Polizeiwache saß, als sie erschrocken waren.

Der Offizier brachte Erik in ein Büro. Bald nach
dem Urteil kam ein anderer Polizist, der sitzen
und warten und Erik überprüfen würde,
während ein anderer Polizist den Staatsanwalt
kontaktierte, um zu hören, welche
Entscheidungen in seinem Fall getroffen werden
würden. Der Polizist, der auf der Wache war,
fand es cool, den Streich aus Skane County
gefangen genommen zuhaben Er hatte eine
ziemlich bescheidene Art und fragte, was das
Unheil so weit oben im Land tat, als sie nicht
daran gewöhnt waren, Kriminelle dieses Kalibers
zu haben. Erik hatte keine längere Antwort,
sondern antwortete ihm, dass es Geschäft sei. Er
fragte sich sofort, wer sein Geschäft nicht
gemacht hatte. Es war eine Frage, die nicht
beantwortet wurde. Als dieser Polizist anfing zu
verstehen, dass keine Antworten von Erik
kommen würden, änderte er die Taktik und
begann allgemein über diese Stadt zu sprechen,
in der sie sich befanden, in der er es für
uninteressant hielt. Erik wollte nur hören, was
der Staatsanwalt zu sagen hatte und welche
Entscheidung er getroffen hatte. Es dauerte
mindestens eine Stunde, bis sie einen

Staatsanwalt, der eine Entscheidung treffen
wollte, in den Griff bekommen.

Sie schalteten auch seine
Sozialversicherungsnummer ein, damit das Büro
des tag eine Entscheidung treffen konnte. Erik
wusste so viel, dass er gesucht wurde, so dass
der Staatsanwalt hatte bereits einen Grund, ihn
einzusperren, aber sie wollten ihn offenbar in
mehreren Punkten zu fangen. Es war vor allem
dieser neue Fall, sie wollten Erik binden. Nach
langem Warten betritt der Polizist, der Erik in
Handschellen gefesselt hatte, das Büro, um zu
verkünden, dass der Staatsanwalt beschlossen
hatte, ihn wegen schwerer rechtswidriger
Drohungen, des unrechtmäßigen
Waffenbesitzes, der von Zeugen nachgewiesen
werden sollte, zu verhaften, da er keine Waffe
hatte, als sie ihn festnahmen. Dann wollte er
Erik für Einbruch in zwei Wohnungen und
willkürliche Verfahren zu halten. Außerdem
wurde er bereits gesucht, als er verdächtigt
wurde, einen Kerl in Skane County hart
gestochen zuhaben, also hatte dieser
Staatsanwalt wahrscheinlich alles auf den
Beinen.

Erik bat sofort um einen Anwalt, den sie bis zum
nächsten Morgen arrangieren würden. Nun ging
es darum, ihre Sachen wieder einzudrehen.

Gürtel, Schnürsenkel, Ohrringe und leere
Taschen. Dann ging es wieder in den Käfig hinter
Gittern. Verdammt, was müde Erik war im
Begriff, in und aus als das schlimmste Jo-Jo-
Syndrom zu gehen, aber er hatte nicht viel zu
sagen. Er konnte sich nur hinlegen und warten,
bis der Anwalt am Morgen kam.

Nach einer langen Nacht kam schließlich sein
Anwalt gegen neun Uhr morgens an. Es war
nicht das, was sie verwendet, wie es zuerst zu
kommen, ein späterer Zeitpunkt. Erik mochte
den neuen Anwalt nicht, aber er ist sowieso ein
Anwalt.

Er begann damit, sich vorzustellen und mir eine
Visitenkarte mit seinen Telefonnummern zu
geben.
Sedan sagte mir, dass dies schwierig aussah.
Laut Polizei gab es Zeugen, die Erik mit einer
Waffe sahen und auch sagten, er habe ihn mit
dieser Waffe bedroht, was eine reine Lüge war.
Er hatte sein Gehör offenbar als Bedrohung
empfunden, aber er hatte keine Waffe auf
diesen Kerl gerichtet. Erik legte die Waffe weg,
aber er hatte sie gesehen, so viel wusste er. Nun
wollte der Anwalt, dass sie sich niederlegen und
im Laufe des Tages auf die nächsten Anhörungen
warten. Erik wollte nicht befragt werden, was er
diesem Anwalt klar erklärte. Er sagt, dass sie am

meisten verdienen, indem sie die Fragen
beantworten.

Dieser Anwalt und Erik hatten offensichtlich
nicht die gleiche Meinung in Bezug auf die
Befragung, aber sie kamen dennoch zu dem
Schluss, dass Erik physisch an diesen
Anhörungen teilnehmen würde. Nach dem
Gesetz haben Sie Anspruch auf jede Lange Zeit
mit Ihrem Anwalt, aber es ist, nach ihm, eine
Änderung der Wahrheit. Sie wurden schnell zur
ersten Anhörung gerufen, als mein Anwalt
eingetroffen war.

Nun gab es einen neuen Polizisten, der sich als
Inspektor vorstellte. Schön wäre.
Er fragte sich, ob Erik sein Herz aufhellen und
irgendwelche Verbrechen zugeben wollte. Sein
Anwalt sagte, sein Mandant habe jegliches
Fehlverhalten in allen Punkten bestritten. Dann
begann er über sein "Objekt" zu sprechen, dass
sich von Erik bedroht gefühlt hatte. Seltsam! Er
dachte. Erik hatte den Kerl nicht einmal live
kennengelernt, und der Anwalt antwortete, dass
sein Mandant nicht einmal wusste, wer diese
Person war. Es war komisch. Der Offizier sagte.
Die Person, die den Bericht gemacht hat, hat
Ihren Baseballschläger ausführlich beschrieben.
Etwas noch seltsamer war, dass Ihr Auto unter
der Wohnung des Objekts stand? Aber was der

Polizist dachte, war absolut, sensationell war,
dass in Eriks Auto gab es genau den gleichen
Baseballschläger. Das war seltsam?! Der Anwalt
wandte sich an Erik und fragte sich, ob er eine
Antwort darauf habe, warum er einen
Baseballschläger in seinem Auto habe.

Erik antwortete, dass er angefangen hatte
Baseball zu spielen und übte eine Menge
schlagen den Ball. Der Anwalt und die Polizei
lachten einen Moment, Hatte nicht das Gefühl,
dass sie an diese Version glaubten. Erik sagte
seinem Anwalt, dass ein Baseballschläger nicht
illegal sei. Die Polizei hörte, was er sagte. Nein.
Die Polizei sagte, es ist nicht so, solange Sie Bälle
schlagen, aber wenn Sie Menschen treffen, wird
es sehr illegal. Eriks Anwalt wies darauf hin, dass
es nichts darüber gab, dass sein Mandant
jemanden mit einem Baseballschläger schlug.
Dann sagte ihm sein Anwalt, dass es ein Zufall
sein könnte, dass es einen ähnlichen
Baseballschläger im Auto seines Mandanten gab,
wie der Nachbar des Objekts beschrieben hatte,
d.h. der Offizier sagt dann, dass es kaum ein
Zufall sein könnte, da dieser besondere
Baseballschläger zu Hause gedreht wurde und
der härteste Baseballschläger war, den er je
gesehen hatte. Der Baseballschläger hatte einen
Durchmesser von über 12 cm an der Vorderseite
des Holzes.

Der Anwalt schaute Erik ein wenig an und sagte
dann dem Polizisten, dass es kaum ein Gesetz
gebe, wie der Polizist zugeben musste. Der
Offizier sagte, er habe auch keinen
Baseballspieler gesehen, der einen so großen
Baseballschläger trug. Er wollte eine Erklärung
bekommen, warum er einen so großen
Baseballschläger hatte. Erik musste ihm nur
antworten, dass sich die gekauften
Baseballbäume leicht biegen, wenn man einen
Ball trifft. Ja, antwortete Erik. Der Offizier schaut
ihn an, als ob er sich wunderte, ob Erik dachte,
er sei komplett hinter einem Wagen gefallen.

Er fragt dann, ob Erik dachte, dass es vom
"Objekt" zu Unrecht wahrgenommen wurde,
sich von ihm bedroht zu fühlen, welche auf Eriks
Anwalt antwortete, dass es zu Recht verstanden
wurde. Der Offizier wollte wissen, was Erik so
weit von zu Hause entfernt tat.

Ich war frei und wollte mich nur in Schweden
sehen. Erik Inspector antwortete. Der Offizier
wollte die Vernehmung beenden und erklärte,
dass er noch eine Weile im Käfig bleiben könne.
Eriks Anwalt sagte, sie könnten ihn für ein paar
Tage festhalten. Erik sagte dem Anwalt, dass er
diese Regeln kenne, damit er aufhören könne, es
ihm zu sagen.

Wieder im Käfig. Jetzt war es, als ob die ganze
Polizei laufen und schauen würde, wer Erik war.
Es stellte sich heraus, dass ein großes Interesse
daran bestand, wer er war.

Wenn ich das tue, weiß ich von diesem
Interesse, habe ich   jedes Mal einen Cent
genommen, wenn sie hin schauten in die Zelle,
in der ich saß. Es wäre viel Geld gewesen, habe
gedacht Erik. Er fing an zu bekommen und
klingelte, damit die Wache kommen würde.

Kapitel 17

Ich möchte jetzt meinen Anwalt anrufen! Sagt
Erik.

Sie müssen warten, er wird später wieder. Die
Reaktion der Wache, eine war eigentlich ein
falsches Verhalten, wie Sie haben das Recht,
Ihren Anwalt zu kontaktieren, wenn Sie
wünschen but, das ist, was das Gesetz sagt, aber
die Realität ist eine ganz andere Geschichte. Sie
haben nicht viel zu tun, wenn Sie dort im
Gefängnissitzen, und in der Brigg ist es düster.
Drei Stunden nach der Anhörung war es wieder
Zeit für eine weitere Anhörung. Der Inspektor
kam allein und öffnete die Tür zu Eriks Zelle. Er
fragt sich, ob Erik in Betracht ziehen könnte,
Fragen ohne einen Anwalt, zu beantworten.
Nein! Es gibt keinen Weg! Erik reagiert
verärgert. Der Inspektor schloss die Zellentür
und schloss die Kontrollluke, so dass Rauch
darüber war. Er war sehr verärgert über Eriks
Nein zu der Vernehmung.

Er kam nach etwa 45 Minuten zurück. Können
Sie jetzt aufstehen? Inspektor fragte sich. Ihr
Anwalt sei vor Ort, sagte er mit großer Irritation.
Erik musste aufstehen, um in einen Verhörraum
zu kommen, sein Anwalt war bereits im
Verhörraum. Sehen wir uns das an, sagte der
Inspektor. Nach Angaben der Kläger, Sie ha

gedroht, diese Kniescheiben mit Ihrer Waffe zu blasen. Welche Waffe? Eriks Anwalt wunderte sich. Nun wollte der Anwalt wissen, worum es sich bei dem Inspektor ging. Diese sein Anwalt, sagte, sie könnten nicht hier sitzen und unterstellen. Nun, jetzt ist es der Fall, dass der Kläger diese eidesstattliche Versicherung gemacht hatte. Das hat uns jetzt der Inspektor gesagt. Dieser Inspektor hatte viel zu kommen, aber das sagte. Verbrechen wurden in allen Anklagepunkten bestritten, und das machte Erik nicht als Person populärer an dieser Station. Nach vielen Dementis war es wieder an der Zeit, in die düstere Zelle zurückzukehren. Wenn du eine in gesperrt sind und es ruhig ist, denkst du an all die schlechten Dinge, die du in deinen Tagen getan hast. Erik bekam ein Gefühl der Rache. Er wollte nur ein paar seiner Freunde schicken, an diese Leute, die ihn benachrichtigten. Erik durfte niemanden anrufen, außer dem Anwalt, mit dem er als einziger In Kontakt stehen konnte, so dass Erik die Ermittlungen nicht erschweren konnte. Erik wurde genervt, weil ihm nicht gesagt wurde, was passieren würde.

Es begann am späten Nachmittag zu sein und jetzt gibt es einen eingekreisten Wachmann, der extra an der Verhaftung gearbeitet hat und Erik darüber informiert, dass er zur Haftanhörung zum Amtsgericht gehen würde. Wie zum Teufel konnte ein dummer Wachmann kommen und das sagen? Es sollte Eriks Anwalt sein, der ihn über eine Vorverhandlung informierte?! Wann sollte ich bei einer Haftanhörung sein, fragte sich Erik?

Morgen um 10:00 Uhr. Beantwortet die Wache.

Jetzt war Erik wirklich, angepisst und begann aus purer Wut, auf das verdammte Bett zu treten, das nun das einzige war, was er einschalten konnte, Erik war so wütend, dass der Wachmann die Inspektionsluke öffnete, um mich zu bitten, mich zu beruhigen. Erik sagte ihm, er solle in die Hölle gehen. Wenn er hereinkam, versprach Erik, das Bett im engen Gang von ihm hochzulaufen. Der Wachmann ging nicht hinein, sondern goss etwas Stimmungsstoff, indem er das Gesicht in die Inspektionsluke stopfte und sagte, es sei eine Bedrohung für den Offizier. Er sollte froh sein, dass er auf der anderen Seite der Zellentür war.

Eriks Anwalt kam kurz vor 18 Uhr. m. Er entschuldigte sich so sehr dafür, dass er nicht früher am Tag angekündigt hatte, dass es eine Haftanhörung geben würde. Dann sagt er, dass Erik wahrscheinlich festgenommen wird. Erik fragte sich, wie die Hölle der Staatsanwalt konnte in die Untersuchungshaft mit diesen gehen, schwache Beweise, die im Grunde auf

Hörensagen von den Klägern basiert. Der Anwalt sagt, dass, wenn Sie mit einer solchen Klientel bewegen, müssen Sie erwarten, oft auf schlechte Beweise festgehalten werden, da er als Person auf Aufzeichnungen war, wie in der Polizei ASP Aufzeichnungen, dann war er häufig in Polizeirollen erschienen, und würde wahrscheinlich bei früheren Vorfällen festgenommen werden. Das fühlte sich schwach an und gab Erik nicht mehr Vertrauen in die Gesellschaft, weil er schon so hasserfüllt war, jetzt könnte man meinen, er sei schuldig, aber genau in dieser Frage ist es nicht relevant. Die Gesellschaft muss beweisen, dass sie sich eines Verbrechens schuldig gemacht hat. Sie können, nicht auf alte Vorfälle zu beurteilen, dann gibt es ein Problem mit der Justiz.

Im Nachhinein kann Erik sagen, dass die Gesellschaft oft grobe Missbräuche macht, indem sie nach Hörensagen und auf den Rucksäcken der Menschen urteilt. Es ist eine häufige Gefahr, wenn unschuldige Menschen verurteilt werden können. Nun war Erik auf einem Genesungsversuch gewesen und hatte niemandem geschadet. Aber es könnte eine Person sein, die ein Vorstrafenregister hatte, und die in seinem Leben von vorn begonnen hatte, die angeklagt wurde.

Würde diese Person auch festgenommen? Das Risiko ist groß. Es ist völlig inakzeptabel, dass dies zugelassen wird.

Dieses Land hat ein Gesetzbuch, das klar ist, aber nicht eingehalten wird. Warum würden Sie das tun? Die Europäische Kommission stellt klar, dass man als unschuldig angesehen werden sollte, bis seine Schuld bewiesen ist. Es heißt auch, dass eine große Gefahr für die Gesellschaft entstanden ist, da die Medien oft Zeit hatten, den Verdächtigen vor den Gerichten zu beurteilen, eine Entscheidung. Gleichzeitig sagt das Gesetz, dass wir Pressefreiheit haben. Dass die Politik nicht verstehen kann, dass diese Gesetze stark abstürzen und dass eine Gesetzesänderung notwendig ist, weil man nicht auf die Gesetze reagiert, bis man als Person bloßgestellt wurde. Ist davon überzeugt, dass viele jetzt denken, dass Erik Tut mir für sich selbst, und dass er als Person wäre unfair von der Gesellschaft behandelt worden. In der Tat, Erik war eine Hölle von einem Schwein gegen viele Menschen in seiner Zeit, und wahrscheinlich ist das Wort Schwein zu nett ein Wort, weil er eine Menge illegaler Dinge getan hat.
Er wurde die meiste Zeit während seiner

kriminellen Zeit genannt, aber unabhängig von seinem schlechten Verhalten rechtfertigt es nicht, dass die Gesellschaft selbst das Gesetz bricht und das Unheil durch Machtmissbrauch einsperrt. Jeder hat das Recht auf ein faires Verfahren und sollte nicht von der Gesellschaft beurteilt werden, bis das Urteil gesprochen ist, und selbst wenn unser Land der Europäischen Kommission nachkommen soll, werden unschuldige Menschen in unserem langgestreckten Land jeden Tag verurteilt. Sowohl vor Gericht als auch in den Massenmedien.

Aber zurück zur Aktion.
Erik hatte wenig Interesse an diesem Anwalt, da er nun mehr oder weniger bereits einen Verlust eingereicht hatte, in dem Glauben, dass Erik inhaftiert werden würde. Er hatte einfach einen Anwalt, der nur das Notwendige für seine Mandanten tat, und der keinen Kampfgeisthatte, also war es nicht so, dass Erik das Leben für den Moment ziemlich schwer fühlte.

Am nächsten Morgen kam das Frühstück herein und Erik hatte Zeit, mit seinem Anwalt zu sprechen, ein paar Minuten bevor es zum Bezirksgericht zu einer Vorverhandlung ging.

Natürlich wurde er wegen Fluchtgefahr festgenommen, und es bestand eine Gefahr für die Absprache, wenn ich zu diesem Zeitpunkt freigelassen würde. Also, es war nur zurück ins Gefängnis, um für die Abholung ins Gefängnis zu warten.

Die Gefängnismitarbeiter, die kamen, um Erik abzuholen, hatten es nicht gerade eilig zu kommen. Erst gegen 5 Uhr abends kam es zu etwas. Erik war seit seiner Verhaftung nur zweimal unter die Dusche gebracht worden. Es war besser, festgehalten zu werden, da es eine bessere Zelle war, und saubere Kleidung, damit Erik sich ein wenig frischer fühlen konnte.

Als die Mitarbeiter des Gefängnisses eintrafen, waren ein Mann und eine Frau. Seltsamerweise war es die weibliche Garde, die Nebenseite von Erik auf dem Rücksitz saß. Bevor sie ins Gefängnis gingen, wollte der Offizier, der ihn befragte, ihm Handschellen anlegen. In Handschellen war es für etwa 20 Meter. Wenn sie in einem Gefängniswagen sitzen, sieht es aus wie ein kleiner Käfig hinter dem Fahrersitz aus hartem Kunststoff, und man kann sich gegen das Fenster setzen. Vor einem steht etwas, wie ein gebogenes Eisenrohr, das am Käfig selbst verankert ist. Er ist es gewohnt, lästige Leute zu fesseln.

Der Wachmann und der Sicherheitskoordinator wollten nicht, dass Erik entkommt, daher die strenge Sicherheit. Sie hatten sogar einen "Wachfahrer" und zwei Wachen, damit die Sicherheit aufrechterhalten werden konnte.

Als Erik in den Gefängniswagen stieg, sagte die weibliche Garde, dass sie Eriks Handschellen ausziehen würde, sagte aber gleichzeitig, dass sie auf ihm in derselben Sekunde fahren würden, da er im Auto fickte. Sie sagte, sie wisse, wofür sie stünden, und dass sie keine Frau treffen würden, obwohl diese Frau eine Wachesein würde. Offenbar wurde sie informiert, da sie keine Gewalt gegen Frauen oder Kinder anwenden durften. Es war ein ungeschriebenes Gesetz, das immer befolgt wurde. Sie hatten eine halbe Stunde Fahrt in diesem Haftwagen, bevor sie in der Haft zeitgemäß in einer Großstadt ankamen. Nun war es wieder in eine Polizeistation, der Aufzug oben in der obersten Etage, in diesem Gebäude. Und dann war es an der Zeit, bei der Zentralgarde registriert zu werden, Erik hatte dies im Laufe der Jahre so oft getan, also wusste er, was passieren würde.

Sie wollten wissen, viele Dinge wie zum Beispiel, wenn Erik auf einige Medikamente ging oder Drogen missbraucht, und Erik konnte Nein auf diese Fragen beantworten, da er nie wirklich irgendeine Art von Drogen in seinem Körper aufgenommen hat, mit denen er Drogen meint. Erik trank stattdessen viel Schnaps. Jetzt war es an der Zeit, alle ihre eigenen Kleider aufzugeben und stattdessen Kleidung zu bekommen, die KVV, (Der Gefängnisdienst) sagte, und ein paar Sandalen.

Jetzt war es nur in einem neuen "Käfig", zu zerlegen, weil das war, was es in der Tat war, aber im Amtsgericht wird es so nett Kollisionsgefahr genannt. Wünschen Sie allen Staatsanwälten oder anderen Regierungsbeamten, dass sie für ein paar Wochen eingesperrt sitzen könnten. Dann hätten sie eine viel bescheidenere Seite gegen diejenigen, die in den Gefängnissen eingesperrt sind. Denn eines muss klar sein, dass die Inhaftierung bei weitem nicht dasselbe ist wie das Sitzen aus einer Strafe in einem Gefängnis. Dort haben die Insassen Dinge, an denen sie sich beteiligen können, wie Arbeit und Begegnung mit anderen Insassen, das heißt, ein menschlicheres Leben. Ein Leben in Gewahrsam mit Einschränkungen bedeutet Isolation innerhalb von vier Wänden und eine Stunde Ruhe am Tag, was bedeutet, dass Sie 23 Stunden am Tag in Ihrer Zelle sitzen können. Wird das als Mensch bezeichnet? Nun denken vielleicht viele

Leute, dass das, was Erik tat, noch war er menschlich, und dass er es wert war, in der Zelle 23 Stunden am Tag zu sitzen. Ja, viele Leute, die diese Zeilen lesen, sind wahrscheinlich in einer Reihe, aber jetzt, da Erik fast zehn Jahre in Freiheit ist, sieht er die Dinge ein wenig anders. Wenn die Behörden eine Person festnehmen, obliegt alle Verantwortung diesen Behörden, dafür zu sorgen, dass es dem Häftling sowohl physisch als auch psychisch gut geht.

Oft hört man, dass ein Häftling versucht hat, sich selbst zu töten, und sogar erfolgreich war. Warum denkst du, passiert es nur in Gewahrsam? Man sieht es auch von der Seite des Opfers, der es für schön hält, dass das Unheil eingesperrt ist, wenn es sich normalerweise bedroht fühlt, und hier versagt das ganze System, meint Erik.

Als ein Staatsanwalt den Täter festnimmt, wird das Opfer in falsche Sicherheit eingelullt. Das Opfer kann sich natürlich, während der eigentlichen Inhaftierung für eine Weile sicher fühlen, aber wenn der Prozess beginnt, wenn es überhaupt einen Prozess gibt, gibt es einen großen Grund, warum das Opfer eine greifbarere Bedrohung fühlen kann. Denn was in einem Polizeibericht passiert, ist, dass die

Polizei, die den Bericht erhält, dem Kläger in der Regel gold- und grüne Wiesen verspricht, aber die Realität klopft schnell an und präsentiert sich in einem ganz anderen Gewand. Die Wahrheit ist, dass der Verdächtige auf völlig unmenschlichen Bedingungen eingesperrt ist, und es schafft eine Person, die extrem, rachsüchtig wird. Da der Verdächtige niemanden trifft, wird er isoliert, und als Mensch beginnt, völlig verrückte Gedanken zu denken. Das macht Sie als verdächtiges Kurzdenken. Du musst eine Person nicht für eine lange Zeit eingesperrt halten, damit er zu brechen beginnt. und wo dieser Mann wie eine tickende Zeitbombe wird. Es

ist seltsam, dass die moderne Gesellschaft Verdächtige auf diese kranke Weise behandelt. Dann ist dieses Land ein großer Verfechter der Menschenrechte. Wenn Sie in Haft sind, sollten Sie bis zur Urteilsverkündung als unschuldig gelten. Wie viele Menschen sind Ihrer Meinung nach nicht jedes Jahr in Schweden in Haft, das dann freigelassen wird, wenn klar ist, dass sie nicht schuldig sind. Das hat nichts mit den Verbrechen zu tun, die Er begangen hat, oder warum er festgenommen wurde. Wenn Sie ein böser Kerl haben Sie, auf diese Zwangsmaßnahmen zu zählen. Erik möchte die einfachen Leute darüber informieren, dass sie leicht festgehalten werden können. Es wird oft gehört, dass hohe Beamte wegen des Verdachts der Umweltkriminalität festgenommen wurden. Diese hohen Beamten leben ein Leben im sogenannten Garnelen-Sandwich-Korridor, was bedeutet, dass, wenn eine solche Person festgenommen wird, es absolut verheerende Folgen haben kann, da eine Inhaftierung ihnen einen extrem schlechten Ruf verleiht.

Das Schlimmste ist wahrscheinlich, dass die Psyche einer solchen Person mit dieser Freiheitsübung nicht zurechtkommt. Sie fühlen sich sehr schnell schlecht darüber und gehen in gendeiner Art von Psychose, die zu Selbstmordversuchen führt. Selbst ein erfahrener Bösewicht fühlt sich scheiße an, egal wie hart er ist. Der einzige Unterschied ist, dass Schläger in der Regel einen Haftbefehl in den Regeln des Spiels enthalten haben, wenn sie verschiedene Verbrechen ausführen. Also, die Psyche der Bösen ist besser vorbereitet, und das ist in der Regel absolut, entscheidend.

An einem anderen Ort in der Stadt.

Hölle! Henke dachte. Jetzt bin ich nichtbesser als Erik, als er Anton zu Tode schlug. Es ist ein frustrierender Gedanke in Henke, der im

Moment nicht wusste, wie man die Angelegenheit lösen sollte.

Agent McGill fuhr und traf Henke, und hatte nun eine Person als Zeuge. Henke fragte, wen zum Teufel sie trug.

Es gibt eine Person, mit der ich habe, weil wir nicht selbst arbeiten sollten, aber die betreffende Person kann etwas weit weg gehen. McGill antwortet.

Hallo! Henke sagte, und ging weg, um zu sagen, dass die Person, die du mitgebracht hast, mich identifizieren könnte.

Nun, das ist ein Risiko, dass Sie einen Wiedereinweg nehmen müssen, Henke, wenn Sie die Person, die Carl getötet haben wollen, einrahmen wollen. Henke fühlte sich wie ein billiger Quietscher, als Agent McGill diese Worte sagte.

Erik zu setzen war eine gute Idee, aber jetzt hatte sich die Situation radikal geändert, weil sie eine Person von SAPO bei sich hatte, und es fühlte sich nicht so an, als wollte Henke diese Chance ergreifen.

Henke sagte Agent McGill, er wolle nur mit ihr sprechen, oder es wird nichts davon sein.

Beide schauten genervt auf die Situation, und
Henke schaute sie nur an, die nicht viel sagte.
Henke hatte sich entschieden, ging zu seinem
Auto und machte einen starken Sprungstart.
McGill erkannte, dass Henke seine Verpflichtung
nicht erfüllen wollte und erkannte, dass keine
Lösung kommen würde.

Ja, dachte McGill. Ich denke, Henke wird
zurückkommen müssen, wenn er mit uns
sprechen will.

Henke fuhr zum Club und erkannte, dass die
Lösung scheiterte.

Nun will Erik nicht, dass die Behörden dieser
Zwangsmaßnahmen beraubt werden, sondern
meint, dass sie Personal ausbilden sollten, das
über besondere Fähigkeiten verfügt, in diesem
Bereich geht der Gefängnisdienst oft in den
Massenmedien aus, wobei seine Mitarbeiter
speziell in diesem speziellen Bereich ausgebildet
werden, aber wie können sie speziell ausgebildet
werden, wenn sie selbst nicht dieser Form der
Inhaftierung unterworfen wurden?

Wenn das Gefängnissystem entwickelt werden
soll, muss das Personal wissen, wie es ist,
eingesperrt zu werden, ohne zu wissen, wann es
überhaupt aussteigt. Warum nicht als Teil ihrer

Ausbildung? Lassen Sie sie für 2 Wochen oder einen Monat sitzen, damit sie ihr eigenes emotionales Register spüren können, das eindeutig in einer Isolation kommt. Dann wären sie den Gefangenen nicht mehr so unhöflich gewesen, denn es gibt einen großen Prozentsatz, der unschuldig dort festgehalten wird und dort sitzt, und sie werden genauso behandelt wie die schwer kriminellen Personen. Die Unterschiede zwischen der Psyche eines Busses und der eines Svenssons sind groß. Ein Bösewicht hat es als Job, während ein Svensson, der versehentlich verhaftet wird, völlig den Halt verliert.

Aber zurück zur Veranstaltung...

Erik war jetzt in der Gefängniszelle und fragte sich, wie lange er dort sitzen dürfe. Er wusste, dass der Staatsanwalt ihn nicht länger halten konnte, als die Gefängnisstrafe betragen würde, aber mit diesem Rucksack, den Erik angezogen hatte, konnte jedes Verbrechen eine lange Zeit hinter Gittern sein. Denn so ist es. Eine normale Person würde ein paar Monate für zum Beispiel illegalen Waffenbesitz bekommen. Sollte Erik persönlich für ein ähnliches Verbrechen bestraft werden, hätte es mindestens 6 Monate gedauert, unabhängig davon, was im

Gesetzbuch steht. Das klingt unwirklich, aber das ist die Wahrheit. Einige kriminelle Elemente werden härter bestraft als andere.

Nun begann Erik zu planen, weil er diese Zeit der Inhaftierung überleben konnte, psychologisch, und ohne seine Maske an die Wachen zu verlieren. Er war hart wie Granit, als er in Kontakt mit den Wachen war, aber tief unten war er weich wie ein weiches bär, das fühlte sich sehr schlecht jeder, die in dieser Form der Isolation eingesperrt wurde hat Feld Risse in Hülle und Fülle, obwohl niemand es zugeben möchte. Man gewöhnt sich nie daran, als Mensch eingesperrt zu werden, unabhängig davon, ob sie x mehrmals ein gesperrt wurde. Sie brechen jedes Mal ein bisschen zusammen. Du wirst stärker als ein gewöhnlicher Mensch, aber nie so stark, dass du es nicht fühlst.

Die Tage waren extremlangsam, und Erik wollte mit jemandem sowohl als Kerl als auch als Person sprechen, also ging er nicht verrückt. 23 Stunden am Tag eingesperrt zu sein, macht dich vorübergehend verrückt, und es kann nicht erklärt werden, aber du hast, diese Hölle selbst zu erleben. Eines Tages kommt einer der Wächter und öffnet die Tür zu Eriks Zelle und sagt, er habe einen Besucher. Erik war ein wenig überrascht, weil er völlige Einschränkungen hatte und nicht mehr als von seinem Anwalt besuchen durfte, aber der Exekutivbeamte hatte offenbar ein Fax vom Amtsgericht erhalten, wo Eriks Einschränkungen geändert worden waren, dass er nun Besuche haben durfte. Es war eine große Sache für Erik, denn das bedeutet, dass er die Zeitung lesen, Radio hören usw. kann.

Nach ein paar Stunden kam Erik besuch, aber Erik wusste, dass keine zuvor bestraften Besucher hereingelassen wurden, also fragte sich Erik klar, wer kommen würde.

Plötzlich klopfte ein Wachmann auf den Besuchsraum Erik saß in, es kommt ein Mann, der Big Mama kannte, und diese Freundschaft wurde unter ganz anderen Räumlichkeiten gebaut.

Erik fragte sich, warum diese Person zu Besuch gekommen war, da er nicht so viel über den Besuch sprechen wollte.

Wer bist du? Erik sagte, und sah sehr, überrascht.

Mein Name ist Benga, und ich kenne Goblin Kind ein wenig sporadisch, und ich denke, ich habe eine wichtige Botschaft an Sie, was wahrscheinlich passieren wird.

Oh, denkst du, also? Erik erzählte Benga.

Ich hörte ein Gespräch zwischen Goblin Kind und Agent McGill, und es klang wie ein Vertrauen zwischen diesen beiden. Es klang wie ein Gespräch zwischen Mutter und Tochter, aber es war das, was sie diskutierten, das mich dazu gebracht hat zu reagieren.

Wie meinen Sie das jetzt? Erik erzählte Benga.

Nun, ich will keinen Klatsch tragen, aber es klang, als ob es geplant war, Sie Erik zu schnappen, als Sie hörten, dass beide reden ...

Beide? Erik sagte.

Ja, es scheint, dass sie und Goblin Kind, Mutter und Tochter sind, sagte Benga.

Was?! Erik sagte... Nein, sie sind nicht!

Die beiden haben oft gemeinsame Partys, und beide reden, als wären sie Mutter und Tochter, sagte Benga.

Was meinen Sie jetzt, Sagte Erik, der nicht verstand, was vor sich ging. Nein! Erik sagte, ich bekomme es und das ist genug. Oh, ja, ja.

Sagte Benga, dann habe ich das Gefühl, ich habe einen guten Job gemacht.

Ja, das haben Sie auf jeden Fall. Erik sagte, und ihre Wege teilten sich.

Der Wächter sperrte Erik wieder ein, und Benga ging aus dem Gefängnis.

Hm. Said Erik, dies beginnt zu erklären, warum die Informationen auf der falschen Ebene bleiben, und warum die falschen Leute es so leicht sammeln, ohne dass wir einen Quietscherhaben.

Eriks Gehirnbüro begann zu erkennen, was in der Unterwelt geschehen würde, obwohl er nicht genau sehen konnte, was im Moment passieren würde.

Erik, Schrie die Wache, als er den Besuchsraum freisperrte.

Nun, ich habe ein getan. Erik sagte, wer wusste, dass die Wache nicht mit einer Überraschung treffen wollte, so dass das sicherlich der Grund war, warum sie weinten.

Was ist los, du alter Mann? Wunderte sich über die Wache.

Der Wächter fragte sich, wie es Erik ging.

Das war am Abend, und dann gibt es
Vorschriften, die sagen, dass die Wachen zwei
sein sollten, wenn sie die Zellentür so spät
öffnen, weil das Personal minimal ist, und vor
allem, wenn sie die Tür zu einer Person öffneten,
die mit völligen Einschränkungen saß. Sie
könnten besonders verzweifelt sein, um zu
entkommen. Also, er tat ein Fehlverhalten, und
es zeigte, dass es auch gute Wachen.

Er stellte einen Stuhl in den Eingang zur
Zellentür. Er hatte bemerkt, dass Erik nach mehr
als zwei Wochen eingesperrt und völlig isoliert
zu Boden ging. Er sagte, Erik könnte einen
Gefängnispriester haben, der kommen und mit
ihm sprechen könnte, wenn du willst. Hahaha!
Würde ich mit einem Priester über die Kirche
und dergleichen sprechen? Nein! Das schien
offensichtlich lächerlich, er konnte nicht sitzen
und mit einem Priester sprechen. Sie wussten,
worüber er sprechen wollte. Dann möchte er
auch Christ werden! Dann sagt der Wächter,
dass der Priester nicht wie ein regulär ist. Er
erwähnt niemals die Kirche oder seinen
Glauben, es sei denn, Sie verurteilen sie selbst.

Oh? Erik sagte erstaunt über die Wache. Wie ist
er?

Er ist hier, um den Insassen zu helfen, wenn es
schwer ist, und wenn Sie jemanden brauchen,

mit dem Sie sprechen können, sagte er, und
dachte, Erik könnte versuchen, mit ihm zu
sprechen. Ja, natürlich habe gedacht Erik, es
wäre gut, wenn Sie dort stehen und kauen eine
Menge Scheiße, so dass die Wache wissen
konnte, wie die Verbrechen passiert.

Darüber hinaus sagte er, dass der Priester eine
Schweigepflicht habe, die seiner Meinung nach
perfekt zu Erik passen würde.

Diese Wache hatte mit vielen
Schwerverbrechern zu tun, die von der
organisierten Kriminalität lebten. Nach einer
langen Zeit des Gesprächs mit der Wache,
beschlossen sie, dass Erik versuchen würde, mit
ihm zu sprechen.

Am Nachmittag des nächsten Tages hört er, wie
sie seine Zellentür öffnen. Da stand die Wache,
mit der Erik in der Nacht zuvor sprach, und mit
ihm hatte er einen kleinen rothaarigen Priester,
aber Erik konnte nicht auf den Kleidern sehen,
als er nichts zu zeigen hatte, dass er Priester
war, aber Erik hatte keine anderen Besuche, die
direkt gebucht wurden. Jetzt war er wie ein
stolzes Auerhuhn, eiskalt und mit einem Blick,
der wahrscheinlich sagte, dass ich mit mir selbst
umgehen könnte. Aber die Wahrheit war eine
ganz andere. Erik war jedoch ein wenig
nachdenklich über diesen Priester, da es nicht

möglich war, zu sehen, ob er das war, was er vorgab zu sein. Er könnte ein Polizist sein, der die Situation ausnutzte, als Erik für den Countdown ausfällt. Erik war dieser Person sehr misstrauisch und wusste nicht, ob er ihm vertrauen konnte. Er war offenbar daran gewöhnt, dass der Priester mit großem Argwohn behandelt wurde. Als der Priester in die Zelle kam, stellte er sich vor, dann sagte er nicht mehr, der Wächter ging hin und setzte Sich bei einem Priester, der kein Geräusch sagte. Die ganze Situation wurde peinlich und Erik wollte nichts sagen, da er cool wäre.

Fünf Minuten vergehen, dann sagte der Priester, er würde nicht über Religion sprechen und fragte, ob das der Grund sei, warum Erik geschwiegen habe. Nein! Hat er so kalt geantwortet wie ein Eiswürfel, fragte der Priester, ob er etwas wolle, was er wolle? Wie meinen Sie das? Erik fragte den Priester.

Dann fragt er sich, ob Erik irgendwelche Interessen hatte. Er antwortete, dass er viele Jahre Klavier gespielt habe, und dachte, dass es ihm ziemlich viel gegeben habe.

So gut, sagte der Priester. Dann kann ich vielleicht arrangieren, so dass Sie einen Synthesizer in die Zelle bekommen können.

Gut? Erik antwortete sehr nachdenklich. Angesichts der Tatsache, dass er in eingeschränkt war, und es würde im Prinzip beantragt werden, wenn Sie seine Unterwäsche wechseln oder ins Bad gehen wollten.

Entweder, er machte sich über mich lustig? Oder habe ich es falsch gemacht! Dann war ich hübsch, kochte im Kopf nach 2 Wochen Isolation. Gedanken Erik.

Darüber hinaus sagte der Priester, dass er morgen mit einer Nachricht zurück kommen könnte, die er tatsächlich tat, war er so erfahren im Umgang mit schweren Kriminellen und wusste, dass er Vertrauen auf bauen musste, dass er wirklich mit einem Synthesizer am nächsten Tag kam, Dachte Erik, er schien wie ein Typ, dem man wahrscheinlich vertrauen konnte. Erik war sehr misstrauisch gegenüber ihm, und obwohl er sehr unsicher war, wollte er auf jeden Fall, er eine Chance zu bekommen, ichkönnte natürlich eine Form von psychologischem Spiel sein, dass der Staatsanwalt oder SAPO Agent McGill in irgendeiner Weise hinter, und dass Erik nicht klar dachte, kann man wirklich nur jetzt begreifen, wenn man denkt, es klang, als ob Erik fast manisch war und unter Verfolgungswahn litt. Der Gefängnispriester verließ den Synthesizer und hoffte, dass er während seiner

Haft sehr davon profitieren würde und sagte
auch, dass er in ein paar Tagen wiederkommen
würde.

Er läutet die Glocke, damit der Wächter die Tür
öffnet und er gehen kann. Als der Wachmann
kommt, fragte er, ob Erik eine Weile auf dem
Hof ausgehen wollte. Es fühlte sich an wie ein
guter Vorschlag, ein Vorschlag, den er
akzeptierte. Der Wachmann sagt, dass er bald
wiederkommen wird und dass er den Korridor
sichern würde, was bedeutete, dass der
Wachmann Eriks Inspektionsluke schließen und
dann sicherstellen würde, dass keine anderen
Insassen existierten oder in den Korridor
hinausgehen konnten, während er dort war.

Kapitel 18

Erik kann verstehen, ob es schwierig ist zu verstehen, wie es sich für ihn emotional anfühlte, da er so lange isoliert war, und in einen Korridor ohne Menschen zu kommen, ist seltsam, als sein ganzer Körper völlig schrie, um einen Mann zu sehen. Bevor sich der Wachmann öffnete, bis Erik, konnte er in die Zelle hören, wie der Wachmann mit seinen Kollegen kommunizierte. Es könnte so klingen, zum Beispiel:

Die Zentralgarde! Ich habe einen roten Häftling, ist er bereit, damit ich die Tür öffnen kann? Eine Minute! Ein Grün ist auf dem Weg vom Übungsplatz. Der Wachmann wartet auf seinen Kollegen. Dann hast du gehört, dass roter Häftling herauskommen kann.

Als der Wächter dann die Türöffnete, war es, seine Beine dann zu bewegen, sie würden gut den Flur hinunter und dann in eine Form *der Schlosstür, und weiter eine Treppe hinauf. Wenn Sie* die Treppe erklommen, *gab es einen, extrem, Haufen grüner Holzpantoffeln, die Sie tragen würden, wenn Sie in den Hof gingen. Außerhalb der Übungsplätze gab es grüne Planen, die für diejenigen waren, die Einschränkungen hatten*

und die keine anderen Leute als die Wachen
gesehen *haben.*

Planen, die sie nach dem roten Häftling zogen in
den Hof. Sie wurden behandelt, als wären Sie ein
Tier. Der einzige Unterschied zwischen Tieren
und Insassen war, dass die Tiere keine grünen
Hausschuhe hatten.

Es ist ziemlich, krank, dass man, erlaubt ist, mit
Menschen in diesem Land so umzugehen, und
dass man legal dazu berechtigt ist, Menschen so
zu zerschlagen, ist absolut, unglaublich. In den
Richtlinien für die Inhaftierung heißt es, dass sie
potenzielle unschuldige Personen in, schützen,
um in Gewahrsam genommen zu werden.
Sicherlich klingt es schön, wenn man es aus
einer eher politischen Perspektive sieht. Die
Realität sieht anders aus.

Erik wurde in der Regel freundlich von den
Wachen behandelt, wenn sie wussten, dass sie
nie gekämpft hatten, wenn sie eingesperrt
worden waren. Das Spiel war, irgendwie vorbei
und es gab keine Notwendigkeit, ihnen
nachzulaufen, da sie einfach ihren Job gemacht
haben, genau wie alle anderen auch. Es kam

manchmal vor, dass es überlief, als er sich nicht gut fühlte, dort eingesperrt zu sitzen.

Erik erinnert sich besonders an einmal, als es Zeit für das Abendessen war und der Essenswagen im Flur rollte. Er wusste genau, wo im Flur der Lebensmittelwagen war, obwohl er in seiner Zelle war. Er hörte es auf den Gelenken des Bodens, als die Wagen überrollten. Früher am Tag bat Erik die Wache, die Inspektionsluke offen zu lassen, da sie sehr gefangen wurde und die Luft in der Zelle trocken wurde. Die Belüftung war keine große Sache, und man bekam sehr trockene Lippen. Es war so schlechte Luft, dass der Wächter die Hautsalbe der Verteidigung verteilte. Jetzt war es Abendessen Zeit, und es bedeutete auch, dass die Nachtschicht für die Nacht ging.

Als der Wagen vor Erik s in der Zelle ankommt, schließt der Wächter die Inspektionsluke, und es war der Tropfen, der den Becher überlaufen ließ. Eriks Aggressivität wurde ausgereizt und er warf den Plastikstuhl, der sich in der Zelle befand, gegen die Wand. Dieses, Wutanfall war mehr als im Korridor zu hören. Dann öffnet der Wächter die Luke und sagt, Erik solle den Mund halten. Es war sein größter Fehler an diesem Tag, und Erik fütterte mehrere Faustschläge auf die Wache, die sein Gesicht in der Mitte der

Inspektionsluke hatte. Der Wächter war leicht abgeschnitten, als er nun erkannte, dass Erik wirklich wütend war. Es dauerte seine Zeit, bis er in Runden abstürzte. Erik war so wütend, dass er zitterte, und obwohl es nur eine Bindung war, beweist es nur, dass die Menschen nicht so isoliert sein sollten, wenn sie am wenigsten erregbar werden.

Erik hatte die Kante der Inspektionsluke getroffen und durch wiederholte Schläge den hinteren Knöchel auf seinen kleinen Finger gedrückt. Der Finger und der Rest der Hand hatten bereits begonnen zu schwellen. und der Wächter, der wenig später mit einem Tablett mit Essen zurückkam, wollte Eriks Hand anschauen, als er nun sah, dass es nicht richtig war. Normalerweise würde Erik nicht diesen persönlichen Essensdienst erhalten, dass die Wachen mit einem Tablett kommen, aber dies tat diese Wache wegen dem, was passiert ist, und dass sie es nicht für angemessen hielten, Eriks Zellentür zu öffnen, wenn er sein Wutanfall hatte. Wahrscheinlich war es eine kluge Entscheidung, wenn man nicht weiß, wie es hätte enden können. Der Wachmann sagte sofort, dass er dachte, die Krankenschwester solle am nächsten Morgen den Finger und die Hand überprüfen.

Er wollte Erik einige Schmerzmittel geben, damit er in der Nacht schlafen konnte, aber das wollte er nicht. Am Morgen kam die Krankenschwester, die kaum in meine Zelle kam, bis sie sagte, dass dies von einem Arzt angeschaut werden musste. Sie schaute und drückte ein wenig sanft auf meinen kleinen Finger, was schmerzhaft war, aber als die Krankenschwester fragte, ob es sehr weh tue, musste Erik antworten, dass es sich kaum anfühlte. Wahrscheinlich etwas, an das sie nicht geglaubt hat. Der Arzt kam am Nachmittag, um die Hand zu untersuchen und sagte sofort, dass diese Hand sofort im Röntgenkrankenhaus werden würde. Jetzt mag es einfach klingen, aber es ist nie beliebt bei den Wachen, einen Gefangenen herauszunehmen, in der Zivil, wenn die Fluchtgefahr real ist. Am Abend, als Erik zum Röntgen ging, dachte er an den alten Mann, der zu Besuch kam.

Wenn es wirklich, der Fall sein könnte, dass der alte Mann sagte, dass Agent McGill und Goblin Kind Mutter und Tochter waren, dann ist das ein großes Problem.

Kann wirklich, sowohl Big Mama und Agent McGill, kaufen den gleichen Coup oder hatten die beiden den gleichen Coup.

Wusste sogar Henke von ihrer Transparenz in der Organisation? Oder war es ein Spiel für das Einkaufszentrum?

Worauf Erik auch reagierte, war, ob Bob beteiligt war oder einfach nicht reagiert hatte. Es ist schwer, die Augen mit all den Gedanken zu schließen, die Erik hatte.

Es musste einen anderen Tag warten, wenn es am späten Nachmittag war. Die Wachen sollten die Schichten wechseln, und es war keine lebensbedrohliche Verletzung. So musste Erik zwei Tage dorthin gehen, bevor er zur Untersuchung in ein Krankenhaus kommen konnte. Es war nicht gut, und der Arzt war nicht glücklich über diese Verschiebung, da er nicht wusste, ob Erik etwas in der Hand hatte. Schließlich war er für seinen Patienten verantwortlich, wenn es als Folge der Zeitverzögerung zu bleibenden Schäden kommen sollte. Es war nur bis zum nächsten Morgen zu warten.

Früh am nächsten Morgen kam ein Wachmann wie üblich, um guten Morgen zu sagen und zu überprüfen, so Erik war okay, außer für die Hand. Erik wurde darüber informiert, dass er nach dem Frühstück ins Krankenhaus gehen würde und dass er frisch gewaschene Trainingskleidung bekommen würde, bevor sie

weggehen würden. Also, es war, in Eile zu werfen, und dann ändern. Der Wächter kam, um meine Zellentür zu öffnen, und als er die Tür öffnete, sah Erik, dass es zwei Wachen gab. Nun kam ihre Empathie heraus, als sie Erik die Handschellen anlegen mussten. Sie dachten, es fühlte sich falsch an, wenn man bedenkt, dass seine rechte Hand sehr geschwollen war, aber sie durften mich nicht ohne Handschellen herausnehmen, es war so einfach, dass sie ihr Bestes gaben, nicht so viel zu schieben. Wenn Sie ein er Handschellen! Wenn jemand, der sie anzieht, sicher sein, die Fesseln zu verriegeln, so dass sie können, nicht ziehen sich zusammen, mehr als sie sind an der tatsächlichen wird aufgesetzt. Sie tun dies, indem sie in einem kleinen Stock ähnlich, fast ein Sprint, aber die in den Handschellen selbst montiert ist. Dies ist eine Sicherheit, so dass die Handschellen nicht in der Lage sein sollten, den tatsächlichen Blutfluss zu stoppen, dann kann eine Handschelle so weit wie möglich komprimiert werden.
Der beginnt, den Korridor hinunterzugehen, um den Aufzug hinunter zur Polizeigarage zu nehmen, wo Erik in den Volvo-Kombi des Gefängnisdienstes springen musste, den sie für diese besondere Art des Transports benutzten, ich brauchte nur 10 Minuten, bis sie ins Krankenhaus kamen. Jetzt würde es so nah wie

möglich am Eingang geparkt werden. Dies aus
Sicherheitsgründen. Wenn Erik auf die Idee
kommen sollte, diesen Wachen zu entkommen.
Erik hatte keinen Gedanken an die Flucht, da er
nun in der Gemeinschaft sein musste, wenn
auch nur für kurze Zeit, also genoss er volle
Schläge.

Im Krankenhaus angekommen, ging einer der
Wächter vorwärts, um die Patientengebühr zu
bezahlen. Bei solchen Krankenhausbesuchen gab
es klare Routinen, als der Wachmann die
Krankenschwester in der Luke darüber
informierte, dass sie vom Gefängnisdienst
stammten, der ihnen Priorität einräumen soll.
Der andere Wächter war freundlich genug, Erik
gegen die Seite zu stellen, so dass es nicht so viel
sichtbar sein würde. Er zog sogar seine Arme auf
seinem Hemd über die Handschellen, so dass es
weniger verblüffend aussehen würde.

Stehend und starrt auf ein Gemälde, das an
einer Wand hängt, kann man eine Weile tun,
aber nach 15 Minuten beginnt es sich extrem,
dumm zu fühlen, egal wie gut der Gedanke der
Wache von Anfang an war. Erik wartete nur
darauf, dass sie in die Radiologie-Abteilung
gehen, damit er von dieser hässlichen und
abstrakten Kunst wegkommt, die an der Wand
hing. Jetzt würden sie anfangen, in Richtung

Röntgenstrahlen zu gehen, um draußen zu sitzen und zu warten, bis Erik an der Reihe ist. Die Wache saß auf beiden Seiten des Korridors, jeder nahm eine Zeitung, die ihnen helfen würde, die Zeit zu vertreiben. Es stellte sich heraus, dass sie beide sehr, an der Jagd interessiert waren. Sie zeigten nicht die geringste Form von Spannung oder Stress. Was Erik dachte, fühlte sich gut, wie Sie oft Anfänger bekommen können, die zeigen, wie gut sie sind, um den Überblick über das Unheil zu halten. Diese Wächter waren so ruhig, wie ein Mensch sein konnte.

Als wir dort saßen und warteten, kommt ein alter Mann, mit Spaziergängern weiter unten auf dem Flur. Er hat wahrscheinlich 2 Meilen pro Stunde gemacht, und dann war es schnell. Als er anfing, sich den Bänken vor der Röntgenaufnahme zu nähern, wo sie saßen und warteten, blickt der alte Mann auf Erik zu. Erik sagte Hallo, was er tat. Als er dann Eriks Handschellen sieht, war es, als ob der Wanderer plötzlich von Lachgas getrieben wurde, denn der alte Mann erhöhte sich von 3 km auf mindestens 85 km. Vermutlich war er ein wenig besorgt, als er die Handschellen sah, oder die Scheibenbremsen hatten sich auf dem Wanderer völlig aufgelockert. Gut genug, weil es ein bisschen lustig aussah. Einer der Wächter sagte dem alten Mann, dass er es leicht, nehmen könne, und dass keine Gefahr bestehe, aber der Mann fuhr mit schnellem Tempo vorwärts.

Nun war Erik an der Reihe, in für Röntgenaufnahmen zukommen. Einer der Wächter geht durch den gesamten Röntgenraum und sitzt dann im selben Raum wie das Personal, während das Bild aufgenommen wurde. Die andere würde sich vor der Eingangstür des Röntgenraums befinden. Nun kam das erste Problem. Die linke Handschelle will sich nichtöffnen, aber die Wache hat alles getan, um sie freizulassen. Der Wächter fragte dann die Krankenschwester, ob es nicht auf seiner Hand bleiben könnte, da es seine rechte Hand war, die geröntgt werden würde. Auf keinen Fall. Auch entschied sich die Krankenschwester. Dieser Wächter musste dann seinen Kollegen anrufen, um zu sehen, ob sie das Problem gemeinsam lösen können. Sie konnten sowieso nicht einfach weg. Es dauerte mindestens 5 Minuten, um diese Handschellen abzulegen. Schließlich konnte eine Krankenschwester nach vorne kommen, um seine Hand nach rechts zu legen, damit sie die Bilder machen konnten. Die Krankenschwester hingegen sah etwas angespannt aus. Sie war sicherlich sehr, nett, aber angespannter und nervöser. Kein Wunder. Eine Krankenschwester allein mit einem rohen Schläger. Natürlich war sie ein wenig besorgt, obwohl sie nichts von ihm zu erwarten hatte.

Röntgenstrahlen waren bereit, und es war Zeit, hinauszugehen und sich wieder auf die Bank zu setzen, um zu warten. Es dauerte mehrere Stunden, bis sie es wussten. Nichts war kaputt, aber der Finger wurde von einem Arzt nach rechts gezogen, also mussten sie gehen und uns in die Notaufnahmebringen, wo sie geduldig wieder warten mussten.

Als der Arzt hereinkommt, sagt er nach der Überprüfung der Röntgenaufnahmen, dass er versuchen würde, den rechten Eriks Finger zu ziehen, der durch die wiederholten Schläge gestaffelt war. Der Arzt sagte, dass man betäuben kann, aber es tut nicht viel, gutes dann fühlt sich eine Anästhesiespritze hübsch an, gut in einem Finger. Erik entschied sich, das Anästhetikum nicht zu nehmen. Der Arzt setzt sich auf einen Schwenkhocker vor sich hin und packt eine Weile um seinen rechten Arm und dann eine Weile um seinen Finger.

Jetzt wird es sich anfühlen sagte der Arzt.

Es ist in Ordnung. Erik sagte. Was in irgendeiner erbärmlichen Weise wäre extra viel "Mann" in, der Moment. Der Arzt zog seinen Finger mit einem Streich. Es kann so sehr sein, dass die Worte, die dann aus Eriks Mund kamen, nicht direkt aus einer Hymne stammen. Es tat furchtbar weh, und wenn er irgendeine Farbe auf seinem Gesicht hatte, war es wahrscheinlich blass.

Der Arzt fragt, wie es sich anfühlte, als Erik seinen Finger berührte, und er antwortete, dass es sich okay anfühlte. Obwohl er ein wenig von den Schmerzen ergriffen wurde, die aufkamen, als der Arzt seinen Finger nach rechts zog.

Erik fragte sich, ob sie ihn in der Organisation einrahmen wollten, nachdem Henke mit seinem Bruder gesprochen hatte und Erik loswerden wollte, als er eine Bedrohung für viele war. Vielleicht ist es so einfach, wenn man so denkt, dachte Erik nach. Ja, jetzt ist es wieder im Gefängnis, wieder in seiner Zelle eingesperrt zu werden.

Erik jetzt begann seine dritte Woche der Einzelhaft, und er sank einfach weiter unten mit jedem Tag, der in die Psyche ging. Es war, als ob Ihr Gehirn aufhörte aktiv zu sein und nicht einmal die wenigen Eindrücke aufnehmen konnte, die er als Gefangener mit völligen Einschränkungen bekommen kann. Es hat nicht einmal Spaß gemacht, Musik zu spielen. Nichts war mehr interessant. Die Wächter begannen zu verstehen, dass Erik unter Schlafentzug litt und riefen einen Arzt, der bereit war, ihm etwas zum Schlafen zu geben. Der Arzt verordnete jede Tablette, die helfen würde, aber als der Wachmann am Abend kam, um die Tablette zu geben, wollte er es nicht. Dann berief er einen alten und erfahrenen Wachmann, der viel Erfahrung mit Schlafentzug hatte und welche Probleme dann entstehen konnten. Diese Wache war gut, und er begann nicht damit, dass Erik die Tablette nehmen würde, sondern sagte mir, was passieren könnte, wenn er nicht für eine lange Zeit schlief.

Das ist nicht schön. Als er erzählte, wie sich das Gehirn Schritt für Schritt abschaltete, und das ging letztlich nur auf die Reserven. Dieser Wächter konnte einen Psychologen in 15 Minuten brechen. Er war wirklich, gut in seinem Job, so gut, dass er mich die Tablette nehmen ließ.

Als Erik die Tablette nahm, sagte der Wächter, dass er es für schön hielt, mit dem Streich aus Skane County zu sprechen, als er vor allem die Art von Unheil durch die Massenmedien gehört und gesehen hatte. Sie sprachen fast eine Stunde, nachdem er die Tablette nahm, aber jetzt begann Erik müde zu werden, wirklich müde.

Erik musste der Wache sagen, dass er aus seiner Zelle gehen musste, als er sich hinlegen musste, und die Wachen wollten ihn nicht wecken, weil sie wussten, dass er seit einiger Zeit schlecht geschlafen hatte. Das ist fast so, wie Erik begann zu denken, dass diese Wächter eine menschliche Ader erhalten hatte. Erik wollte keine Tabletten nehmen, weil er nicht gerne von vielen Chemikalien betroffen war, aber diese Tablette war wahrscheinlich eine gesunde Investition für seine eigene Gesundheit, weil er sich am nächsten Tag viel besser fühlte. Es ist absolut erstaunlich, wie Schlafentzug eine Person beeinflussen kann. Sie denken nicht über die Bedeutung des Schlafes nach, so dass Sie die Bedeutung von gutem Schlaf verstehen können. Aber ohne sie, Sie eire nur ein gekochtes Gemüse.

Es war sogar so gut, dass Erik sitzen und Musik auf dem Synthesizer spielen konnte, den der Priester dort genommen hatte. Ti mir war schwer. Die Uhr bewegte sich nicht direkt, und Erik wusste, worum es ging, mit der eigentlichen Verhaftung. Dass die D.A. ein Geständnis von ihm in einem Prozess bekommen würde. Er konnte das im Blauen suchen. Wenn er mich so weit in den psychischen Sumpf getrieben hätte, würde er von mir sowieso keine Anerkennung bekommen dachte Erik, der sich mit etwas beschäftigen musste, also bekam er die Zeit zu gehen. Sie könnten mit der Herstellung von Kleiderklammern in der Zelle arbeiten. Es ging darum, kleine Kleiderklammern für Kleiderbügel zusammenzustellen, die die Kleidung der Kinder auf dem Kleiderbügel aufbewahren sollten. Die Arbeit bestand darin, ein Stück Plastik, dann eine Stahlfeder hinzuzufügen, und dann würde man die Feder mit einem ähnlichen Schraubendreher zurückhalten, ein anderes Stück Plastik anziehen und schließlich die Feder loslassen. Dass, was es Sie hätten mach en eine Kleidung Pin.

Für jeden Kleidernadel Erik zusammen, bekam er 3 Cent bezahlt. Es war nicht eine große Menge, aber er tat es zu wenig Zeit zu gehen, aber auch nicht vollständig zu brechen.

Es gab auch andere Aufgaben, wie das Schließen von Löchern in Straßenschildern mit einem großen Lochabnehmer, wo man ein meterlanges Eisenrohr haben musste, wenn man den Lochnehmer zusammenpresst. Erik fragte, ob er es stattdessen tun könne, aber die Zentralwache und die Wachen trauten sich nicht, ihm ein

meterlanges Eisenrohr zu geben. Sie hielten ihn
für zu gewalttätig für diese Arbeit. Schade,
dachte Erik, da es pro Zeichen viel besser bezahlt
wurde, aber er versteht ihre Entscheidung jetzt
im Nachhinein mehr als gut.

Erik begann zu erkennen, nach 3 Wochen in
Isolation, dass er für eine Weile bleiben durfte
und begann sich zu sagen, dass er eine lange Zeit
hinter Gittern zu erwarten hatte. Erik war jetzt in
seiner vierten Woche und sein Gehirn hatte
begonnen, sich an dieses Leben zu gewöhnen. Er
hatte einen Fernseher in seiner Zelle
bekommen. Nun schien der Staatsanwalt
menschlicher, sorgte sogar dafür, ihn in die Suite
zu bewegen. Die Suite ist eine Zelle mit eigener
Toilette und Dusche und wird hauptsächlich für
inhaftierte Frauen mit kleinen Kindern genutzt.
Aber jetzt hat er es ein wenig besser.

Erik hatte puren Luxus mit eigenem FERNSEHER,
TOILETTE und Dusche. Jetzt war es eine Party!
Sie könnten Bingo spielen und Wanted im
Fernsehen sehen.

Für den Durchschnittsmenschen klingt es
sicherlich nicht so luxuriös, aber in der
eingesperrten Welt ist dies Luxus im doppelten
Sinne. Es war sogar so Erik dachte, das Bett war
schöner, obwohl es genau, das gleiche Modell

war. Er dachte, es war wirklich, schön, eine Dusche zu nehmen, und schauen Sie einige TV, was er tat.

Alles war viel besser als vorher. Eines Nachts, wenn er dort vor dem Fernseher sitzt, hört Erik einen Höllenknall von etwas, das fiel, unten in der Zellenseite von ihm. Er dachte zunächst nicht viel darüber nach, aber dann dachte er, es sei zu hören, als ob jemand, brüllte Hilfe, hilf mir! Zuerst dachte Erik, dass er wegen der Isolation nein bekam, aber als er den Ton im Fernsehen ablehnte, konnte er, indem er sein Ohr gegen seine Zellenwand gegen die Zelle des Nachbarn legte, einen Mann hören, der starke Schmerzen zu haben schien. Der erste Gedanke war, dass er versuchte, sich selbst oder dergleichen zu erhängen, aber in einer Haftzelle gibt es nicht viel zu hängen, wenn sie so entworfen sind, genau so, dass es nicht möglich sein sollte, sich selbst zu töten, obwohl Sie es wussten, Waren Sie nicht sicher. Erik wartete ein paar Minuten, um zu sehen, ob er weiter schrie, oder ob die Person sich beruhigte, er konnte nicht verstehen, warum die Person nicht die Zentrale Wache rief, wenn er Schmerzen hatte oder sich selbst verletzt hatte. Nach etwa zehn Minuten beschloss Erik, die Zentrale zu rufen, da diese Person in Intervallen geschrien hatte und es nicht so schien, als könne er den Wachmann selbst anrufen. Als Erik erklärte, dass die Person rechts von ihm, hat offenbar große Probleme, und schreit um Hilfe mehr, oder weniger die ganze Zeit. Die Zentrale Wache fragte, ob Erik wieder eine schlechte Nacht hatte.

Nein! Er ist in Schwierigkeiten, aber jetzt habe ich es euch gesagt. Sagt Erik.

Okay. Reagieren der Wache. Ich schicke eine Person nach unten, um es zu überprüfen, und nach ein paar Minuten kann ich hören, wie ein Wachmann auf dem Weg ist, mit seinem Zweirad, das Sie mit einem Fuß starten.

Erik hörte, dass das Streicheln nicht an seiner Zelle vorbeifuhr. Hölle, dachte er. Jetzt ist es schief, gelaufen. Seine rechte Seite war Eriks Linke, als er im Flur stand. Er hörte nur, dass der Wächter die Zellentür zu seiner Rechten öffnete. Es war nicht sehr willkommen. Er schließt diese Zelle, um Eriks Inspektionsluke zu öffnen, um zu hören, warum er anrief und so sagte, dass jemand Hilfe brauchte? Er erzählte dem Kleinen, dass es die nächste Zelle sei. Sie fühlten sich wahrscheinlich genauso dumm, wie dieses Missverständnis aufkam. Er schließt Eriks Inspektionsluke, um die zweite Zellentür zu öffnen. Der Wachmann findet einen Mann im Bett liegend, der nur vor Schmerzen schreit. Es stellte sich heraus, dass er einen schweren

Rückschuss erhielt und nicht aus dem Bett
steigen konnte, um den Wachmann zu rufen. Er
war so glücklich, dass die Wache kam. Der
Wachmann sagte, es sei sein Nachbar gewesen,
der die Zentrale alarmierte und sie bat, in seine
Zelle zu kommen. Jetzt war es ein guter Umzug
im Flur und Sanitäter kamen, um den Kerl
abzuholen. Der Arzt hielt es für notwendig, die
Person ins Krankenhaus zu bringen.

Am nächsten Tag war der Kerl wieder da und
hinterließ ein großes Dankeschön an Erik, über
die Wache für das Telefonieren, so dass er Hilfe
bekam. Seltsam, dass du einer Person geholfen
hast, die du nicht einmal gesehen, aber nur
gehört hast, aber es hat Spaß gemacht, dass er
meine kleine Anstrengung geschätzt hat.

Am Morgen erkannte Erik, dass die Organisation
Doppelspiel spielte. Alles, was der alte Mann
während des Besuchs sagte, schien wahr zu sein.

Henke, mit dem Erik so viele Jahre befreundet
war, hatte ihn gründlich verkauft, und zu
welchem Preis?

Hatte sogar Agent McGill ihn verkauft, indem er
Henke manipulierte und ihn in falsche Sicherheit
einlullte?

Die Tatsache, dass Agent McGill und Big Mama Mutter und Tochterwaren, wurde eine Tatsache, als alle Teile des Puzzles an Ort und Stelle kamen, und Bob war derzeit eine Wildcard.

Aber eines war hundertprozentig sicher, und das war die Rache, mit der sich jetzt alle Beteiligten konfrontiert sahen. Nun gab es keinen Zweifel mehr. Erik wollte, dass es eine schmerzhafte Rache war. Erik wurde dieser böse und teuflische Mensch. Warum hatte ich diese Entwicklung nicht gestoppt? Er dachte.

Erik konnte nicht einmal denken. Sie mussten nur sterben! Erik dachte, um diese schmerzhaften Gefühle, in die er jetzt völlig badete, nicht zu spüren.

Erik weiß, dass er mehrmals, bevor er schrieb, wirklich darüber nachdachte, dass seine Botschaft an die Organisation klar war und dass sie wissen würden, dass Erik bald da sein wird und es gnadenlos.

Es war, als ob das Gehirn die ganze Zeit die gleichen Dinge schrieb, aber mit verschiedenen Sätzen sehr seltsam in der Tat.

Ja! Dort waren sie an Heiligabend. Was könnte ich dagegen tun? Nichts. Gedanken Erik.

Die Wachen brachten Christmas Essen, etwas später am Nachmittag. Es war ein Weihnachtsessen, das sich nur wenige Schweden leisten können, vier ganze Wagen voller Essen, und Erik hat noch nie so viel Weihnachtsessen auf einmal gesehen.

Er konnte garantieren, dass es keine Art von Weihnachtsessen gab, das nicht auf diesen Wagen war. Als die Wächter Eriks Zellentür öffneten und er diese Wagen sah, war er wirklich erstaunt. Erik nahm zwei große Teller und füllte sich mit Essen, dann musste er nur einmal nehmen. Es wäre töricht, all dieses gute Essen nicht auszuziehen.

Erik konnte leicht sagen, dass das Essen selbst der Höhepunkt dieses Heiligabendabends war.

Eriks Verlust war qualvoll, das Gefühl, an Heiligabend dort zu sitzen, Er wollte nicht einmal seinen schlimmsten Feind aussetzen. Niemand ist es wert, ein solches Gefühl zu haben. Viele Leute denken, dass Erik sich selbst in diese Situation gebracht hat, was er verstehen kann, aber egal, wie man die Hecke dreht, sie sitzt hinten, und man tut sich selbst am meisten leid.

Erik wusste, dass alle Weihnachtsfeiertage zu Ende gehen, und die mittleren Tage kommen, aber es fühlte sich an, als ob es egal war, ob es

Weihnachten, mittlere Tage oder irgendein anderer Feiertag war. Es war genauso düster in der Zelle für sie, Erik hatte eine Psyche, die fast neutral zu allem und jedem war. Er würde einfach allein überleben und alle Beteiligten rächen.

Nun, dieses Weihnachten, und alle Wochenenden waren vergangen, und es war endlich Zeit für die Hauptverhandlung.

Nach fünf Wochen Einzelhaft war es nun An Zeit für den Prozess. Erik begann sich wieder zu markieren, als er das Gefühl hatte, dass er außerhalb dieser Mauern kommen würde. Obwohl er zu einem Prozess ging, fühlte es sich gut an, vielleicht weil er sah, dass es eine Art Urteil und Entscheidungen über seine unmittelbare Zukunft geben würde. Es gab drei Gefängnismitarbeiter, die Erik abholten. Ja, sie haben ihm nicht vertraut, und sie haben das deutlich mit der Anzahl der Begleiter der Wachen zum Prozess gezeigt. Also, es war nur immer die Manschetten an und ging zum Prozess. Die Kläger waren nirgendwo zu sehen. Sie saßen in einem Nebenraum und kamen erst heraus, als der Prozess beginnen sollte. Erik hatte diesen Leuten offenbar einen solchen Terror versetzt, so dass sie ihn nicht mehr als nötig konfrontieren wollten.

Das Gericht fragte, ob Erik der Angeklagte war, was von seinem Anwalt bescheinigt wurde.

Dann begann der Staatsanwalt zu erklären, welche Verbrechen er dachte Erik getan hatte. Das Gericht fragt ihn dann, wie er an diese Behauptungen, die der Staatsanwalt vor kurzem skizziert.

Eriks Anwalt entgegnete, sein Mandant habe jegliches Fehlverhalten in allen Punkten bestritten.

Das Gericht wendet sich an den Staatsanwalt, um ihn zu bitten, dies durch technische Beweise zu beweisen, sowie die eigenen Aussagen der Kläger.

Der Staatsanwalt bringt dann Eriks Baseballschläger als Teil der technischen Beweise heraus und sagt, dass der Verdächtige Menschen mit diesem Baseballschläger bedroht hat, sowie indem er die Kniescheiben des Klägers zertrümmert hat, was der Staatsanwalt mit einer der eigenen Geschichten der Kläger bestätigt.

Eriks Anwalt sagt, es gibt keine Zeugen, oder andere Beweise, um die Geschichte des Klägers zu beweisen, dann macht er Staatsanwalt einen Kommentar, dass dieser Kläger bereits den

Baseballschläger des Verdächtigen in der ersten Beschwerde ausführlich beschrieben hatte, Das Gericht fragt dann Erik, wie er beabsichtigte, die detaillierte Beschreibung des Klägers seiner Baseball-Bat zu erklären.

Erik antwortete dem Gericht, dass er den Baseballschläger hätte sehen können, als er an seinem Auto vorbeiging, das nachweislich unter seiner Wohnung lag. Dann. Erik sagte, du kannst, sperrt die Leute nicht ein, weil du einen Baseballschläger hältst. Dann wird der Staat jedes Baseball-Team in diesem Land sperren müssen.

Diese Bemerkungen haben den Gerichtshof leicht irritiert.

Das Gericht fragt nun den Staatsanwalt, ob er eine sachlichere Grundlage für diese Anklage hatte. Der Staatsanwalt sagte dann, dass er vor kurzem diesen Fall von einem anderen Staatsanwalt erhalten hatte, und daher keine weiteren Beweise während der Vorermittlungen aufgetaucht waren. Nun war das Gericht, gelinde gesagt, verärgert über den Staatsanwalt, der aus so vagen Gründen klagte und darüber hinaus den Verdächtigen lange zeitgenwillig festnehmen ließ.

Kapitel 19

Das Gericht begründete dies ein wenig und wies die gesamte Anklage Schrift ein, da es niemanden als rein technische Beweise gebe, sondern auch, dass er Erik aus objektiven Gründen nicht überführen könne und damit die Anklage in allen Punkten fallen lasse. Das Gericht teilte Erik mit, dass er Anspruch auf Entschädigung für die Zeit seiner Inhaftierung habe.

Erik sagte, er wolle keine Entschädigung. Was das Gericht wahrscheinlich ein wenig überraschte, aber man sollte nicht über zu große Stück dachte Erik klaffen. Nun war der Gerichtssaal innerhalb weniger Minuten leer, und Erik musste zurück ins Gefängnis, um seine Kleidung und andere Gegenstände abzuholen, die er in der Haftanstalt aufgeben musste.

Als sie zurück ins Gefängnis kamen, musste er die Zelle ein wenig aufräumen, und er nutzte auch die Gelegenheit, um zu duschen, bevor er das Gefängnis verlassen würde, aber als ich wieder in die Zelle kam, sagte der Wächter, sie müssten mich   einsperren, dann waren die Regeln so. Es war wahrscheinlich das einzige Mal, dass Erik sagen konnte, dass es okay war, dass sie gesperrt, als er wusste, dass er bald aus dieser Hölle sein würde. Schließlich waren sie wieder in Freiheit.

jetzt... Erik war frei, und die Idee der Rache wurde nur von Minute zu Minute stärker.

Jeder in der Organisation hatte einen unter den Zuschauern während des gesamten Prozesses, und wahrscheinlich hatte die Person Henke und andere darüber informiert, dass Erik wieder auf freiem Fuß war.

Das Gefühl, das Erik hatte, war wunderbar, und wo die meisten Leute sich sicherlich auf dem falschen Spielfeld fühlten, als Erik den Prozess wirklich kurz machen wollte, denn jetzt würde es explodieren. Henke wusste, dass Erik keinen Spaß machen würde, aufgenommen zu werden, also versuchte er, die Dinge so mild wie möglich zu gestalten.

Henke dachte, er hätte ein Ass im Ärmel, wo Agent McGill, und ihre Kontakte innerhalb SAPO, könnte nützlich sein in dieser Situation, obwohl sie nicht ein entscheidendes Treffen mit beiden hatte, so Henke fühlte, dass es nützlich sein könnte, da Erik war völlig wunderbar fühlte jetzt vielleicht Erik konnte sich vorstellen, dass er genug von diesem kriminellen Sumpf hatte, Nein dass, Gefühl nicht kam.

Erik nahm den Zug nach Hause, weil er sein Auto nichtwollte, in dem Moment, als er dachte, es sei schwer, darin zu sitzen. Er war entschlossen, einfach nach Hause zu seiner Wohnung zu gehen, und einmal dort warf er sich auf die Couch und an, darüber nachzudenken, wie er klügere Dinge tun konnte, und das gab ihnen wirklich große Dollars, jetzt dass er einen Namen bekommen hatte, gab es nicht den geringsten Zweifel daran, aber was für ein Ruf und Name, der damals gegeben worden war. Es würde jede Person Angst vor der Dunkelheit haben, aber Erik hatte kein Problem mit Gerüchten bei dieser Gelegenheit, es war Ihre Marke zu der Zeit, und eine Voraussetzung, um überleben zu können.

Erik wollte alles auf einmal tun, um sich zu rächen. Er wusste, dass diese Rache eine Rache war, die viele Menschen ermorden wird. Er atmete sehr tief durch und schloss für ein paar Sekunden die Augen. Als Erik wieder aufblickte, erkannte er, dass das Spiel beginnen konnte, denn jetzt waren es nur noch grausame Gedanken, die er hatte.

Zunächst würde er alle Server herausnehmen. Erik hatte viele Gedanken über Wirt Schaftkriminalität, die richtig geplant könnte eine gigantische Rückkehr geben, wie es so schön genannt wird. Er hatte eine riesige Menge an Wissen, in der Betriebswirtschaft. Ein Wissen, das in den Korridoren großer Unternehmen kaum einen besseren Erfolg bringen könnte. Erik beschloss, wichtige Dinge wie Finanzberichte, monatlich, viertel, 6 Monate und weiter zu rohstopfen, he wurde völlig besessen von diesem wirtschaftlichen Wissen, es interessierte ihn wirklich tief he hatte keine Bücher zu diesem speziellen Thema, so dass er Bücher bestellt, sondern auch sehr viel über das Internet lesen, da dies ein breiteres Bild davon geben könnte, wie diese Finanzwelt gründlich funktionierte.

Nun war Big Mama an seiner Stelle gewesen, aber er wusste nicht 100 Prozent, wo sie stand und wartete auf ihr Wissen, geschweige denn, wenn sie Mutter und Tochter McGill waren? Also, es war nicht angemessen, es jetzt zu überprüfen. Also, Fuhrer selbst, bis er es wusste.

Erik begann seine Rache, indem er Show-Server ausschaltete, die für die Organisation wichtig waren und sie lähmten. Es dauerte nicht lange, bis die Organisation auf jemanden reagierte, der sich innerhalb des Systems befand, also hatten sie Jim OneBone, der viel Erfahrung hatte, eindeutig angerufen.

Henke wollte das ganze System reinigen, und es würde debuggt werden, wenn jemand jetzt drin wäre. Jim OneBone tat, Fehlerbehebung nach allen Regeln der Kunst, und sagte Henke, dass niemand dort war.

Henke wusste, dass Erik an der Spitze stand, aber wie würde er es beweisen? Ja, sagte Henke, es werde schwierig, wenn nicht gar unmöglich sein, einen Geist zu rahmen, der nicht existiert. Nein, Sie haben recht. Jim OneBone sagte. Henke sprach ausführlich mit Bob darüber, wie Erik gestoppt werden konnte, aber Henke wusste gleichzeitig, dass es schwierig werden würde. Bob ist ein ruhiger Mensch, der nicht viel sagt, wenn er nichts zu sagen hat, Phase hatte er diese Zeit.

Oh, du hast etwas zu sagen, Bob? Henke wunderte sich.

Plötzlich er an, mehr als zwei Worte zu sagen, sonst tat er es nicht in einer Woche.

Was willst du sagen, Bob? Henke sagt.

Jetzt wird die ganze Organisation Kraft sammeln, also werden jetzt wahrscheinlich die meisten Dinge rauchen, und wenn ihr alle so dumm seid, dass ihr absichtlich einer Person nachgeht, die die Organisation selbst viele Jahre lang trainiert hat, werdet ihr euch selbst die Schuld geben müssen. Sagt Bob mit einem bestimmten Ton.

Was meinst du, Bob? Henke sagte.

Henke, du bist der Chef der Organisation, also solltest du wissen, dass du wieder die Hölle bekommen wirst, wenn diese Person zu Schlägen kommt. Dass Du nicht siehst, hast du die Person trainiert, auf die du gesprungen bist, und dass du erwartest, diese Person zu gewinnen, bist du hoch oder Bob sagte.

Nein, wir sind nicht hoch! Henke sagte Bob. Jetzt möchte ich, dass Sie zuhören. Ich bin von meinen Prinzipien weggegangen, die   keine Lösung sein sollten, aber ich habe mit Agent McGill gesprochen und hoffe, dass sie helfen kann, Erik klug zu setzen.

Du bist hoch! Bob erzählte Henke.

Die Sache ist, sagte Henke, ich habe bereits mit Agent McGill gesprochen, und ich sagte, ich wusste, wer den Bruder getötet hat, aber nicht den Namen.

Die Idee ist, dass Agent McGill endlose Verbindungen in das Justizsystem hat.

Jetzt werde ich ihr nur einen kleinen Schub geben, dass es Erik war, der seinen Bruder Carl ermordet hat, und dann wird der Agent Erik verhaften.

Henke, es ist ich eine Ratte! Sagt Muskelberg, der nicht gerade so schlau scheinen... aber so schlau, dass eine Person wurde ein Quietscher.

Natürlich, ich haben verlassen, ein anonymer Tipp an Agent McGill. Henke sagte.

Bob sagte. Es besteht die Gefahr, dass dies nicht geschieht. Erik ist ein kluger Mensch, und dass er in eine Falle gehen würde, scheint extrem, seltsam. Erik war wirklich, so gründlich, warum sollte er ausgerechnet diese Falle kaufen?

Jim OneBone war die ganze Zeit auf der Suche nach kontinuierlicher Arbeit, und Henke sah ein wenig grau aus, aber das Spiel hatte begonnen. Erik wollte Henke nur ein wenig betonen, entschied sich aber im Moment, den Server nicht auszuschalten. Henke sagte allen Menschen im Raum, dass sie aufmerksam sein würden.

Henke sprach mit Bob, dass Erik nun auf freiem Fuß sei.

In der Zwischenzeit las Erik mehrmals, um alle möglichen Gesetzeslücken zu finden, und war nun in einem Teil des Verbrechens, wo er es illegal, ganz legal machen würde, und mit bestehenden Gesetzen die Verbrechen ausführen würde, ohne dass die Behörden in der

Lage waren, mit irgendwelchen Zwangsmaßnahmen einzugreifen. Wie er uns bereits gesagt hat, gibt es kein perfektes Verbrechen, und das wird es auch nie sein. Es gibt sicherlich viele von denen, die Erik ausgesetzt wurden, die sicherlich behaupten werden, dass das perfekte Verbrechen existiert. Aber die Frage ist? Wie definieren Sie das perfekte Verbrechen?

Viele würden es sicherlich beschreiben, indem sie sagten, dass sie zum Beispiel einen Einbruch gemacht, die Gegenstände verkauft, das Geld aus dem Einbruch behalten haben, ohne dorthin zu gehen.

Bestimmten. Wirtschaftlich könnte man sagen, dass es ein perfektes Verbrechen war, aber Erik teilt diese Argumentation nicht, da er glaubt, dass, wenn etwas perfekt ist, es keine Person betreffen sollte. Weder finanziell, psychisch noch körperlich. Ein solches Verbrechen gibt es nicht.

Ein Verbrechen mit finanziellem Gewinn zu tun, ist überhaupt kein Problem, aber dass das Gesetz Sie erwischen kann. Eine Behörde, die diese Möglichkeit kennt, ist die Staatsanwaltschaft, aber auch die Polizeibehörde. Beide, diese Behörden haben, frustriert zu stehen, und beobachten die

Verbrechen mehr, oder weniger geschehen, ohne in der Lage zu intervenieren, weil die Bösen kennen und kennen das Gesetzbuch. Durch die Verwendung dieses Wissens entsteht eine Zwischenschicht, mit der Gesellschaft auf der einen und den Bösen auf der anderen Seite.

Denn Erik überschreitet nicht die Grenze, die beweist, dass ein Verbrechen begangen wurde, sondern balanciert auf der Linie des Gesetzes, das den Unterschied zwischen einem Verbrechen oder etwas Legalem ausmacht.

Dann kommt das Wort Verbrechen in einem ganz, neuen Licht. Der Staatsanwalt muss erneut nachweisen, dass ein Verbrechen begangen wurde. Aber wie wird dieser Staatsanwalt das tun? Die Staatsanwaltschaft kann, nicht beweisen, dass Viele, die diese Zeilen lesen, denken vielleicht, dass dies eine beiläufige Beschreibung davon ist, wie einfach es ist, sich unserer Rechtsgesellschaft zu entziehen, aber es geht nicht darum.

Erik will nun, dass die Gesellschaft mehr Flexibilität bei der Strafverfolgung einführt. Es wird ich immer einen böse wicht nehmen, um einen anderen Bösewicht zu fangen. Denn wenn man sich die Statistiken über die staatliche

Freigabe zu verschiedenen Straftaten anschaut und sie wirklich genau unter die Lupe nimmt, werden die meisten gewöhnlichen Menschen einen Schock bekommen. Es sind die kleinen Verbrechen, die aufgeklärt werden, und dass der Staat nicht mit dem organisierten Verbrechen fertig wird, ist eine Tatsache, und wenn man ihre Statistiker liest, zeigen sie, dass das Gesetz funktioniert, und dass die meisten Schläger hinter Gittergehen, ich Gesellschaft würde die wirklich großen schlechten zu fangen, Jungs, die sie müssen beginnen, mit Ex-Schlägen stattdessen anstatt einen Spanner in die Arbeit zu setzen. Alte Schläger dürfen wegen ihrer Rucksäcke nicht in die Gesellschaft, und das liegt nicht an Fachkräftemangel, sondern im Gegenteil, würde Erik sagen. Denn wenn ein alter Bösewicht in ein Unternehmen kommt, ist das Risiko extrem, hoch, dass die Fähigkeiten dieses Busses an dem üblichen Mitarbeiter vorbeigehen. Es gibt Forderungen nach mehr Staatsanwälten, und der Premierminister fügt mehr Geld zu einem bereits dysfunktionalen System hinzu, während die Staatsanwaltschaft ihre Zusammenarbeit auf internationaler Ebene ausweitet, und die Rechtsgemeinschaft weiß nicht, dass sie mit diesen Maßnahmen tatsächlich nur das Geld in den See werfen? Was ist so schwer zu verstehen? Gedanken Erik.

Staatsanwaltschaft, öffnen Sie Ihre Bürofenster, beugen Sie Ihren Hals, und schauen Sie auf den Boden. Unten auf dem Boden liegt das ehemalige Unheil, das die Lösung für die Strafverfolgung hat. Erik ist überzeugt, dass viele Verbrechen aufgeklärt werden könnten, wenn alte Kriminelle eine Chance hätten, ihr Geschäft auf legale Weise zu beweisen, und durch eine solche Zusammenarbeit wäre eine Gesellschaft mit weniger Kriminalität und effektiver Strafverfolgung bald erreicht worden.

Bei einem geschützten Nest kann keine Kommunikation stattfinden, wenn die Lösung auf der Straße ist und die Entscheidungsträger im Garnelen-Sandwich-Korridor sitzen. Es wäre viel besser, wenn die Politiker mit Entscheidungsbefugnis eine Art neutrale Plattform finden könnten, wo sie unter der Führung der Behörden ein Team zusammenstellen könnten, das auf erfahrenen Polizisten und ehemaligen Schlägern aufbaut, die wissen, wie man das Gesetz umgeht.

Ich habe zu viel von dieser korrupten Gesellschaft gesehen. Erik sagte, um meinen Mund länger zu halten.

Viele Male Leute sagen, sie haben, um ihnen zu sagen, es bekommt jemanden, über ein Ereignis, wo etwas Schreckliches passiert ist. Das Problem ist nur, dass nur SOMEONE, sind diejenigen, die am korruptesten in der Gesellschaft sind, mit viel Macht und großem Einfluss. Wen erzählen Sie dann? Gerade so ein Ereignis?

Wenn wir ein wenig mit der Idee spielen, und dass der Staat eine effektivere Strafverfolgung haben würde. Erik denkt. Dies würde zu einer extrem hohen Arbeitslosigkeit führen, beispielsweise im Gefängnisdienst. Denn wie es heute strukturiert ist, kann mit einer Deponie verglichen werden, wo Sie von allem profitieren, was recycelt werden kann. Das ist genau die Art und Weise, wie das Strafvollzugssystem heute funktioniert. Erik begann zu verstehen, wie wichtig all diese Finanzberichte sind, die ein wichtiger Teil eines möglichen Ökoverbrechens sein würden, und die Möglichkeit, die Zwischenberichte eines großen Unternehmens vorzulesen, kann als Verlesen einer Stromrechnung beschrieben werden. Es kann getan werden, aber es ist nicht einfach, würde er sagen, aber wie in der realen Arbeitswelt arbeitet man sich nach oben, genau wie in der kriminellen Welt auch.

Erik sitzt und denkt zurück, wie alles begann, mit einfachen Verbrechen, und dann nach oben. Er denkt immer wieder darüber nach, wann er am meisten in seiner finanziellen und kriminellen Welt war, als es begann, Mc-verwandte Menschen hervorzugehen. Er hatte in der Vergangenheit mc-bezogene Kontakte gehabt, aber nicht von diesem Kaliber, der durch sein Netzwerk von Kontakten auf Eriks kriminellen Job aufmerksam gemacht hatte, der gute Ergebnisse gebracht hatte. Erik traf zunächst einen großen Mann muskelbegriffe genannt, Lasse. Erik dachte an die, für die er zuvor gearbeitet hatte, als das Fleischgeschäft fertig war, aber dies war anscheinend eine andere Klientel, mit Harley Davidson als Leitstern.

Was, oder wem würde ich beitreten? Die erste Idee war, dass der Dollar regieren musste, aber es war ein naive, Gedanken da dies keine Option war. Hm!? Was soll ich antworten? Dann fragte er, Lasse, ob er freiberuflich arbeiten könne, wie er es vorher getan habe, aber er konnte das nicht beantworten. Er hatte nur die Aufgabe zu wissen, ob ein Treffen möglich war und ob es ein Interesse daran, gab. Erik erinnert sich, dass sein erster spontaner Gedanke war, kein Treffen abzuhalten, aber es genügte, dass er einmal blinzelte und dieses große Dollarzeichen sah, als seine Augenlider für eine Millisekunde herunterwaren.

Natürlich wollte er dieses Mitglied treffen, das zur Elite der Unterwelt gehörte und ein Netzwerk von Kontakten hatte, das weite Teile der Welt umfasste. Erik denkt darüber nach, wann sie in Lasses Küche sitzen und Jonte zum ersten Mal treffen. Als sie in seine Wohnung kamen, nahmen sie einen Kaffee und redeten ein paar Scheiße warten auf Jonte kommen kann kaum glauben, dass Erik hatte Zeit, um die Kaffeetasse zu heben, bevor er hörte Lasses Haustür geöffnet Erik war angespannt wie eine Feder, milde gesagt.

Erik hörte jemanden schreien, Hey, aus dem Saal und, Lasse antwortete Hallo! Nun gab es Druck in Eriks Gehirn. Es war, als ob alle Gehirnzellen in seinem Kopf keinen Gipfel hatten, und das geschah zwischen dem großen und dem kleinen Gehirn. Es fühlte sich an wie eine mildere Form von Sauerstoffmangel im Gehirn. Jetzt wurde es voll in der Küche.

Dieser Jonte stand jetzt in dem Raum, in dem Lasse und ich Kaffee getrunken hatten. Er trug nur eine normale Jacke und keine Weste!? Direkthilfe? Gedanken Erik. Dann zerstörte diese Jacke sein gesamtes Bild dieses Mitglieds, dann erwartete Erik, dass er eine Weste haben würde.

Erik konnte natürlich, nicht den Mund halten, musste sich aber fragen, warum er seine Weste nicht anhatte?

Jonte lacht nur und sagt, er habe seine Weste unter seiner Jacke, die er jetzt auszieht, um zu zeigen, woher er kommt. Es fühlte sich an, als hätte jemand eine Vakuumpumpe in Eriks Lunge heruntergelaufen und die ganze Luft abgesaugt, und er konnte keinen Ton machen. Nur einen Meter von mir steht ein Vollmitglied!? Gedanken Erik. Das Gefühl, das er fühlte, könnte man vielleicht so beschreiben, als ob ein Kunsthändler das versteckte Kunstwerk eines berühmten Künstlers findet und nun vor diesem Objekt steht.

Der Grund, warum er die Weste nicht sichtbar hatte, war, weil er nicht auffallen wollte, sondern auch, weil er mit dem Auto statt mit seinem Fahrrad kam.

Es gab eine Regel, die besagte, dass sie ihre Westen nur anhaben konnten, wenn sie ein Fahrrad fuhren, und wenn sie von einem anderen Mitglied erwischt wurden, das mit einem Auto und der Weste weiterfuhr oder mit der Weste in die Stadt fuhr, schuldeten sie dem Clubfonds 5000 SEK an Geldstrafen. Dies war eine Möglichkeit für den Verein, die Mitglieder weniger sichtbar zu machen, da niemand diese Geldstrafen zahlen wollte.

Jonte sagt, dass sie Eriks letztem Job gefolgt sind, und dass sie sehr beeindruckt waren, wie intelligent diese Verbrechen gemacht worden waren, ohne erwischt zu werden.

Erik hatte eine Marke bekommen, die er jetzt herausfand. Alle sprachen darüber, dass sie von Eriks Verbrechen hörten, sie sagten, dass er als Person die Fähigkeit hatte zu zuschlagen, zu verschwinden und nie wieder gesehen zu werden.

Ja! Vielleicht bin ich so, wie es ist. Ich antwortete Jonte.

Sie sind beeindruckend. Jonte sagte. Der Club möchte Sie bitten, einige Geschäfte zu besprechen, wo Sie mit einfachen Dingen ernsthaftes Geld verdienen können.

Erik hat wahrscheinlich dank dieser Einladung mit Ja geantwortet, bevor Jonte die Frage überhaupt gestellt hat. Dann gab es meistens viel über alles und alles. Bevor Jonte gehen würde, sagte er, er freue sich darauf, ihn in ein paar Tagen im Club zu sehen.

Darauf können Sie sich verlassen. Erik antwortete. Jonte geht und fährt dann mit dem

Auto weg. Lasse begann bereits darauf hinzuweisen, dass Erik nicht zur Organisation gehen würde, wenn er nicht sicher ist, dass er dem Druck standhalten würde, wenn es kein Zurück mehr gibt. Einmal in, nie raus.

Erik wusste, dass er nicht zurückkonnte, sobald er zu ihrer Organisation kam, und doch zögerte er keine Sekunde, obwohl er wusste, dass ein Übertritt von einer sicheren Bestattung begleitet werden würde. Erik hatte es bis zur sogenannten Elite geschafft, und das war etwas, was er während seiner kriminellen Zeit angestrebt hatte. Nun, da er einen Fuß in dieser Organisation bekam, wollte er wirklich seine Füße auf allen Ebenen zeigen. Es stellte sich heraus, dass sie eine auf verschiedenen Ebenen testen würden, welche Fähigkeiten sie hatten. Erik war ein Computer-Geek, also dachte er, dass dies schwierig sein wird. Das einzige, was außerhalb seiner Computerwelt war, waren die Kampfkünste, die er viele Jahre lang trainierte, aber es würde schnell ein wenig dünn erscheinen.

Erik war nun am Clubhoftor, das mit einer dicken Eisenkette und einem Vorhängeschloss verschlossen war, und vor dem Tor war ein ähnlich dickes elektrisches Kabel. Es war kein elektrisches Kabel es war ein Kabel, das ein

Signal in das Clubhaus gab, dass jemand
passieren wollte, ähnlich zu einem Kabel von der
Straßenverwaltung verwendet, um die Anzahl
der Autos, die einen bestimmten Abschnitt der
Straße zu zählen. Als Erik dort steht und darauf
wartet, dass jemand kommt und sich öffnet,
rutscht ein Polizeibus hinter seinem Auto vorbei,
weiter hinten. Sie halten den Bus an, und Erik
dachte, dass es jetzt wieder vorbei ist. Gerade
als er sich zu fragen beginnt, ob er wieder hinter
Gittern eintreten würde, kommt Jonte und
öffnet das Tor.

Er ich schwenke Erik, kann hineinfahren. Als er
aus dem Auto steigt, kommt Jonte auf und
grüßt, indem er in die Hand nimmt. Dann kommt
jeder, der in der Organisation war, heraus, um
dasselbe zu begrüßen. Erik fühlte sich wirklich,
willkommen, da alle wirklich, nett zu ihm waren.
Nach der Begrüßung trennten sich die
Mitglieder. Jonte wollte nun, dass sie ins
Clubhaus gehen, damit Erik das Innere des Clubs
sehen kann. Es war so sauber und staubfrei, dass
man den Boden mit der Zunge lecken konnte.
Alles war ordentlich.

Es war, als würde man direkt in die Systemfirma
schauen, mit allen Arten von Spirituosen zur
Verfügung. Eine unglaubliche Sammlung. Die Bar
war aus Eiche, und mit einer Marmorplatte, die

wirklich, schön war. Die Stangen waren keine IKEA Produkte, sondern aus Edelstahl.

Jonte fragte, was Erik von ihrem Clubhaus hielt, und er konnte nur sagen, wie es war.

Dann traf Erik andere Mitglieder, die nach und nach hereinkamen, während er und Jonte sprachen. Alles war militärisch diszipliniert, und jeder hatte eine Rolle zu erfüllen. Hätten die schwedischen Behörden die Hälfte dieser Disziplin gehabt, hätten sie eine völlig andere Gesellschaft gehabt. Eine Gesellschaft der Ordnung.

Es gab viele neue Eindrücke, die Erik aufnehmen würde, und er war wirklich sehr beeindruckt, wie sorgfältig alles ausgelegt wurde, Jonte fragte, wer der Präsident sei, der mir sagte, dass er mir nicht sagenkönne, wann es Kriegszeiten mit einer anderen Bande gebe. Ihr Präsident war sehr geheimnisvoll über sie, da diese Informationen ihrer lokalen Organisation großen Schaden zufügen könnten. Also, zu glauben, dass man wissen würde, wer ihr Präsident war, auch nach dem ersten Besuch, war ein wenig naiv von Erik gedacht.

Jonte wollte, dass er so schnell wie möglich zurückkommt, und Erik verstand, dass sie seinen Namen auf der Tapete hatten, lange bevor er diese Organisation besuchte, aber was ihr Hauptzweck war, wusste er nicht. Es würde zumindest für die Wirtschaft gelten, so viel wusste er seit dem Treffen in Lars. Aber was für ein Geschäft, war mir nicht klar.

Am nächsten Tag rief Erik Jonte an, um zu sehen, ob er zur Organisation kommen würde. Er dachte, es war ein guter Vorschlag und er fuhrhübsch, schnell, nachdem sie das Gespräch beendet. Einmal bei der Organisation, wollte Jonte, dass sie durch das, was vor sich ging, sprechen und eine Art Vereinbarung über die Arbeitsweise treffen. Sie überließen nichts dem Zufall, was Erik perfekt passte, da er selbst eine Person war, die hasste, wenn etwas schief ging oder schlecht geplant war.

Erik bekam ein Handy und einen Sucher, die er immer bei sich haben würde, Dies wäre sowohl bei Tag als auch in der Nacht, die einen inneren Stress aufgebaut, dachte Erik, als er verwendet wurde, um seinen Tag selbst zu kontrollieren, aber jetzt wurde es überwacht, von Handy und Sucher rund um die Uhr.

Warum wollen Sie dann einer solchen Organisation angehören, könnte man sich fragen? Weil es nur um viel Gewalt und andere Illegalität geht. Für Erik persönlich war das Schlüsselwort Dollar, was er völlig verrückt war, aber auch die große Unterstützung, die er dann hinter sich hatte. Es war nur 6 Monate der Hölle, wo man Dinge aufführen würde, die Erik kann, nicht in diesem Buch erwähnen. Da die Gefahr unmittelbar bevorstehe, dass die Staatsanwaltschaft zwei Weihnachtsabende im selben Jahr erhalten habe, und Erik sie nicht geben wolle, da er nun ein neues Leben begonnen habe.

Man würde zerrissen, trainiert und erneut testen, wie groß die Loyalität zu den Mitgliedern und zur Organisation war. Es war eine Gehirnwäsche, aber du hast es genommen, wegen dem, was kommen sollte. (Es wurde gedacht). Es war möglich, eine Kaserne im Clubhaus zu mieten. Eine kleine Kiste, würde er sagen, von nur 7 bis 8 qm. Es stand für den Einsatz zur Verfügung und die Kosten betrugen 700 SEK, die direkt an die Organisation gezahlt wurden.

Viele neue Regeln würden erlernt, und nur Vollmitgliederdurften an Clubtreffen teilnehmen, Testmitglieder waren nicht willkommen. Erik wollte wissen, was dort besprochen wurde, aber es war ruhig wie die Mauer, über das, was bei den Treffen gesagt wurde. Erik tat sich schwer und tat seinen Teil, während dieses harten Trainings, sowohl körperlich als auch mental. Es ging darum, ob man mit dem Druck umgehen oder völlig kaputt gehen kann. Da es viele gab, die der Organisation angehören wollten, musste der Verein besonders hart in der eigentlichen "Verschraubung" sein, wer das Potenzial hatte, mit diesem kranken Training fertig zu werden.

Diese Verschraubung war extrem in diesem Club und verglich es mit dem Club, mit dem die Organisation damals im Krieg war, es gab große Unterschiede. Ihre Rivalen hatten eine andere Strategie in Bezug auf die Aufnahme neuer Mitglieder, wo es ziemlich schnell war, in diese Organisation zu gelangen, wenn man die richtigen Leute kannte, aber dort bekamen sie auch eine Mentalität auf ihre Mitglieder, die als direkt instabil leicht gesagt beschrieben werden kann. Es war kein Zufall, dass eines ihrer Mitglieder bei einer Bergung einem Kleinkind einen Gewehrmund in den Kopf steckte. Ihre Organisation hat dieses Mitglied selbst aufgeräumt, aber es beweist nur, dass sie etwas für Leute in der anderen Organisation mit den richtigen Kontakten gebracht haben. Was fünf Jahre in der Organisation dauerte, dauerte Erik, manchmal nur ein Jahr mit dem anderen, was eine unter Druck stehende Person mit

Leistungsangst erzeugt, als sie zu Beginn ihrer Karriere ihre Füße zeigen mussten, indem sie ihre Jobs als DOGS (Schuldensammler, Drecksäcke) aber auch als sogenannte Pack Esel (Drogenschmuggler) erfolgreich machten, wo niemand scheitern wollte. Die Rückkehr in den Club als Pack Esel, wo Sie das Paket verloren haben, könnte verheerende Folgen für diese Person haben, die in einer solchen Situation verzweifelt wird. So verzweifelt, dass sie sogar einem Säugling einen Gewehrmund in den Sinn steckten. Völlig wahnsinnig mild.

Nicht, dass Eriks Organisation ein frommes Lamm war, aber Kinder oder Frauen so etwas auszusetzen, würde NIE passieren. Es war ein ungeschriebenes Gesetz, dass man sie unter keinen Umständen so etwas unterwerfen oder gar ohrfeigen konnte. Sie haben kümmern sich um Ihre Familie mit Ehrfurcht. Damals gab es Probleme in einer Familie, dem Verein, der sich in der Familie engagierte. In der Ausbildung zu liegen, während sie eine Familie haben, war direkt mit familiären Problemen verbunden.

Der Verein akzeptierte weder Missbrauch noch ähnliches in einer Familie. Das wurde aussortiert, sobald es zum Verein kam. Während der Probezeit erhielten sie eine Waffenausbildung, eine Ausbildung auf verschiedenen Sprengstoffen. Man würde lernen, welche Waffen zu verschiedenen Zeiten verwendet werden sollen, oder welche Art von Munition für einen Überfall am besten geeignet ist. Als man etwas über Sprengstoff erfuhr, ging es in einem großen Teil darum, wie man den Sprengstoff ins Visier nimmt, so dass man den Effekt hat, den man gesucht hat. Sie haben im Nahkampf mit verschiedenen Waffen wie Messern, Knöcheln mit geschweißten kleinen Messerklingen trainiert und wie und wo Sie diese kleinen Messerklingen an verschiedenen Stellen auf dem Körper des Gegners wickeln, ohne an ihnen zu sterben.

Es gab ein Mitglied der Organisation, das drei Jahre im Militär war, wo er während dieser fünf Jahre die zermürbende Soldatenausbildung besuchen durfte. Dieses Mitglied, GammelMan, wurde nun beauftragt, sie zu erziehen, was man Kampfkunst nennen könnte. Wo sie am meisten über Waffen, Sprengstoff und Nahkampf lernen würden. Es zeigte sogar einen fremden Kerl bei einigen Gelegenheiten während des eigentlichen Trainings. Dies überraschte Erik sehr schnell, aber seine Anwesenheit erklärte sich recht schnell, als dieser Kerl, bereits im Alter von 24 Jahren, wegen einer psychischen Erkrankung, die während der Zeit, in die er in den Krieg zwischen dem Iran und dem Irak verwickelt war, aufgetreten war, in den Ruhestand ging. Dieser Kerl musste die Leichen seiner Landsleute tragen, und manchmal nur Teile über die Grenze, so dass sie wieder nach Hause kommen. Dass er psychisch instabil war, zögerte man kaum. Er hatte seine Ruckler. Die meisten Menschen hatten großen Respekt vor ihm, als ein Leben für diesen Kerl nichts wert war, und den Tod ins Gesicht zu schauen, war für ihn an der Tagesordnung.

Es war wirklich, beängstigend, so nah an einer solchen Person zu sein. Diese Person hatte einen seltsamen Namen, an den er sich heute nicht mehr erinnert, aber es spielt keine Rolle. Zumindest war es diese Person, die sie in psychologischer Kriegsführung ausbildete, und wie man lernt, wie man nach der Arbeit abschaltet. Man würde einfach lernen, die unangenehmen Gefühle zu löschen, die man bei bestimmten Jobs bekommen könnte.

Erik kann uns jetzt sagen, dass es absolut nicht funktioniert hat. Er wurde gelehrt, Dinge zu unterdrücken oder sogar seine Emotionen zu verschieben. Nichts, was Erik einer lebenden Seele empfahl, wie sie zurückkommt, so sicher wie Amen in der Kirche. Sobald es zurückkommt, ist es alles andere als Spaß. Um zum vorherigen Thema zurückzukehren.

GammelMan an, für die verschiedenen Handgranaten zu berücksichtigen und zu welchen Zeiten sie verwendet wurden, war ich sehr interessant, dass das Training, GammelMan dann nimmt eine Handgranate namens Ablenkung Handgranate, die im Schlachtzug verwendet werden kann, wenn Sie diejenigen schockieren wollten, die Sie überraschen würden. Wenn eine solche Granate abgeht, wird sie zu einem extremen Leuchten mit einem, extrem lauten Knall. Wir sprechen von einem Schallpegel von über 150 Dezibel und einem Licht, das die Außenwelt für ein paar Sekunden völlig einfriert. Da dieses Licht so hell ist, werden alle Fotozellen einer Person im Auge aktiviert, was wiederum ein eingefrorenes Bild der Außenwelt erzeugt. Sie könnten es mit Sitzen und Fernsehen vergleichen und dann die Pause-Taste drücken. Es ist während dieser eingefrorenen Sekunden, dass die Polizei streikt.

GammelMan würde uns beibringen, wie man explosive Wirkung durch verschiedene bewährte Methoden zu optimieren. Er tat dies, indem er zeigte, wie eine Lochladung funktionierte, und durch diese Lochladung erzeugte, was ein gezielter Sprengstoff war. Es war sehr entscheidend für die Ergebnisse, je nachdem, wie die Richtung gemacht wurde. Sie mussten viel Sprengstoff lernen. Pentyl war eines der

Themen, die sie lernten. Es ist ein weißes Pulver, das in Handgranaten und in vielen anderen Sprengstoffen verwendet wird. Es gab so viel Diskussion über diesen Pentyl, dass es schließlich ein ständiger Witz unter den Menschen in der Organisation wurde.

Eine Person könnte fragen, ob es Albyl. (Schmerzmittel) Nein, aber Pentyl existiert. Erik dachte, es seien kranke Witze.

Die Lehre von der Struktur der Handgranate wurde gründlich umrissen. Von den verschiedenen mechanischen Auslösern, chemischen Sicherungen bis hin zu dem Schrapnell, aus dem die Granate bestand. Man musste lernen, welche explosive Wirkung das Thema hatte.

Erik zählte Volumen, Energien, die bei einem Knall freigesetzt wurden, und es ging um Sprengstoffe wie C4, wo die Explosion, oder wie schnell sich der Luftdruck pro Sekunde und Meter bewegte. Viele sagen, es explodierte, aber nur wenige wissen, was eine Explosion wirklich ist. Wenn eine Explosion eintritt, wird eine riesige Menge an Energien freigesetzt. Sollte eine Ladung des c4 explodieren, würde dies bedeuten, dass sich die Luftmasse und der

Druck der freigesetzten Energien mit einer Geschwindigkeit von 8.400 M/s (Meter pro Sekunde) bewegen würden, dann versteht vielleicht die Person, die diese Zeilen liest, wie mächtig die Explosion, von der Erik spricht. Oft ist es schwierig, in Worten zu beschreiben, wie mächtig knallt es geworden ist.

Ein Vergleich, den Sie machen können, ist, wenn Sie an einen normalen Kranwagen denken, der anhebt, verschiedene Baumaterialienaufhebt, indem Sie den Kranarm selbst austreiben. Wenn ein solcher Kranarm ausgeworfen wird, erfolgt dies mit einem Druck von umgerechnet 60 bis 70 kg. Vergleichen Sie diesen Druck mit einer Schrotflinte, die eine normale Schrotflinte abfeuert, bei der der Druck auf den Hagel, der ausgeht, etwa 600 kg beträgt. Vielleicht verstehen Sie es also besser.

GammelMan beendete den Tag mit der Aussage, dass sie morgen eine der gefährlichsten Waffen der Welt sehen würden, die nicht enthüllt werden konnte. Erik dachte wie ein Verrückter darüber nach, welche Waffe es sein könnte. Es gab so viele gefährliche Waffen auf dem Markt, aber eine Waffe, die nicht enthüllt werden konnte, machte es viel schwieriger zu erraten.

Es gab viel zu lernen, zur gleichen Zeit versuchte Erik auf sie, freie Momente zu haben, um

Betriebswirtschaftslehre zu studieren, so dass er
die raffinierten Öko-Verbrechenspäter tun
konnte, weiter.

Nun sah Henke wirklich, grau aus, und der,
sogenannte Myom war nicht mehr so zäh.
Henke erkannte, dass GammelMan hat Erik
trainiert... Aber die Frage ist, was. Weil es eher
wie eine Maschine als nach einem Menschen
klingt. Henke sagte. Ja, das tut es, sagte der
Muskelberg. Fühlt sich an, als ob sie
 in wären, um mit GammelMan zu sprechen,
weil der Schaden groß sein kann. Henke
entschied sich, mehr über die Ausbildung zu
lesen, die GammelMan diese Psychopathen für
unter 5 Jahre trainierte.

Kapitel 20

GammelMan begann am nächsten Tag gegen
Mittag mit dem Training. Erik war begeistert von
der Erwartung dieser gefährlichen Waffe. Er
produziertes eine regelmäßige Tageszeitung, en
sehr man fragte sich, ob es ein Witz war. Er
greift nun in die Zeitung, um zu bestätigen, dass
die Zeitung, die er in der Hand hielt, eine der
gefährlichsten Waffen der Welt war. Das erste,
worüber Erik nachdachte, war, ob dieser alte
Mann schlechtes Gras geräuchert hatte, sehr,
schlechtes Gras, Es war auch kein 1. April. Was
meint er? Erik dachte. Jemand schrie und fragte,
ob er das in der Fremdenlegion gelernt hatte,
um die Zeitung zu lesen. Ein Kommentar, der alle
zum Lachen brachte. GammelMan begann zu
erklären, was er mit dieser Behauptung meinte,
nachdem das Lachen nachgelassen hatte, und
erklärte, dass man eine gewöhnliche Zeitung in
eine tödliche Waffe verwandeln könnte, wenn
man eine Zeitung hart, so hart, so hart, so wird
wie ein dünner Stock, in eine tödliche Waffe
verwandeln könnte. Was tatsächlich durch trifft
die hart gerollte Zeitung-Endspitze kann man
leicht töten eine Person wann Drehen Sie das
Ende diagonal nach oben in Richtung einer
Person Nasenknochen, die Person
Nasenknochen wird in das Gehirn gedrückt und
die Person stirbt sofort.

Man könnte diese Zeitung auch benutzen, um einer Person sehr ernsthaft zu schaden, indem man der Zeitung direkt ins Ohr oder ins Ohr schlägt. Alles, um den Feind zu neutralisieren. Das ist genau das, was GammelMan mit der gefährlichsten Waffe der Welt meinte. Eine Waffe, über die kein Mensch nachdenken würde. Eine Zeitung, die mit einfachen Mitteln und die in wenigen Sekunden zu einer direkten tödlichen Waffe wurde.

All diese Ausbildung begann Erik negativ psychologisch zu beeinflussen, da kein Mensch geschaffen ist, um wie eine Maschine zu handeln. Erik an, größere Mengen Alkohol zu trinken, als diese Vergiftung zu einer Form der Entspannung wurde, und sein Körper war oft geradezu erschöpft durch die ganze Ausbildung, und von der psychologischen Gehirnwäsche, wie es tatsächlich eins sagte, gab es viele Regeln innerhalb der Organisation zu folgen, und eine war, dass Sie keine Art von Drogenproblem haben durften. Ja, Sie haben es richtig gelesen.

Diese Regeln waren der Verein. Jeder, der Drogen nehmen wollte, aber es wäre unter kontrollierten Bedingungen, etwas, das jeder herausfinden kann, dass es nicht direkt funktioniert. Ein Mitglied, wir nennen ihn Mirko in diesem Buch. Mirko hatte ziemlich viele

Probleme mit Kokain und obendrein pumpte er
Testosteron, das männliche Hormone. Kokain
und Testosteron zusammen sind alles andere als
erfolgreich.

Er litt unter einer fruchtigen Stimmung mit
vielen aggressiven Ergebnissen. Dies bedeutete,
dass Mirko oft eine andere Regel brach. Die
Regel, die besagte, dass man niemals einen
Finger auf den eigenen Bruder heben oder auf
andere Weise einen anderen Bruder in Gefahr
oder In Schwierigkeiten bringen könnte. Mirko
war oft in der Nähe, dies zu tun, und am Ende,
er brach die letzte Regel erwähnt.

Im Inneren des Clubhauses befand sich ein
Raum, der Überwachungsraum genannt wurde.
In diesem Raum gab es viele kleine Monitore
(Fernseher), wo jeder Monitor ein Bild von den
Überwachungskameras zeigte, die auf der
Planke montiert waren, die den Club Garten
umgab. Jeder hatte eine gewisse Zeit zur
Verfügung gestellt, um diese Kameras zu sitzen
und zu überwachen. Mirko ging um 3.m. auf
seine Schicht und betrat dann den Raum, in dem
ein anderes Mitglied das Gebiet überwachte. Als
Mirko den Raum betritt, sieht er das Mitglied
schlafen. Dies war eines der schwerwiegendsten
Dinge, die während der gegenwärtigen
Kriegszeit mit unseren Rivalen getan werden

konnten. Er nimmt eine Flasche, die er ihm in den Kopf zieht, und dann nimmt er eine fette Ohrfeige. Nun wachte der Rest des Vereins auf, der mit der Trennung dieser beiden Mitglieder beginnen musste, nachdem er nachdem Regelwerk eine sehr schwere Straftat begangen hatte, die sich als Folgen erwies, und die Vollmitglieder hielten eine Versammlung über diesen Vorfall ab, und wo schnell das Gerücht aufkam, dass sie aus der Organisation ausgeschlossen werden könnten. Wo sie in BAD STANDING eingesetzt würden. Die schlimmste Bestrafung von allen, und das bedeutete, dass diese Mitglieder die Organisation ohne jegliche Unterstützung verlassen durften und wo jeder andere Mc-Club sie ohne Konsequenzen erschießen musste. Wenige Tage später stellte sich heraus, dass diese Mitglieder eine schwere Verwarnung und eine Geldstrafe von 10 000 SEK erhalten hatten. Ein sehr, leichter Satz.

Viele Leute dachten, sie hätten wilde Partys, wo sie kämpften und sogar tödlich waren. Die Öffentlichkeit hatte eine völlig falsche Sicht auf die Organisation, was bedeutete, dass beschlossen wurde, ein offenes Haus zu haben, wo Nachbarn des Clubhofes betreten konnten, und wo die Organisation Grillen und Alkohol anbot. Sie hatten auch eine Menge Süßigkeiten und andere Dinge gekauft, für alle besuchenden

Kinder. An dem Tag, an dem es Tag der offenen Tür war, fragten sich viele, ob es wagen würde, Besucher zu kommen. Die Medien hatten ein Bild von ihnen gemalt, wo sie die schlimmsten Psychopathen zu sein schienen. Mirko hatte in keiner Weise versucht, ein besseres Bild von ihnen zu geben, da er eine Woche zuvor einen Kleinbus gesehen hatte, der ein wenig vor den Toren des Clubs stand und wo dieser Journalist Fotos vom Clubgarten gemacht hatte. Als Mirko das bemerkt, geht er und nimmt einen Besen, öffnet das Tor und geht dann mit dem Journalisten zum Autofenster des Kleinbusses und schlägt ins Fenster ein. Der Journalist gerät in Panik, startet das Auto, wirft auf den Hügel und fährt mit Vollgas davon. Er fliegt mehr oder weniger über eine kleine Entfernung der Straße und fährt dann ein paar hundert Meter vor dem Anhalten ins Feld. Dieser panische Journalist schrieb keine positiven Zeilen direkt in der Zeitung über die Organisation.

Aufgrund dieses Vorfalls zweifelten viele an der Möglichkeit, einen normalen Bürger aufzutauchen. Es gab keinen genauen Ansturm am ersten Tag. Gegen elf Uhr morgens erschien der erste Besucher. Er hatte einen Fuß im Tor und den anderen draußen. Es sah hübsch aus, komisch. Jonte begann gegen diesen Besucher vorzugehen, der wegen seiner Unsicherheit und

Angst, die er durch die Massenmedien erlangte, vorsichtig zurückzurudern begann. Es waren verrückte und tödliche Persönlichkeiten. Als Jonte den Besucher erreichte, sagte der Besucher, dass er der nächste Nachbar des Clubhofes sei und begann, seine Hand auf sein Haus zu zeigen. Jonte sagte ihm, dass sie es toll fanden, dass er zu Besuch kommen wollte. Der Besucher antwortete. Ja. Es hat Spaß gemacht, aber jetzt habe ich, nach Hause zu gehen.

Die anderen waren so nah, dass sie den Kommentar dieses Besuchers über den Heimweg hören konnten. Alle lachten, als sie merkten, dass er sehr erschrocken und nervös war. Es gab etwa sechs Leute, die nun begannen, auf den Besucher zu zugehen, der wie versteift wurde, aber als sie ihn begrüßten und sich vorstellten, wurde er ein wenig ruhiger. Sie werfen ein paar Würstchen auf den Grill.

So können Sie mit uns essen. Jonte sagt.

Gut. Der Besucher sagte und fuhr fort zu sagen, dass die Frau das Essen bald bereit haben würde, so dass es wahrscheinlich für eine andere Zeit sein muss.

Nein, kommen Sie. Jonte sagte und begann, in das Clubhaus zu gehen. Der Besucher schaute die anderen mit ängstlichen Augen genau an.

Aber dann er an, von selbst hereinzugehen. Als er etwa 20 bis 30 Meter eingefahren war, hielt er plötzlich abrupt an. Hier wird es gut zu grillen sein. Sagt der Besucher plötzlich. Es war wahrscheinlich noch etwa zehn Meter zum Grill, aber sie bewegten den Grill nach vorne. Dass er genau dort, blieb lag wahrscheinlich daran, dass er das Tor sehen wollte, damit er ausgehen konnte, wenn etwas passieren sollte.

Der Besucher war nicht gerade eine treibende Kraft, um im Clubhaus zu sehen. Er war immer noch zu angespannt, um es zu wagen. Jeder hat wirklich versucht, ihn dazu zu bringen, sich ein wenig zu entspannen und seine Einladung auf die richtige Art und Weise anzunehmen. Er dachte wahrscheinlich, sie würden ihn töten, aber plötzlich war es, als ob seine Nervosität einfach auf seltsame Weise verschwand. Der Besucher wollte in ihre Räumlichkeiten gehen. Als er hereinkam, war es, als ob alle seine Hemmungen einfach losgelassen wurden. Er fragte Jonte, ob er seine Familie abholen könne, damit sie auch die Räumlichkeiten sehen könnten. Sie hatten ein Kind, das alles über die Organisation las und der sehr interessiert war, sich für die Fahrräder interessierte und sah, wie sie lebten. Der Besucher sagte, das Kind sah alles im Fernsehen über mc Clubs.

Natürlich war auch seine Familie willkommen, denn das war das Ziel, der Öffentlichkeit eine bessere Vorstellung davon zu geben, wofür sie stand, und dass sie die einfachen Bürger nicht mit ihrem Geschäft vermischte. Sie wollten der Öffentlichkeit ein anderes Bild geben und denen, die zuhören wollten, erklären, dass sie nicht so verrückt waren, wie die Massenmedien gemalt haben. Diese Besucher zu überzeugen, war nicht einfach. Sie haben über sie seit mehreren Jahren über die Kriege der Vereine gelesen, so dass es nun an ihnen war, so demütig zu sein, wie es möglich war.

Als der Besucher, der der nächste Nachbar der Organisation war, mit dem Rest seiner Familie zurückkehrte, fühlte es sich an, als ob ein Tag der offenen Tür ein erfolgreicher Versuch war, die einfachen Bürger zu erreichen. Das Kind des Besuchers war ziemlich, lyrisch, der endlich eine Organisation im wirklichen Leben sehen und auf den Fahrrädern sitzen durfte. Der Besucher begann vorsichtig nachzufragen, ob er sein Gras neben dem Vereinshof mähen könnte. Etwas, das er ein paar Jahre lang aus purer Angst nicht getan hatte. Alle fragten sich, warum er das Gras nicht gemäht hatte. Dann stellt sich heraus, dass der Journalist, der vor kurzem sein Autofenster zertrümmert hatte, diesen Nachbarn schon

mehrere Jahre zuvor besucht und Angst vor
Gericht aufgebaut hatte.

Die ganze Organisation fing an zu lachen, als
niemand etwas so Lustiges für eine lange Zeit
gehört hatte auch dieser Nachbar begann
zulachen, als er erkannte, dass der Journalist nur
Scheiß auch sprach seine Frau lachte laut, als sie
auch erkannte, dass alles eine Medienschreck-
Taktik war. Schließlich mussten sie nur die
Beziehung ihres Nachbarn verbessern, was d tat,
indem sie diesem Nachbarn mit seinem Zaun ein
paar Tage später halfen.

Das Ganze an einem Tag der offenen Tür war
recht erfolgreich, und in diesen Tagen gab es
etwa 15 bis 20 einfache Bürger, aber keine
ganze Familie mit Kindern, aber es gab
zumindest einige, über die sich die meisten
freuten, aber nach der Party kommt Training
und Umschulung.

Sie würden nun darüber informiert, wie es auf
dem Vereinshof aussah und irgendwo war man
auf dem Hof reden konnte, ohne von der Polizei
abgehört zu werden. Die Organisation war einer
von zwei Farmen, die am meisten in ganz
Schweden abgefangen wurden. Die Agenten
leiteten Abhörgeräte an die Organisation, von
der wir wussten, dass Informationen als Sieb
durchgesickert sind. Es gab auch Regeln dafür,

und, auch für welche Informationen in Mobiltelefonen gesagt werden könnte. Die Organisation hatte Ausrüstung für Ericsson-Telefone mitgebracht, wo sie auf einem kleinen Verschlüsselungsgerät montiert werden konnte, das am unteren Rand des Telefons montiert war. Es sah aus wie ein Ladegerät, aber breiter. Durch die Montage auf diesem Verschlüsselungsgerät, können Sie dann am Telefon mit einer anderen Person sprechen, ohne dass die Polizei in der Lage ist zu hören, was wir sagten. Diese Ausrüstung stammte aus Israel, wo Kriegsmaterial leicht zu bekommen war. Diese Ausrüstung war direkt illegal, und wenn Sie diese Ausrüstung verwenden sollten, die in Schweden als militärisches Material eingestuft wird, musste sie dafür einen Antrag stellen.

Durch die psychologische Fütterung wurde es schließlich so zu all diesen zerstörerischen Informationen über den Umgang mit Waffen, Munition, Abfangen und psychologischer Kriegsführung wie die eigene DNA. Man war durch alle Informationen und Schulungen regelrecht in den Kopf gepackt.

Diese Gehirnwäsche wurde mehr, oder weniger wie ein posttraumatischer Stress, sobald sie begannen, anders zu denken, als das, was ihnen gelehrt worden war, zu denken und zu handeln.

Nach 6 Monaten in dieser Hölle hatten Sie sich als Person mental verändert. Mit einem eingebauten Stress, und dass Sie immer auf der Hut waren, wo Sie nie wussten, wann Sie erschossen werden würden. Sie dachten kriminell 24/7 und wie Sie außerhalb des Gesetzes leben könnten. Das Gefühl der Freiheit suchte, wo das Fahrrad und der Dollar eine wichtige Rolle spielten und nun begonnen hatten, sich in ihrer richtigen Form zu zeigen. Erik steckte in der Hölle fest.

Als ob Training und Gehirnwäsche nicht genug wären, war die Polizei auch wie die Geier, die ein totes Tier auf dem Boden bewachten. Die Polizei durchsuchte oft, aber selten gelang es. In der Polizeibehörde Skane hatte die Organisation zwei Polizeibeamte, die sie informierten, bevor es zu einer Razzia kam.

Diese Polizisten sind wahrscheinlich Manager heute und veröffentlichten Informationen für eine Geldsumme. Es erlaubte ihnen, alles vor dem Überfall loszuwerden. Ich denke, die Staatsanwaltschaft würde es tun. Als die Polizei und ihre Abteilung gegen organisierte Kriminalität das Clubhaus hart trafen.

Sie hatten einen Radlader aufgestellt, um direkt durch die Tore zu fahren. Dann kommen Polizisten aus allen Ecken über die Planke.

Sobald sie drinnen waren, sperrten sie sie alle in den Garagen ein, wo die Fahrräder standen, als sie mit ihnen verwechselten, und durchsuchten dann die gesamte Organisation nach Waffen und Drogen, aber sie fanden nichts, als ihre eigenen Kollegen die Organisation zuvor gewarnt hatten. Sie gingen zurück zum Bahnhof ohne irgendetwas die Staatsanwaltschaft konnte Anklage erheben Die Staatsanwaltschaft musste die Tore mit 80 000 SEK zu zahlen, weil sie völlig zerstört wurde, als der Radlader durch sie fuhr leben in einer Welt, in der Scheitern mit Tod begleitet wurde oder Gefängnis schafft eine Maschine ohne Emotionen. Viele, die dies lesen, finden es wahrscheinlich schwierig, in die Hölle zu kommen, die es wirklich war. Ihr musstet versuchen, die Werkzeuge zu benutzen, die euch beim Aus- und Ausschalten beigebracht worden waren, aber um ausschalten zu können, mussten Sie die menschliche Vision aufgeben, die Sie einst erzogen hatten.

Ein Mann, der ständig zwischen eingeflößter Loyalität, Brüderlichkeit und Häuslichkeit geschleudert wird, wird früher oder später etwas seltsam. Erik hatte oft das Gefühl, dass er seine Gefühle nicht im Griff hatte, Gefühle, die aus Hass, Vandalismus, Waffen und dem Schlimmsten bestanden, der Doktrin der schnellen Liquidierung des Feindes, wenn nötig.

Dass ihnen beigebracht wurde, wie man einen menschlichen Körper entfernt, ohne sichtbare oder führende Spuren zu hinterlassen, war Teil der Übung selbst. Es war jedoch das einzige Stück, das an Tieren hergestellt wurde. Die Skelette der geschlachteten Tiere wurden dort verwendet, wo die Knochen und die Haut dieser Tiere dem Körper einer Person entsprachen. Wo es dann die effektivsten Methoden entwickelt wurde, wie Knochen- und Hautrückstände auf die schnellste und effektivste Weise verschwinden.

Normalerweise würde man sich vorstellen, dass Säure das ist, was die Arbeit am effizientesten macht, aber es ist nicht die einfachste, eine so große Menge an Säure zu bekommen, so dass ein menschlicher Körper verschwinden würde. Es war ein Krieg, und im schlimmsten Fall könnte es einen ganzen Tanklastwagen mit Säure brauchen. Etwas, das nicht verschwinden könnte, ohne dass die Behörden alarmiert werden. Ein weiteres Problem wäre gewesen, wie man eine solche Menge Säure aufbewahren kann.

Kapitel 21

Sie wurden von der Organisation geschult, nicht bemerkt zu werden oder sichtbare Waffen einzusetzen, über die jemand nachdenken würde, da dies Polizisten in größerer Zahl anrufen könnte. Dies galt auch jetzt, als ein nützliches Mittel entwickelt werden sollte, das Knochen- und Hautrückstände verschwinden lassen könnte. Am Ende wurde es aus gequetscht Kalk das ein extrem ätzendes Mittel ist, und mit ein wenig Wasser, so effektiv wie jede Säure.

Diese Limette konnte leicht auf den Landmännern gekauft werden, ohne dass jemand reagierte. Eriks Toleranz war unmenschlich hoch. Ein Niveau, das man nur durch viele Jahre destruktiven und einfühlsamen Lebens erreichen kann.

Viele von uns wurden von unangenehmen Alpträumen heimgesucht. Mirko hatte oft den gleichen Traum, einen Traum, in dem er in einem Raum mit faulen menschlichen Körpern aufwachte und dann in Panik aufwachte und Leichen riechen konnte. Erik selbst hatte viele verschiedene Träume, aber oft Träume, wo er im Kampf der Welt mit verschiedenen Feinden war, wo ihr Ziel war, einen von der Erdoberfläche zu entfernen. Ich wache oft kalt schwitzend auf, nachdem ich den schlimmsten Krieg mit mir selbst gekämpft habe. Es war wahrscheinlich der aufgebaute Defensivinstinkt, der ein Muss war, um überhaupt zu überleben. Erik erinnert sich, wie er seinem kleinen Jungen Alexander beim Fußballspielen zusah. Nach dem Spiel würden die Eltern zu den Jungen auf dem Feld gehen. Hinter Erik steht ein weiterer Vater, der ihn erkannte. Was er tat, war, dass er hinter ihm herkam und Erik eine Hand auf die Schulter legte und gleichzeitig seinen Namen sagte. Erik regierte, indem er ihn ein paar Meter auf dem Rasen direkt wegfegte. Ein reiner Reflex von Erik. Alexander schaut seinen Vater an und fragt sich, was er vorhat, alle Eltern beobachten und den Ort verlassen. Erik ging zu seinem Vater und versuchte zu erklären, dass es eine reine Reaktion war. Er fragte sich, warum ich das getan habe. Ja, was sagen Sie? Es war peinlich für Alexander, der sich für seinen Vater schämte. Eriks kleiner Junge war und dachte, sein Vater sei dumm, das zu tun. Erik konnte seinem eigenen Sohn nicht erklären, warum sich sein eigener Vater wie der schlimmste Gangster verhielt, aber zum Glück verzeihen Kinder ihren Eltern nach einer Weile, und dafür muss er dankbar sein.

Wie Erik uns vorher erzählte, war die freie Zeit etwas, das mit seiner Abwesenheit fast glänzte.

Aber natürlich war man frei, musste aber immer erreichen können, obwohl Erik bei einer der verfügbaren Anlässe in seiner Wohnung zu Hause war, wenn die Türklingel klingelte. Er schaute nicht in die Augen der Tür, er öffnet sich einfach. Draußen ist der Kunde des Rinderfilets und sieht wirklich, unangenehm, um es milde auszudrücken. Er wollte her, und Erik ließ ihn herein, und sie gingen in den großen Raum.

Als sie sich hinsetzen, sagt der Kunde, dass sie sich gefragt haben, wohin Erik gegangen war? Dann änderte er seine Telefonnummer und hat seit dem letzten Heist nichts mehr von ihm gehört. Erik hatte seit über sechs Monaten keinen Kontakt mehr zu diesen Jungs.

Der Kunde begann zwischen den Zeilen zu erklären, dass er nicht einfach bei dieser Klientel landen konnte. Nun begann Erik zu erkennen, dass sie vor einem Showdown in der Unterwelt standen. Erik hatte sich entschieden, wem er angehören würde, aber der Kunde war überhaupt nicht auf dieser Linie. Erik erzählte ihm, dass er seine Verpflichtung zu ihnen mit guten Ergebnissen erfüllt hatte. Erik verstand auch jetzt, dass das Ergebnis, das ihm gelang, bedeutete, dass sie ihn nicht freilassen wollten, denn Erik war eine gute Einnahmequelle für sie.

Auf freundliche Weise, mit einem fatalen
Ergebnis auf die falsche Antwort.

Der Kunde fragte sich, ob Erik sich daran
erinnerte, dass er fragte, wer Erik den Deal
machte.

Ja. Natürlich erinnere ich mich, dass Erik
geantwortet hat.

Er erklärte, dass sie im Grunde ein russischer
Industrieller waren, der die Fäden hielt, und er
war jetzt wütend und enttäuscht, dass Erik
gerade vorgelegt. Er würde Erik gerne in Kürze
sehen, wenn er sich das vorstellen könnte.

Der Kunde fand Eriks Antwort extrem, dumm, da
er diesen russischen Mann nicht nach ihm holen
wollte, aber er wusste, dass er Backup vom
Verein hatte, aber gleichzeitig musste man den
Verein nicht in Schwierigkeiten bringen, oder
irgendein einzelner Bruder dafür. Erik wusste,
dass er sich an Jonte wenden konnte, wenn er
Probleme hatte, oder sich über etwas wunderte,
als Jonte zu dieser Zeit für Erik verantwortlich
war.

Als Erik Jonte das nächste Mal traf, fragte Erik
ihn, wie er das lösen solle. Jonte sagte, er wisse,
dass Erik mit russischen Kunden
zusammengearbeitet habe, bevor sie sich für ihn

interessierten. Er sagt auch, dass Erik sich ein für alle Mal mit ihnen abfinden muss, denn sonst bekommst du nie Ruhe. Gut! Äh, es war ein bisschen schwer. Was dachte Jonte?

Würde Erik alleine gehen und einen Deal mit einem russischen Geschäftsmann und seiner Garde machen?!

Dann sagt jonte mir, wie schnell und doch die Zeit und der Ort bei den Russen zu entscheiden sind. Du hast dein Herz im Hals! Erik wusste immer noch nicht, ob er sie selbst treffen würde oder ob er ein Backup von der Organisation hatte. Jonte würde sich bei der Organisation erkundigen, ob sie unsere Feinde von der anderen Biker-Bande darüber informieren könnten, dass sie durch ihr Territorium gehen würden. Die Vereine sollten sich gegenseitig benachrichtigen, so dass sie nicht als Kriegshandlung wahrgenommen würden. Ein Versuch, auf den sich die Vereine geeinigt hatten, um Konflikte so lange wie möglich zu vermeiden, obwohl es Krieg zwischen den Vereinen gab.

Erik ergriff den Kunden und entschied sich für die Zeit und den Ort. Er entschied sich für ein Restaurant am Straßenrand an der E4, so dass es ein öffentlicher Ort war, so dass Sie vielleicht Schüsse vermeiden konnten. Jonte kommt nach

10 Minuten auf den, Clubhaus und sagt, dass er
mit Erik geht und er es von diesem russischen
Geschäftsmann befreit. Jonte sagte, er fahre
sein Fahrrad, und Erik würde das Auto nehmen
und vorne fahren. Sie brachten zwei
Handgelenkspistolen als Backup mit, wenn sie
eine Art Falle aufgestellt hatten. Es wäre das
erste Mal, dass Erik mit einem ordentlichen
Mitglied der Wirtschaft ausging. Ich glaube
nicht, dass das Adrenalin jemals so gepumpt hat,
wie es jetzt war.

Als sie ankamen, waren sie fast eine Stunde zu
früh.

Jonte wollte, dass sie ins Restaurant am
Straßenrand gehen und etwas essen. Essen? Erik
sagte. Ich konnte keinen Krümel Brot
runterbekommen, wenn mir etwas in die Kehle
schob. Er war ehrlich gesagt wirklich, nervös.
Obwohl er seine Ausbildung hatte, und ein
Vollmitglied mit ihm, dass möglicherweise vor
einem Showdown in der Unterwelt war nicht
etwas, das Siegingen, und dachte, war cool in
irgendeiner Weise. Erik würde gerne wieder
nach Hause fahren.

Jonte ging in das Restaurant am Straßenrand
und bestellte Essen, und dann ging und setzte
sich an einen der Tische, wie ruhig jederzeit.
Dort gingen sie bewaffnet in ein Restaurant am

Straßenrand und aßen kurz vor dem Deal. Erik nahm nur ein Glas Wasser, das schwer genug war, um zu Stürzen. Jonte sah, dass Erik geladen und nervös war.

Jonte war an diese Art von Deal gewöhnt und sagte, dass es kein so großes Problem geben würde, aber dass er die Verhandlungen führen würde, und Erik brauchte nur scharf zu sein, wenn es mit Gewehren oder dergleichen losgehen würde.

Bestimmten! Gedanken Erik. Sei einfach scharf, einfach, wenn er wie ein lebender Milchshake war. Nun, natürlich bin ich es", antwortete er Jonte.

Er sagte Erik, er solle sich vorbereiten, nachdem er gegessen habe. Was er meinte, war, dass Erik eine diskrete Mantelbewegung machen würde, also hatte Erik eine Patrone im Rennen und sicherte seine Waffe. Gesagt und getan! Sie begannen, das Restaurant am Straßenrand zu gehen. Als sie ausstiegen, gab es ein feineres Auto hübsch, weit unten auf dem Parkplatz, und eine Reihe von Menschen außerhalb des Autos.

Da sind sie! Jonte sagte.

Jetzt war Erik BERECHNET.

Wir gehen zu ihnen hinüber, sagte Jonte, und sie begannen zu gehen. Sie fingen auch an, sich zu bewegen, aber sie wussten noch nicht, ob es diese Leute waren, die sie treffen würden, aber wahrscheinlich waren es sie.

Nun waren sie so nah gekommen, dass Erik den Kunden sah und Jonte sagte, dass es sie seien und dass Erik nun den Kunden sehen könne. gut. Jonte sagt.

Nun standen sie voreinander und grüßten, indem sie aufpassen. Der Kunde sagte, dass er einen Deal abwickeln wolle. Jonte fragte, wo es für die Siedlung war. Wir brauchen die Dienste dieses Mannes ein letztes Mal, für einen Computerjob. Er zeigte auf Erik. Jonte antwortete, dass es nicht berücksichtigt wird und sagte ihnen, sie zurücktreten, wenn Erik jetzt zu dieser Organisation gehörte.

Der Kunde sagte, dass es schwere Verluste für ihre Organisation bedeuten könnte, wenn sie Erik nicht ein letztes Mal für einen Job verwenden durften. Jonte fragte, ob der Kunde sie bedroht habe.

Nein, sagte der Kunde, ich sage nur, was passieren wird, wenn wir Erik nicht ein letztes Mal wieder benutzen.

Entschuldigen Sie, sagte Jonte an den Kunden.

Der Kunde grinst ein wenig. Ein Grinsen, das Jonte explodieren ließ.

Scheiße Erik dachte, jetzt ist es knallt, jetzt es knallt, er hatte einen echten Adrenalinschub jetzt, und er nur hoffte, er würde nicht seine Waffe ziehen. Dann konnte er wohl nur mit einer gezogenen Waffe die Wolken treffen.

Jonte nimmt seine rechte Hand hinter seinen Rücken, wo er seine Waffe hatte und fordert den Kunden ein letztes Mal auf, sich zu entschuldigen. Der Kunde versteht, dass wir nicht mehr diplomatisch verhandelt haben. Das Backup des Kunden breitet sich nach den Seiten aus, jetzt nimmt sich Erik eine Weile um seine Waffe, zieht sie aber nicht, Er wartet. Stillstand war, was sie gerade hatten, jemand, der aus ihrem Auto kam. Ein Mann mit einem hellen langen Mantel. Eine sehr gepflegte Person. Erik verstand, dass es sich um einen russischen Geschäftsmann handelte.

Dann erkannte Erik, dass Agent McGill und ihre Stärke am Tatort waren es war ein Auto, das Schaum aussah und nachweislich war es ein Scout-Auto. Nun hätte Agent McGill wahrscheinlich mit Henke gesprochen, denn wie

zum Teufel könnten diese beiden korrupten
Idioten sonst am selben Ort sein.

Nun gab es eine Machtsammlung, die gut genug
genannt wurde.

Agent McGill wollte offensichtlich seine Stärke
zeigen, und, auch setzen Sie Ihren Erik und seine
Freunde ins Gefängnis, dann Henke hatte die
ganze Arbeit auf einem, silbern Teller serviert.

Aber das ist nicht das, was Erik dachte.

Er hielt diese Leute fern, indem er zeigte, dass
ERIK NICHT NACKT (MIT EINER PISTOLE) Also
kamen sie damals nicht zum Laufen, und es war
nur ein Auto, das erschien. Erik und Jonte
konzentrierten sich mehr auf den
Geschäftsmann.

Es stellte sich heraus, dass Erik falsch war. Es war
die rechte Hand des russischen
Geschäftsmannes. Der Kunde begann Russisch
mit der Person zu sprechen. Eriks russische
Sprachkenntnisse waren bei dieser Gelegenheit
nicht gut, aber so sehr verstand er, dass es nicht
positiv war. Erik sah auf dem Kunden, dass er
von dem Mann unter Druck gesetzt wurde, der
vor kurzem aus dem Auto stieg und begann, fest
und schärfer zu sprechen. Der Kunde wendet

sich gegen Jonte und sagt, dass sein Mandant Erik nicht ohne irgendeine Art von Entschädigung loslassen will. Jonte sagt dem Kunden, dass er ihm eine Kugel im Kopf anbieten könnte, wenn er nicht zurückweicht, und dass sich der Kunde entschuldigt. Während Jonte sagt, es geht einer ihrer Männer hinter ihrem Auto und macht eine Mantelbewegung. Sowohl er als auch Erik bringen ihre Waffen hervor, halten sie aber mit dem Fass zu Boden, damit die Öffentlichkeit nicht sehen kann.

Der Mann, der die rechte Hand des russischen Kunden war, sagt ein paar kurze Worte auf Russisch. Was dazu führt, dass der Kunde okay sagt, okay. Wir lassen das Ungerade geradesein, sagt der Kunde. Jonte änderte gerade seine Meinung von einer Person, die voll in der Lage war, diese Menschen zu erschießen, zu füllen seine Waffe und glücklich aussehen.

Erik war nicht glücklich. Er weiß nicht, was er war, aber zumindest war er nicht glücklich.

Alles endet damit, dass sich der Kunde entschuldigt und die Wünsche seines Mandantenvorlegt, um wieder Hilfe von Erik zu bekommen, aber dass sie sowohl mich als auch den Verein bezahlen würden. Das wollte Erik nicht.

Was Jonte mehr als gut wusste. Er sagte, dass unsere Geschäfte hier und jetzt enden. Was dazu führte, dass der Kunde und die anderen Trauernden in diesem Feld ins Auto sprangen und sich vom Parkplatz entfernten. Jonte sagt, dass sie sich in den Club zurückziehen, aber gerade als sie vom Parkplatz fuhren, piept er zuerst und kurz nach Eriks Piepton.

Es war die Telefonnummer der Organisation, was bedeutete, dass Sie sofort zur Organisation gehen würden. Erik konnte nicht gehen, denn es war wahrscheinlich Henke, der alle herbeirief, und Jonte von wenigen Leuten hielt Erik hinter seinem Rücken.

Wie zum Teufel ist das? Jonte sagte zu Erik, bevor er fuhr.

Gut. Wir haben einen, Quietschen und das ist der Führer.

Was zum Teufel sagst du? Er sagte.

Ja, wir haben, sagte Erik, aber wir werden uns später damit befassen. Gehen Sie nun zur Organisation und tun Sie so, als wäre nichts geschehen.

Jonte sah völlig verwirrt aus, wusste aber gleichzeitig, dass Erik es nicht sagen würde, wenn es nicht so wäre. Anscheinend war etwas passiert, aber was war es? Er fragte sich, ob es die Polizei war, die wieder zuschlug, und dass sie nicht von jenen Polizisten gewarnt worden waren, die immer gut vor einer Razzia informiert enden. Jonte ging sofort zur Organisation, um zu hören oder zu sehen, was geschehen war. Als er den Hof betrat, kamen einige Vollmitglieder, um mit ihm zusprechen.

Henke begann damit, dass sie ein Mitglied haben, das Anton getötet hat, und es ist Erik, der es leider getan hat. Jonte schaute Henke nur an und bat ihn, aufzuhören, weil er Erik akzeptieren könne, er würde niemals ein Mitglied töten.

Nein, sagte Henke, ich habe das zunächst nicht gedacht, aber jetzt ist es bewiesen, und es ist etabliert. Agent McGill sucht ihn wegen Mordes.

Henke, weißt du, was du sagst? Sie sprechen von einer Person, die schon lange in der Organisation ist. Sie sin des ernst, dass Erik es getan hätte? Hey, Henke, ich muss das überprüfen, also weißt du. Jonte sagt.

Ja, tun Sie das. Henke sagte.

Kapitel 22

Es stellte sich heraus, dass es sich um ein Testmitglied handelte, das gegangen war und ein Symbol tätowiert hatte, das man nur haben kann, wenn man die Zustimmung der Organisation hat, und eine Voraussetzung war, dass sie ein Vollmitglied waren, was er nicht war. Aber in der kriminellen Welt und vor allem in der Organisation waren die Tätowierungen von sehr großer Bedeutung. Tattoos sprachen viele Sprachen, und jedes Symbol stand für das, was man wert war und durchgemacht hatte. Eine sehr, vereinfachte Erklärung der Bedeutung der Tätowierung.

Jonte war ziemlich hoch oben und es war aus diesem Grund riefen sie ihn zurück, wenn Vollmitglieder beraten wollten, er darüber, wie man das nicht autorisierte Tattoo dieser Person lösen kann.

Alle waren sich einig, dass sie entfernt werden sollte. Der Grund, warum niemand es gesehen hatte, war, weil der Kerl ein breites Lederarmband am Handgelenk hatte, genau um das Tattoo zu verstecken.

Dieser Club besaß den größten Teil dieses speziellen Tattoo-Studios und hatte durch den Tattoo-Salon herausgefunden, dass der Kerl darum gebeten hatte, sich in dieses Symbol tätowieren zu lassen, aber auch der Tattoo-Künstler hatte falsch gemacht, indem er das Symbol tätowierte, als er wusste, dass der Kerl kein Vollmitglied war. Das Tattoo würde um jeden Preis entfernt werden. Der Mann ging hinaus in die Garage und der Winkelschleifer mit der Schleifscheibe wurde gestartet. Der Kerl geriet in Panik, wusste aber, dass diese Lösung eine bessere Bestrafung war als das, was er sonst bekommen könnte. Der Winkelschleifer riss gerade die Haut ab, so dass er Hautstücke und Blutspritzer an den Wänden der Garage flog. Man konnte sehen, wie das Blut, das die Wände traf, in die Gipskartonplatte gesaugt wurde, als sie die Gipswand trafen. Niemand reagierte.

Alle hielten es für richtig, dies zu tun. Er hatte ein Tattoo getragen, das er nicht tragen durfte, und musste nun seine Strafe nehmen. Der Kerl bekam Hilfe beim Reinigen der Wunde und dem Wiederanbringen, weil der Kerl seine Ausbildung fortsetzen wollte.

Der Tattoo-Künstler war ein wenig erschrocken jetzt, als er wusste, was der Kerl durchging, und der Künstler wurde eine echte Warnung darüber gegeben, was mit ihm passieren würde, wenn er diesen Fehler machte.

Die Organisation begann zu vermuten, dass die Agenten, die Erik Informationen über die Razzia gaben, hart getroffen wurden, da sie Erik lange Zeit nicht informiert hatten.

Erik nahm es sicher vor dem unsicheren und bewegte die Waffenkammer. Erik an, Waffen vor Bekannten zu verstecken, die schneeweiß waren und nicht im Strafregister standen. Durch das Verstecken großer Waffenvorräte vor gewöhnlichen Menschen, die Verbindungen zu jemandem in der Organisation hatten, konnte die Polizei nicht auf die Waffen zugreifen. Es war fast unwahrscheinlich, dass der Staatsanwalt einen Durchsuchungsbefehl von einer nicht vorbestraften Person und ohne Beweise verlangen würde. Erik selbst konnte keine größeren Waffenlager zu Hause haben. Wenn die Polizei oft Eriks Wohnadressen einschaltete. Alle Tricks wurden während des Krieges verwendet. Es war sehr eng. Sie hatten mehrere Wochen lang keine Informationen von der Polizei. Sie konnten es sich nicht leisten, eine Chance zu ergreifen, weil dies bedeuten könnte, dass sie die gesamte Waffenkammer verloren haben. Es wäre eine Katastrophe gewesen.

Zur gleichen Zeit würden sie trainieren und auch Ordnung auf dem Markt und in allen Territorien halten, so dass kein herausragender Verein versuchte, den Marktanteil des Clubs zu beanspruchen. Alle Clubs, die versuchten, den Markt zu betreten, erhielten zwei Möglichkeiten, entweder Mitglieder waren auf dem neuesten Stand und konnten ihren Club als Unterclub von ihnen führen, und wo sie ihre Vereinsfarben oder Liquidation tragen mussten. Die meisten Clubs, die auftauchten, verschwanden in der Regel, indem sie sich auflösten, als ihnen gesagt wurde, dass sie in der Organisation auf dem Weg zu ihrem Club seien. Es gab auch neue Vereine, die ihre Fähigkeiten testen wollten und wo es wild lief.

Es geschah am Ende von Eriks Bewährung, wo sie zu einem neu gegründeten Club gehen würden, um sicherzustellen, dass sie ein für alle Mal verschwanden. Sie hatten einen Kinderwagenbus des rostigen Modells, in den sie fünf Personen sprangen. Jemand hatte "Puffer" bei sich, falls sie Schusswaffen hatten! Als sie an einer Kreuzung ankamen, rutscht ein Polizeiauto auf die Seite. Sie gingen, sobald es grün wurde. Wir fuhren weiter ohne ihren, Aushängen.

Erik wusste, dass die Realität auf vielen anderen Faktoren, Ereignissen und wo man sich in einem mehr oder weniger gehirngewaschenen Zustand befindet. Erik tat viele unhaltbare Handlungen, und je mehr sich der Krieg entwickelte, desto mehr Ressourcen wurden gegen das organisierte Verbrechen eingesetzt, die Organisation hatte ein ziemlich umfangreiches Budget. SAPO begann damit, Mitglieder zu markieren, um uns psychologisch zu brechen. Sie standen vor dem Clubtor, wo sie ihr Bestes mit verschiedenen Provokationen taten. Es könnte zum Beispiel sein, dass sie auf uns spuckten, oder gegen die Fahrräder und Autos, die in den Clubgarten fuhren. Sie warfen verbal hässliche Worte aus, alle, um die In-/ Innenorganisation dazu zu bringen, auf die Polizisten zu springen, damit sie sie wegen Gewalt gegen Offiziere festnehmen konnten. Als sie die Räder hinausfuhren, standen sie und hatten Verkehrskontrollen, wo sie fliegende Kontrollen auf den Fahrrädern hatten. Sie konnten einen Blinker auf das Fahrrad treten, so dass es geknickt wurde, oder sogar brach. Dann bekamen sie eine Geldstrafe für es überprüft, so dass sie nüchtern waren und in der Regel über sie im Club zu Leuten, die mit der Fahrzeugkontrolle so genug verbunden waren, hatte die Polizeiabteilung einen größeren Betrag von den Steuerzahlern, die diese Partei bezahlt und wo die Polizisten brach das Gesetz, um sie zu bekommen, um das Gesetz zu brechen. Ein ordentliches Gericht.

Die Polizisten, die vor den Toren standen, hatten oft eine Kapuze über dem Gesicht, so wie hart sie wirklich waren, kann diskutiert werden. Die Offiziere, die den Club gewarnt hatten, hatten den Eindruck erweckt, dass es ein großes Durchgreifen auf dem Clubgarten geben würde, aber es war nicht die örtliche Polizei, die zuschlagen würde, also wussten sie nicht, wann es passieren würde.

Sie warenhübsch ruhig, aber sicher, es war angespannt, als die S.W.A.T kam. Es gab wahrscheinlich einen Grund, warum S.W.A.T-Kollegen sie die Selbstmordgruppe nannten. Diese Pfahlpolizisten waren so schießend verrückt wie die im Club. Also, als es ein hartes Durchgreifen mit diesen Polizisten gab, wusste man nie, was passieren konnte. Der Club beschloss, zwei bis drei Tage lang mit Geschäften, Erholung und anderen illegalen Aktivitäten zu belästigen, bis sie sahen, ob es ein hartes Durchgreifen gab oder nicht. Sie hätten in der Zwischenzeit eine größere Party, und wo es zwei Pro geben würde, um den Tag für sie aufzuhellen. Aber die Bereitschaft war immer noch auf höchstem Niveau, was bedeutete, dass nicht alle Mitglieder an dieser Partei teilnehmen durften. Raten Sie mal, ob es Proteste von jenen Mitgliedern gäbe, die in dieser Nacht die Wache haben würden. Oh ja, ja Vertrauen Sie es.

Es wäre gutes Essen, aber sie hatten nicht wirklich jemanden, der sich Koch nennen konnte, also war es Kartoffelsalat und Fleisch. Sie wurden mit langen Tischen, Papiertellern und mit Plastikbesteck gesetzt. Alle haben sich auf diese Party gefreut. Es waren die, die zogen und ein Verlangen nach Party schafften. Sie hatten nur von einem dieser gehört. Sie war sehr gut in ihrem Job gewesen.

Sie hatten gerade ein wenig zu essen begonnen, als die erste Show begann. Alle hörten auf zu essen, um zu sehen, ob sie gut im waren. Erik kann bezeugen, dass sie es waren. Sie war ein sehr, schönes Mädchen und ihre Show war geradezu grotesk.

Sie legte im Grunde ihre ganze Hand in ihren Unterbauch. Es war in der Tat, geradezu ekelhaft, und niemand war nach dieser Vorstellung genau hungrig nach Kartoffelsalat. Einige warfen sogar ihr Essen weg. Sie war ein wenig zu rau in ihrer Praxis, wenn es um ging. Wenn selbst die im Club nicht gedacht haben, dass es schön ist, dann kann man sich nur vorstellen, was die einfachen Leute denken würden. Die Party war sehr, gut, mit vielen lustigen Elementen. Sie hatten eine menschliche Partei, obwohl die Bereitschaft auf höchstem Niveau war, sie konnten eine gute Zeit haben. Es fühlte sich an wie die Stunden, die die Party dauerte, was dich trocknen ließ.

Am frühen Morgen schlug die S.W.A.T-Truppe der Polizei gewaltsam zu. Sie wachten zu einer Kettensäge auf, die lief, und man hörte, dass sie etwas sägte. Es stellte sich heraus, dass die Polizeibehörde Skane die Hilfe ihrer Kollegen in Göteborgs S.W.A.T-Truppe in aufgenommen hatte, und nun waren es sie, die den Überfall machten. Die Kollegen waren nach Skane County gefahren, weil Staatsanwaltschaft und Polizeibehörde erfahren hatten, dass die Skane County Police undicht war.

Die Staatsanwaltschaft war es leid, dass das harte Durchgreifen, das den Staat finanziell teuer zu stehen kam, gescheitert war. Nicht nur, weil sie den Club für die Durchgreifen ruinierten Spiele ersetzen mussten, sondern auch, weil die Polizisten, die ihren Lohn hatten. Wo der Staatsanwalt mit einer Entscheidung über eine Razzia stehen musste, aber ohne Ergebnisse, die nicht gut im Ruf der Staatsanwaltschaft ausgesehen. Dort war das harte Durchgreifen nur ein teurer Preis. Auch dieses Mal war es mehr, oder weniger ein Misserfolg, da sie nur kleine Dinge wie Knöchel und gestohlene

Motorradteile fanden, an die sie niemanden binden konnten.

Der ganze Vorfall war, dass ein Team von Polizisten ein Loch in dem Flugzeug sägte, das die Organisation umgab, und es war diese Kettensäge, die den ganzen Club weckte. Dann trifft ein Team von Bullen in einem Himmelslift auf einen der Giebel im Clubhaus. Zwei Polizisten, die im Himmelslift standen, trugen ihre Kampfhelme und Automatikwaffe als Dienstwaffe. Einige Mitglieder warenhübsch, betrunken nach der gestrigen Party und fragten sich, wo es passierte. Die Polizisten warfen sowohl Rauchgranaten als auch Ablenkungsgranaten ein. Es ging los wie die Hölle. Es war das Leuchten des Lichts in der schlimmsten Silvesternacht.

Diesmal war es purer Krieg auf dem Vereinshof. Wo auch immer man hinschaute, es gab Polizisten, die diszipliniert waren, mehr als früher. Sie kommen durch das Tor wie Elitesoldaten, wo die geringste schnelle Bewegung eine Schießerei auslösen würde. Die Polizei war angespannt und die im Club waren nicht weniger aktiv. Die Polizei war sehr besorgt, dass sie anfangen würde, einige Waffen zu feuern, aber es gab keine Waffen dort. Nicht mehr als Knöchel und Baseballschläger. Keine

direkte Gegenwaffe gegen ihre. Das Beste, was
sie im Club tun konnten, war, sie wieder in den
Garagen einsperren zu lassen, damit sie den
Clubgarten durchsuchen konnten. Es war immer
Routine, die Polizisten auf dem zu haben. Dass
sie sich nicht wehren würden, war eine
Selbstverständlichkeit, da der Staatsanwalt die
Hände geklatscht hatte und sie einsperren
konnte. Große Teile der Planke waren
beschädigt, und es war nichts, was die Polizei
zahlen musste, als es ihnen teilweise gelang,
Diebstahl zu finden.

Nachbarn des Clubhauses dachten, die Polizei
habe mehrmals überreagiert. Es gab laute
Knallgeräusche, die gut genug von den
Ablenkungsgranaten gerufen wurden, so laut,
dass die Nachbarn als Feuerwehrleute in ihren
eigenen Betten aufstanden. Es waren Familien
mit Kindern, und sie litten, als die Polizei
überfiel. Die Polizei und die Journalisten neigten
dazu, ihr Versagen zu vertuschen, und die
Journalisten schrieben nur darüber, wie effektiv
die Organisierte Kriminalpolizei war, bei ihrer
Arbeit, die kriminellen Netzwerke zu kartieren
und herauszunehmen. Das Medienbild der
Polizei arbeite mit großem Erfolg, wurde von
den gekauften Journalisten in den Himmel

gehoben, dass die Polizei kontrolliert, indem sie diesen Journalisten gute Geschichten versprach, als andere Dinge in der Gemeinschaft passierten. Die Polizei wollte der Öffentlichkeit daher ein falsches Sicherheitsgefühl vermitteln, dass die Behörden die Biker banden vollständig unter Kontrolle hatten. Wenn die Wahrheit ist, dass die Steuerzahler bekommen haben und immer noch haben, für die gescheiterten Bemühungen der Polizei zu bezahlen. Wo ein Teil der Steuereinnahmen auch dazu beitragen musste, Journalisten zu bestechen, was der Gesellschaft ein verändertes Bild der effektiven Rechtsgesellschaft geben würde. Wäre die Polizei so effektiv gewesen, wie es hervorgehoben wurde, wären nicht viele Kriminelle außerhalb von Gefängnissen und noch weniger Biker banden, aber leider funktioniert die Gesellschaft so. Die Politiker müssen Beiträge zur Polizeidienststelle leisten, aber niemand hat das Ping-Pong-Spiel verstanden, das zwischen Polizei und Politikern vor sich geht. Denn wenn die Polizei mehr Geld bekommen will, müssen sie zeigen, dass es einen Bedarf gibt. Die Politiker müssen Erfolge in den für die Organisiertes Verbrechen vorgesehenen Beträgen sehen, aber es gibt keine Erfolge, und es gibt keine Beweise dafür, dass es eine Verringerung der MC-bezogenen

Organisationen geben würde, ganz im Gegenteil.
Die Motorradclubs expandieren von Tag zu Tag
sehr. Es gibt Unterclubs für die großen Banden
und die großen Banden finden ihren Weg in
neue Märkte.

Es gibt derzeit Bücher auf dem Markt, die die
Frage stellen, warum immer mehr kriminelle
Motorradbanden gerade jetzt auftauchen. Die
Wahrheit ist nicht so ausgeklügelt, wie Sie
vielleicht denken.

Die grundlegenden Lebensanforderungen eines
Fahrradfahrers waren Brüderlichkeit, frei sein,
außerhalb des Gesetzes, kümmern sich um sich
selbst und das Geschäft, das sie machten.
Niemand wollte seinen Marktanteil an andere
Organisationen weitergeben. Die treibende Kraft
des Krieges wird Bargeld, Geld sein. Man muss
es nicht schwieriger erklären, aber es zu lösen
war viel schwieriger.

Wenn zwei Organisationen um denselben
Kuchen kämpfen, wird es Kämpfe geben, genau
wie im normalen Leben, nichts Seltsames darin.
Wo normale Bürger dem Gesetzbuch folgen und
menschliche Barrieren haben. Diese Barrieren
können nur durch ein hartes Leben beseitigt
werden.

Die Organisation musste sichere Einnahmen für
die Fixkosten schaffen und Erik wusste das.

Die Organisationen hatten zunächst große
Einnahmen aus Drogen, Inkasso, Übernahme
von Tattoo-Studios. Dieser Schritt wurde auch
die erste Waage genannt. Das Wort LIBRA würde
das Wort werden, das kriminelle Entwicklungen
für die Öffentlichkeit beschreibt. Die zweite
Welle bestand aus der Schirmherrschaft von
Restaurants und anderen Unternehmen, wo
diese Unternehmen kaum eine Wahlhatten, ob
sie diesen Schutz benötigten oder nicht. Sie
hätten diesen Schutz. Andernfalls könnte ihr
Unternehmen im Zeichen der Flammen
verschwinden, und der Besitzer des Restaurants
könnte im MAS (Malmö General Hospital)
aufwachen. Das war reine Erpressung auf hoher
Ebene. Erzwungener Schutz, der prozentual zum
Jahresumsatz eines solchen Unternehmens
gezahlt würde. Die zweite Welle bestand auch
aus vielen anderen Elementen, wie Prostitution
und Menschenschmuggel. Erik tat alles, um
diese Teile auszuschalten, weil er wusste, dass
es schmerzhaft wurde. Er schlug alle E-Mail-
Adressen heraus. Erik war in der Lage, die
Kontrolle über diese vollständig zu übernehmen
und es als Kopie, die er lesen konnte, ohne dass
jemand es bemerkte.

Kapitel 23

Normale Leute dachten, dass die Vollmitglieder die schlechtesten waren, aber es war genau das Gegenteil, und Erik entschied sich, hart gegen sie zu schlagen, als Vollmitglieder nicht unbedingt wie ich sagte, die Hunde mussten die Scheiße die energischen Hunde, die in die Organisationen eindringen wollten. Sie wollten sich als gut erweisen und oft wurde ihr lang ersehntes Verlangen genutzt, um Vollmitglied zu werden. Die Gedanken gingen an die Zeit, als Erik zum Point Man ausgebildet wurde, und was von der Person verlangt wurde, die aufstehen wollte.

Viele warensehr, enttäuscht, da sie nur bis zum Äußersten ausgebeutet wurden. Die Behörden haben alles getan, um durch Undercover-Operationen in die Organisation einzusteigen. Wo Polizisten versuchten zu infiltrieren, was sie wirklich in der anderen Bande, mit der wir im Krieg waren, zu tun, dass die Polizei dort kam, war aufgrund ihrer Art, neue Mitglieder zu rekrutieren. Indem sie Polizisten in die Organisation pflanzten, würden sie versuchen, den nächsten Schritt in der kriminellen Welle vorherzusagen. Aber die dritte Welle konnte von den Behörden nicht vorhergesagt werden, und es war durch diese verzweifelten Versuche, die den Behörden einen Vorsprung geben würden, um zuzuschlagen, bevor die Organisation auf das Rechtssystem der Gesellschaft zurückschlug. Erik wusste mit Sicherheit, dass es unmöglich war, sich vor der dritten Welle zu schützen. Es gibt absolut keinen Schutz dagegen.

Denn die Behörden konzentrierten sich darauf, Schläger in verschiedenen kriminellen Organisationen festzunehmen und völlig den Überblick zu verlieren, worum es wirklich ging. Die Organisation verwirrte die Behörden, indem sie ihre Aufmerksamkeit auf die falschen Niederlassungsbereiche auf Sicht, wodurch die große Spardose kräftig gefüllt werden konnte. Durch das große Kapital der Organisation bei verschiedenen Banken im Ausland könnte die erste Phase der dritten Welle ihre Form in Eriks Leben annehmen.

Die Organisation begann, verschiedene Unternehmen auf völlig legale Weise zu übernehmen, und Erik tat dies auch in seiner Rache, weil er genau das tat, was die Organisation zu vor tat, obwohl es jetzt Erik ist, der die Unternehmen besitzt.

Durch den Aufkauf von Unternehmensaktien. Einige Unternehmen würden 51 Prozentverkaufen, so dass die Organisation eine Mehrheit von den Aktien erhielt und so in der Lage war, das Unternehmen in die Richtung zu lenken, die Erik wollte. Die Unternehmen, die sich weigerten, wurden leicht zu überzeugen, weil sie nur Ruhe und Frieden wollten. Die Organisation berechnete immer mit einem gewissen Verlust, sowohl von Geld als auch von Mitgliedern. Es war der Preis des Erfolgs, ein Preis, den nicht einmal eine Organisation vermeiden konnte. Die Verluste, die oft eine Organisation, trafen war, dass jemand ins Gefängnis ging, und Erik wollte das nicht noch einmal tun. Ein akzeptabler Verlust, wenn die Unternehmen auf dem Vereinsgelände waren, aber nicht in Eriks.

Die Organisation zahlte immer den vollen Preis für die Aktien, so dass zu diesem Zeitpunkt war es nicht illegal, aber gerade als die Organisation wollte sie 51 Prozent zubekommen, wer gab eine führende Position in den Unternehmen, es war in der Regel ziemlich chaotisch, und mit einer Menge von illegalen Drohungen und Gewalt. Wenn sich die Organisation entschieden hätte, dann wäre es einfach so, so oder so. Das Unternehmen ging sowohl in die Organisation als auch in die Netzwerke, und genau dort nutzte Erik sein Wissen über das Wissen der Welt. Erik nahm dann zunächst 51 Prozent, von allen Aktien von Organisationen, die Funktion

losmacht. Nun hätten sie kein
Organisationseigentum an den Unternehmen,
dachte Erik.

Der zweite Schritt, den Erik machte, war, Bargeld
auf alle Konten bei der Organisation zu leeren,
und das war wahrscheinlich der Grund, dass
Henke reagierte.

Jonte von der Organisation rief Eriks Telefon an,
aber Erik verstand, was er wollte, also
antwortete er nicht.

Erik arbeitete, relativ schnell, aber die
Organisation versuchte nun, alle Verluste zu
decken, die Erik mit seiner Rache machte.
Organisation war nicht die einzige, für die Erik
diese Pläne hatte, und die Übernahme
verschiedener Unternehmen wurde zu reiner
Software, die Gold im doppelten Sinne wert war.
Durch die Beschaffung des Geldes der
Unternehmen, Erik war in der Lage, sie für die
Einrichtung und Entwicklung zu verwenden,
sondern auch illegale Gegenstände zu sammeln,
wie Schnaps, Drogen und Waffen. Meistens
hatten die übernommenen Unternehmen einen
sehr guten Ruf, der es viel einfacher machte, die
illegalen Waren hereinzubekommen! Die
Unternehmer wollten sicherlich nicht verbunden
sein, mit Organisationen noch weniger wollten

sie Zoll und Polizei, um ihre Komplizenschaft an
Verbrechen zu entdecken.

Agent McGill half bei diesem Vorfall, ohne zu
wissen, was sie getan hatte. Agent McGill hatte
einen Anruf von einer Polizeibehörde erhalten,
dass sie einen anonymen Tipp von einer Person
erhalten, die sagte, es gäbe eine Menge
Ausrüstung an einer Adresse, und dass Tipster
wollte SAPO es überprüfen, das heißt, Agent
McGill.

Was?! McGill sagte. Warum wollte der
Tippgeber, dass ich diese Angelegenheit, die
niemand verstand, überprüfen, aber sie würde
bald verstehen, dass Gespräch, Erik selbst hatte
einen anonymen Tipp verlassen und wollte
Agent McGill den Bericht selbst zu überprüfen
seltsam, sagte Agent McGill, und fragte sich,
warum jemand wollte, dass sie überprüfen, aber
sie machte nicht so viel von einem Deal aus ihm,
auch wenn sie ihre Bedenken hatte.

Agent McGill ging los und rief Goblin Kind an, um
seine Gedanken zu zerstreuen, aber es wurde
ein so genanntes Mutter-Tochter-Gespräch, bei
dem es um Kleidung und andere Dinge ging, die
völlig unwichtig waren. Beide hingen am
Telefon, und Agent McGill musste darüber

nachdenken, was der Tippgeber wirklich, wollte weil Goblin Kind hatte nichts zu seiner Mutter gesagt, und es war seltsam, oder sie wusste nichts.

Henke hatte Jim OneBone angewiesen, alle Festplatten und Server zu löschen, so dass es nicht in die falschen Hände kam, wenn SAPO oder die Polizei ihre profithungrigen Hände auf sie bekamen.

Alles, was Henke zu Jim OneBone gesagt hatte, fühlte sich wie die Organisation, die alle Beweise aufräumte, damit Erik sie nicht in den Griff bekam.

Bob hatte Henke gesagt, dass es eine Art von so einem sein wird das nur wenige in der Organisation verstehen werden.

"Ja, ich habe Angst", sagte Henke.

Die Reinigung ging weiter, während Erik mit seiner Rache fortfuhr. Alles wurde von Seiten der Organisation sehr sorgfältig geplant. Erik war ein Puzzleteil in der organisierten Arbeit. Die Möglichkeit, diese Unternehmer zu nutzen, schuf unglaubliche Möglichkeiten auf internationaler Ebene. Wo die anderen Mitglieder der Organisation in anderen Ländern, könnte leichter wichtige Ausrüstung senden.

Niemand konnte sich vorstellen, dass ein angesehenes Unternehmen Waffenlieferungen antreibt. Erik wusste, dass es Realität war. Eriks Realität, die den einfachen Bürger passierte, wurde umgangen.

Viele der Vom Club gekauften Geschäftsleute mussten ein Doppelleben mit ihren eigenen Familien führen, wo sie freundlicherweise die Farbe behalten durften und nicht mehr die Kontrolle über ihr eigenes Unternehmen hatten. Ein schreckliches Schicksal für diese Menschen, wo sie nur einen Polizeibericht machen konnten, aber dann wäre ihr Leben entweder sehr, kurz oder ein Leben, das die Hölle als reinen Himmel wahrnehmen würde. Nur sehr wenige Leute melden eine Organisation der Polizei, und Erik wusste das.

Erik betrachtete diese Aktion natürlich, als eine sehr, ernste Eskalation der Bedrohung, und sie waren nicht zu spät bei der Einführung von Gegenmaßnahmen. Erik wollte das ganze Gebäude in Stückebringen, also ging er in die Räumlichkeiten, um eine Bombe zu bauen. Sein ganzer Rucksack war voller Sachen. Erik brauchte Schießpulver, das am besten aus Feuerwerkskörpern, Nägeln, Glas, Nüssen, ja allem, was eckig und scharf ist, In Metall einstecken, Durchmesser = innere Durch. auf

einem Metallrohr. Metall Plug, mit einem
kleinen Loch in der Mitte. Schweißen war, um
eine maximale Explosion auf seine Bombe zu
bekommen. Erik nimmt dann das Rohr und
befestigt den Metallstecker ohne Löcher in der
Mitte an einem Ende, Erik schweißte, weil er
Zugang zu einer Schweißnaht hatte. Erik füllt das
Rohr mit Schießpulver und scharfen
Gegenständen, bis es fast voll ist, und gerade
dann hörte er ein Auto kommen, das sein Timing
auf der Bombe störte. Erik sah in der Ecke seines
Auges, dass ein Auto mit hoher Geschwindigkeit
auf ihn zufuhr. Die Organisation beginnt,
automatische Waffen auf Erik zu feuern.

SAPO war nun verrückt nach den Tätern, die mit
automatischen Waffen schossen. Es ist sehr,
ernst, eine solche Operation durchzuführen, und
glücklicherweise wurde niemand verletzt. Sagt
Agent McGill, aber es hätte verheerende Folgen
haben können, wenn die Schüsse jemanden
getroffen hätten. Darüber dachte die
Organisation damals nicht nach.

Alle, die an der Organisation beteiligt waren,
waren sogar neugierig, als sie merkten, dass
jemand in den Räumlichkeiten gewesen war. Es

stellte sich auf viele, verschiedene Arten. Die
Organisation wurde introvertiert und sie
behandelten alle mehr, oder weniger als den
schlimmsten Feind, was sie alles in Schwarz
sehen ließ. Am Tag nach der Schießerei
pflanzten sie eine Handgranate unter die
Motorhaube eines von Eriks Autos. Sie müssen
extrem, gestresst gewesen sein, als sie die
Handgranate montierten. Sie schienen gestresst,
weil sie nicht die ganze Motorhaube wieder
runterbekommen, was wahrscheinlich eine
strategische Planung war, dachte Erik. Dann
hatten sie einen Draht in den Ring selbst gelegt,
der es ermöglicht, den Stift mit zu ziehen. So war
ihre Absicht, dass Erik heben würde, die
Motorhaube und dann der Stahldraht würde
den Stift herausziehen und die Handgranate
würde explodieren. Es könnte funktionieren,
wenn sie nicht zu lange einen Draht setzen.
Gedanken Erik. Diese Handgranate konnte leicht
entfernt und von Erik gesichert werden. Dies
war erst der Beginn der Eskalation eines sehr
grausamen und langen Krieges zwischen Erik
und der Organisation.

Alle diese gepflanzten Handgranaten und andere
Sprengsätze setzen SAPO stark unter Druck.

Jetzt schlug Erik mit Rumpf und Haaren zurück.
Nachts stand Erik vor dem Gelände der
Organisation, um die Bombe, die er baute, in die
Luft zu sprengen.

Erik entwickelte am Tag des Tages mental einen
mechanischen Teil am eigenen Körper. Während
sich dieser kranke Geisteszustand in ihm als
Person entwickelte, hatte er zwei Kinder, die
sich jedes zweite Wochenende um ihn kümmern
mussten. Die Mutter erkannte, dass Erik auf
extrem, dünnem Eis war und begann, gegen Erik
vorzugehen. Sie begann damit, das Sorgerecht
für ihr gemeinsames Kind zu wollen, und es
wurde ein weiterer reiner Akt des Krieges.
Obwohl es das Beste war, was sie getan hatte,
konnte Erik diese Demütigung für ihr Leben nicht
akzeptieren. Er konnte das Wohl seiner eigenen
Kinder nicht erkennen. Die Kinder waren auch
seine, aber er sah nicht seine eigenen kranken
zaghaften Schritte in der, unteren Slam des
Verbrechens. Es fühlte sich an, als ob er gerade
auf eine Frequenz eingestellt war, die nur über
das Verderben, Zerquetschen und Liquidieren
war. Keine normale Emotion konnte eindringen,
obwohl er tief unten war, mehr als zu wissen,
dass er nicht als Person war. Erik wurde von
einer Fernbedienung gesteuert, die zentral vom

bösen Zentrum der Organisation aus, gesteuert wurde, während er immense Macht und Gesetzlosigkeit fühlte. Emotionen sind wahrscheinlich das Schwierigste, was er glaubwürdig beschreiben kann, aber diese oben genannten Worte sind so nah, wie er an das emotionale Register gelangen kann, das Erik damals hatte.

Kapitel 24

Die Mutter rief!

Erik erkannte schließlich, dass das Beste für die
Kinder war, dass die Mutter das Sorgerecht
hatte und unterzeichnete die Papiere, die ihr
gesetzlicher Vertreter zusammengestellt hatte.
Erik hatte damals begonnen zu erkennen, wie
falsch er daran war, aber durch seine
Unterschrift tat etwas Gutes in dieser düsteren
Zeit, und wir konnten sie zumindest selben
Raum ohne größere Konflikte sein. Zu erkennen,
dass du falsch machst, ist eine Sache, etwas
dagegen zu tun, ist eine ganz andere Sache.
Etwas, das nur wenige Stunden nach der
Unterschrift verschwunden war, und wo Erik als
Person fühlte, dass die Gedanken nur ein
vorübergehender Wahnsinn waren.

Schnell war Erik wieder auf der Strecke und voll
aktiv in der kriminellen kleinen Welt, in der er
lebte, und er war, wie alle anderen in der
Organisation, entschlossen, dass er seine Feinde
herausnehmen würde. Sie hatten das Ausmaß
der dritten Welle realisiert und dass es viele
Vorteile gab, aber nicht zuletzt große liquide
Mittel, die leicht von denen verwaltet werden
konnten, die sie zuerst nahmen. Der nächste

Schritt war, eine Reihe von Handgranaten in ihre
Planke zu werfen, wo die Hoffnung wäre, dass
diese Organisation aus purer Angst aus dem
Gebiet verschwinden würde, wenn ein Regen
mit Handgranaten jeden leicht auf die Fußsohlen
bringen kann, und es schnell. Der Plan war,
hinter der Organisation zu bekommen, wo auf
der Rückseite ihres Hofes gab es einen kleinen
Strom. Es war am Rande des Frühlings und
ziemlich kühl auch am Abend. Es war nur wenige
Meter, bevor Erik so weit voraus war, dass er die
Handgranaten einwerfen konnte, und nachdem
sie losgegangen waren, war der Plan, in ihr
Hauptquartier zu gehen und einige kräftige
Sprengsätze zu manipulieren, damit das ganze
Gebäude zu Chips werden würde. Das war die
Idee, aber einige Mitglieder der Organisation
tauchten auf der Rückseite auf, als sie pinkelten
und Erik sahen.

Jetzt war es ein Feuerwerk. Alle leerten ihre
Zeitschriften, indem sie ein Feuer abfeuerten. Es
war so gefickt. Erik war völlig hart, des Hörens,
und er warf sich einfach auf den Boden aus
schierem Reflex, und das garantiert, um alle auf
der Szene völlig hyperaktiv zu machen.

Erik fühlte sich wie eine Überdosis Adrenalin.
Erik spürte nur seinen Finger am Auslöser und

drückte und drückte, bis die Patronen erschöpft waren. Erik hörte im Grunde nicht, das Geräusch der Waffen, obwohl es Schallpegel waren, die die Toten ohne Probleme wecken konnten. Niemand war auf diese Entwicklung vorbereitet. Erik musste zurücktreten, als seine Feinde etwa 36 Mann im Club waren. Erik wäre abgeschlachtet worden, wenn er dort festgefahren wäre. Er versteckte sich in dem Bach, der plapperte, und es war nichts als kaltes Wasser darin.

Eriks Warten war für ein paar Stunden geplant, würde sich aber bald als fast zwei Tage herausstellen. Nach fast zwei vollen Tagen kam Sams Bruder und rettete Erik und holte ihn ab. Nicht, dass es Winter war, aber kalt genug, um krank zu werden. Erik war kaum bei Bewusstsein und völlig vom kalten Wasser gekühlt. Sams Bruder hatte ihn abgeholt und in sein Haus gebracht. Erik war, sehr pflegebedürftig und musste ins nächste Krankenhaus gebracht werden, als er sich eine doppelseitige Lungenentzündung zugezogen hatte und deshalb ein hohes Fieber hatte, aber es ging nach ein paar Tagen wieder zurück.

Erik war so müde, dass er fast Sterne sah, aber weitermachen musste. Eriks Stimmung war wie ein EKG, das auf und ab ging. Er zündete alle Zylinder an und wollte sich einfach hinlegen.

Diese Müdigkeit war wahrscheinlich sehr mental, da er Dinge erlebte, die nur wenige Menschen erleben müssen, und die er nicht will, dass jemand erleben muss, selbst in seinen schlimmsten Albträumen.

Nach einer Woche Zeit beschlossen Erik und Sams Bruder, das Haus zu besuchen, in dem diese Organisation einst gegründet wurde und ging in das alte Clubhaus und versuchte sich zu entspannen, wenn auch nur für ein paar Stunden. Jemand hatte eine kleinere Party und sie wurden eingeladen, so dass es sich okay anfühlte, dorthin zu gehen. Es war Alkohol, Party Babes und andere nette Leute. Es kamen auch viele normale Leute zur Party. Viele fanden das Leben, das sielebten, sehr, interessant. Viele, die sich frei fühlen wollten, aber sie konnten es nicht, weil sie erstens nicht die Psyche eines solchen Lebens hatten, sondern auch, weil sie ihre Familien zu versorgen hatten.

Die Bräute strömten um sie herum, solange sie dort ankamen und so nett waren, aber es mit Bräuten und ihrer Ader, Erik wurde bald müde. Sie wollten nur gesehen werden, und sie würden alles tun, um bei ihnen zu sein und auf ihren Fahrrädern zu sitzen. Sie hatten ihre Ansichten

über Frauen, und jetzt im Nachhinein könnte er
denken, dass das Bild ein bisschen gespalten
war, nicht weil sie eine Frau treffen oder sie rein
psychologisch verletzen würden, sondern nur,
um sie ein bisschen unpolitisch ziehen zu lassen,
mit doppelten Botschaften.

Sowohl Erik o Sams Bruder erkannte, dass sie
beide nicht mehr für dieses Leben gemacht
waren mit, Bräute und Füllung.

Nein! Erik sagte, ich finde es schwierig, dies mit
der Planung gehen zu lassen, und dass die
Organisation dies mir angetan hat. Es erfordert
Rache, und ich werde es nehmen.

Beruhigen Sie sich nun. Sams Bruder sagte. Das
macht die Dinge nicht besser.

Erik hatte bereits geplant, was passieren würde,
so dass es unmöglich war, es zu ändern. Um Erik
mit diesem Elend fertig zu werden, begann er
große Mengen Whisky zu trinken. Erik war in
keiner Weise für Drogen, aber Alkohol ist in
großen Mengen ein so großes Problem wie jede
Droge. Eine Sucht, die 8 Flaschen betrug, oder
mehr pro Woche im schlimmsten Fall. Dass Erik
so viel trank, lag daran, dass er mit dieser Menge
an Gewalt nicht zurechtkam, ohne irgendeine
Art von Anästhesie. Er wollte wirklich, keine
Gewalt tun oder Menschen verletzen.

Erik hatte nur Dollar als Eckpfeiler seines Verbrechens und hatte nun eine solide Liste von vielen Verbrechen. Alles, was Erik tat, war kriminell, aber er tat es, es war verbunden oder war eine reine kriminelle Handlung. Erik war nun so ein Mensch mit einem Toleranzniveau weit über dem Menschen, wo er hart wie Granit war und als Mensch oder besser gesagt eine Maschine von Tag zu Tag härter wurde, und seine Psyche konnte fast alles aushalten.

Der Unterschied zwischen kriminellen Geschäften und der normalen Geschäftswelt ist nicht so groß, wie Man vielleicht denkt. Zugegeben, sie hatten keine Einschränkungen und es waren oft gestohlene Dinge, die weiterverkauft wurden, aber nebenbei ging ein gutes Geschäft ruhig und ruhig, wie, solange niemand versuchte, sie auf die eine oder andere Weise zu blasen.

Ein Geschäft könnte in einem Restaurant wie im normalen Geschäft stattfinden. Es gab jedoch große Unterschiede, wenn etwas schief ging oder wenn jemand in sein Territorium trat. Was sein könnte, dass sie eines Tages ein Geschäftsessen hatten, und am anderen Tag gab es einen Krieg, als Sie versuchten, den anderen Partner tot zu erschießen. Diese Abfolge von Ereignissen war nicht allzu ungewöhnlich, und

wenn eine Forderung nicht rechtzeitig bezahlt
worden war, wurde ein Inkassoantrag mit 150
SEK als Zusätzliche Kosten kaum gesendet. Nein!
Dann ging es darum, dieser Person klare und
klare Verhaltensregeln zu geben, und im
schlimmsten Fall endete sie mit Gewehrfett in
der Stirn.

Das Leben war sehr, hart, und du würdest immer
auf der Hut sein.

Plötzlich schien es, als wären alle SAPO-Agenten
in die Räumlichkeiten gekommen, in denen die
Party war, und Erik fragte sich, was zum Teufel
vor sich ging und wie sie das jetzt wissen
könnten. Hatten wir ein Leck, oder was? Erik
sah, dass eine Frau herauskam, dass die lose
SAPO über.

Hallo Erik. Agent McGill sagte. Was willst du von
mir? Erik sagte. Ich möchte, dass Sie mit mir zum
Auto kommen, hören Sie sich einfach einen
Vorschlag an, den wir haben. Sie sagt.

Ich möchte nicht einmal mit Ihnen sprechen. Erik
antwortet.

Sie müssen nicht mit uns sprechen, hören Sie
nur auf diese 2 Leute, die Sie treffen werden.

Hm? Sagt Erik und sah sie an. Wie geht es
weiter? Erik sagte.
Ihr werdet in Schutzhaft genommen werden,
und ihr werdet dortbleiben müssen, bis der
Secret Service mit euch spricht. Dann werde ich
Sie abholen und Sie an einen geheimen Ort
bringen. Sagt Agent McGill Jetzt klingt
 seltsam. Erik sagte, Polizei oder Agenten tun das
nicht. "Nun, wir sehen", sagte Erik.

Sie wollten nur, dass Erik ihnen 15 Minuten
zeitigt, um sich zu erklären, damit er später tun
konnte, was er wollte, oder ihrem Vorschlag
zustimmen konnte. Direkthilfe? Versteckte
Kamera, oder was? Erik wunderte sich.

Nein! Ich antwortete Agent McGill. Ich verstehe,
dass Sie dies seltsam finden, da wir dies
normalerweise nicht tun.

Ja, es ist verdammt beängstigend, sagte Erik und
sie erzählt, dass der Geheimdienst ein Projekt
gestartet hatte, wo sie schwer organisierte
Kriminelle loswerden würden Erik lachte ihr
direkt ins Gesicht, dann klang es wie.

Ich möchte, dass Sie Teil dieses Projekts sind,
damit wir den Vorgang selbst ausführen können.
Das Projekt basiert auf der Bereitschaft von vier
Schwerverbrechern, dies in zu beginnen, um ein

neues Leben zu haben, außerhalb des
kriminellen Lebens. Fährt Agent McGill fort.

Machst du dich über mich lustig? Erik wunderte
sich.

Nein absolut nicht! McGill antwortete.

Wollen sie mich wieder einsperren? Erik hatte
100 Gedanken im Kopf, und nicht eine einzige,
eine war von der positiven Art direkt.

Kapitel 25

Was willst du von mir? Gefragt Erik

Sie müssen mich entschuldigen, aber für mich
klingt es, als ob es ein Hund begraben ist, und
das Ganze scheint seltsam, von Anfang bis Ende.
Erik sagte dem Agenten. Ich habe noch nie von
solchen Operationen in diesem Land gehört.
Wären wir in den Vereinigten Staaten gewesen,
hätte ich diese Operation nicht in Frage gestellt,
aber hier, wo alles schwarz oder weiß ist, fühlt
sich das ganze Arrangement leichtfertig an. Sagt
Erik.

Ich kann ihre Gedanken und Gedanken
verstehen. Reagierte Agent McGill, der zunächst
auch dachte, es sei eine seltsame Operation,
aber wies darauf hin und versicherte, dass diese
Operation von den obersten Leitern des
Geheimdienstes verankert wurde.

Erik sagte ihr, dass er viel mehr wissen wollte,
bevor er eine Entscheidung traf. Nach
sorgfältiger Überlegung entschied sich Erik,
dieser Inbetriebnahme zuzustimmen.

Agent McGill sollte Erik am Wochenende an
einen unbekannten Ort fahren, bis die "grauen"
Agenten am Montag zurückkamen. Es war
Freitag und der Tag nach, dem er sich gesehnt

hatte, als er seine Kinder wiedersehen konnte. Doch nun stand Erik erneut vor einer lebensverändernden Entscheidung. Die Kinder, die Kinder! Aus welchem Grund würde er sagen, dass er sie nicht bekommen hat? Und Erik wusste nicht mit Sicherheit, dass diese Operation ernst war. Dass der Staat es dem Geheimdienst der SAPO erlauben würde, Menschen zu entfernen und ihnen ein neues Leben zu geben.

Der Agent wollte, dass Erik am Wochenende an seinem geheimen Platz bleibt. Sie zahlten alles, und er bekam eine Telefonnummer für diesen Agenten, die er über das Wochenende verwenden konnte, wenn es etwas gab, das er brauchte oder sich darüber wunderte.

Es war eine schlaflose Nacht, in der die Gedanken sehr verwirrend waren.

Was habe ich getan? Denken Erik und Sams Bruder, was würde er denken? Aber die größte Frage war, wie Eriks Kinder dachten. Waren sie traurig, oder Angst, dass etwas mit ihrem Vater geschehen war, er fühlte sich furchtbar schlecht, sein Kopf fühlte sich an, als würde es explodieren,

Es war ein Wochenende im Zeichen der Frustration, um es milde auszudrücken. Erik durfte seine Kinder nicht nach Hause rufen, da dies ein großes Risiko darstellen könnte. Erik verließ eine mächtige Organisation, eine Organisation, die ein großes Netzwerk von Kontakten hatte, und er wusste, wie es passierte, als jemand versuchte, die Organisation zu verlassen und auch, welche Methoden sie benutzten.

Die Organisation verfolgte Geräte und Kontakte zu verschiedenen Telefongesellschaften und hatte eine ganze Reihe von, bei denen Mitarbeiter Telefonnummern und Positionen darüber überprüften, wo ein bestimmtes Telefon geographisch finden Menschen war kein großes Problem Erik kannte diese Informationen und brach alle möglichen Kommunikationsmöglichkeiten. Das Wochenende war wirklich, schwer zu durchlaufen, und er war sehr besorgt darüber, was passieren könnte, wenn die Organisation dachte, dass Erik in den Untergrund gegangen war und begann, Informationen zu durchsickern.

Erik wusste nicht, was auf ihn nach dem Wochenende zuwarten war, als die verantwortlichen Agenten mit ihm in Kontakt treten würden. Erik fragte sich, was ihre Forderungen an ihn waren, weil sie Forderungen an ihn haben würden, war ganz offensichtlich, dass der Staat nicht schwer kriminelle Personen unbeaufsichtigt freilassen würde und ihnen auch neue Identitäten geben würde, die er einfach zu gut war, um wahr zu sein. Erik hatte schon einmal von Zeugenschutz gehört, aber dann würde die betreffende Person über Verbrechen aussagen, um diesen Schutz vom Staat zu erhalten. Erik war in diesem Punkt sehr, klar. Er rasselt nicht auf jemand anderen, dann können sie sofort in die Hölle gehen, diese Gedanken waren wahrscheinlich das einzige, was Erik sicher war. Quietschen war etwas, das sie sofort vergessen konnten, wenn es jetzt ihre Vision wäre, bestimmte Menschen einrahmen zu können, indem man ihnen Freiheit und ein neues Leben gibt. Sie haben die falsche Wahl getroffen.

Während Erik extrem, skeptisch war, war er auch neugierig und aufgeregt über diese Möglichkeit. Eine Möglichkeit, wo er nicht wusste, was das Preisschild am Ende sein würde.

In den frühen Morgenstunden des Montagmorgens gegen 8.m. Agent McGill ruft ihn an und bittet ihn, die örtliche Polizeistation zu betreten. Bist du nicht wirklich, weise dass ich in eine Polizeistation gehen? Brüllt Erik.

Beruhige dich! Agent McGill sagt. Es wird ein Polizist geben, um Sie am Eingang zu treffen.

Schauen Sie, Sie haben vollständig ausgeschaltet
die Gehirnfunktion in Ihrem Kopf. Ich habe mich
nie freiwillig für eine Polizeistation gemeldet
und werde es jetzt auch nicht tun. Das war Eriks
Antwort auf Agent McGill, der dachte, Erik sollte
ein wenig berechnet werden, als sie versuchten,
ihm ein neues Leben zu geben.

Was haben Sie im Sinn? Agent McGill sagte.

Ich werde mit einem neuen Leben von vorne
anfangen und alles Alte hinter mir lassen. Erik
sagte, und weiterhin zu sagen. Ich will eine ganz,
neue Identität und neue Bedingungen.

Sie haben Forderungen Ans. Erik! Was werden
Sie für uns tun? Sie fragt.

Im Moment erhalten Sie nichts, aber wenn ich
an meinem neuen Standort mit neuen
Informationen säße, erhalten Sie alle Konten
und Server von mir, die von den Websites der
Organisation verwendet wurden. Erik antwortet.

Aber Erik, jeder in der Organisation hat
verbrannt und alles Wertvolle zerschlagen, wie
willst du uns die wertvollen Informationen
geben, die wir dann brauchen. Ich frage mich,
Agent McGill.

Sie haben nur, um mir zu vertrauen. Erik antwortet, oder du wirst mich wieder einsperren müssen.

Also, Sie sagen, das sagt Agent McGill. Ich habe keine guten Möglichkeiten, aber ich sehe nicht, wie Sie SAPO helfen können?

Gib mir sieben Stunden und ich werde dir die Lösung geben, auf die du gehofft hast. Diese Lösung wird Ihnen in den treten. Erik sagt fest.

Was sagst du, Erik? Fragt Agent McGill, der ein wenig schüchtern war, aber immer noch die Chance nutzte.

Erik überlegte während seiner Reise zum geheimen Ziel darüber, wie sein Leben an dem neuen Ort, an den er ging, sein würde. Erik dachte auch darüber nach, wie sein Leben aussehen würde, ohne in der Lage zu sein, seine Mutter zu kontaktieren. Sie hatten eine gute Beziehung, und Erik dachte über die Zeit, als sie mit einem Schachspiel kam, das seine Mutter Fastenzeit zu ihm.

Es war ein wenig mehr als 8 Stunden, Agent McGill begann ungeduldig zu werden, und erkannte, dass sie von einem Gangster geblasen worden war.

Dann klingelt McGills Handy, es war Erik auf einer sehr, schlechten Linie, aber es war möglich zu hören, was Erik ihr zu sagen hatte.

Erik sagte, Agent McGill würde den Link herunterladen, der zu ihrem Handy kam.

McGill lud die Datei sofort herunter und begann, die geöffnete Datei zu drücken, als Erik eine Verschlüsselung auf diese Informationen gesetzt hatte, die jetzt existierten.

Erik! Was ist dieser Unsinn jetzt? Fragt McGill, ein wenig genervt.

Agent McGill, Sie haben jetzt drei Versuche, und dann wird die Festplatte löscht... McGill hörte, wie sehr Erik über diesen Witz lachte. Erik, hast du die Informationen oder nicht?

Agent McGill, natürlich habe ich, was ich Ihnen versprochen habe. Erik antwortet. Sie haben Zugang zu großen Teilen der Organisation.

Viel Glück jetzt!
Das Passwort lautet: ERIKFRI

Nach nur wenigen Minuten hörte Erik, wie glücklich sie schien, als sie die Akte abholte.

Wie konnten Sie alle Informationen übrig haben
alles wurde aus, gelöscht? Agent McGill sagte.
Nein, Agent McGill es ist alles links, weil ich
habe, gespiegelt Festplatten und Server und
sicherte alle Informationen, die nützlich war. Ich
bemerkte, wie es wurde, als Henke mit einem
Bruder gesprochen hatte, Carl, also nahm ich es
sicher vor dem, unsicheren und gesicherten
Informationen, wenn es irgendwie ausgerast
werden würde. Erik sagte. Das müssen Ich
sagen. Agent McGill sagte, dass es ein sehr gut
durchdachter Plan war, jetzt kann ich viele in die
Organisation nähen, und das mit Beweis, gut
gemacht Erik.

Danke Erik, du hast dein Wort gehalten.

Wir sehen uns McGill... Nicht!

Ein Buch von Author Jesper Persson

Copyright 2020

Reader BeDe

Übersetzer A.D Zingo